U0097918

GAEA

GAEA

The Immortal Gene
月與火犬
14 最勇敢的戰士們 [完]
星子 teensy——著
Izumi——插畫

月與火犬

目錄

01 水下 05
02 頹敗 21
03 深海神宮主力部隊 37
04 鯨蛇大戰 61
05 搶救墨三 81
06 追擊的古魔 103
07 美麗的強援 135

08 甦醒 161
09 神之怒 185
10 最後的冰壁 201
11 巨神之戰 223
12 超越神的力量 249
13 王國復興 287
後記/星子 309

CH01 水下

四周陰森黯淡，大水灌滿整個地下二樓廊道和各處實驗室，大部分的燈具因此短路熄滅，僅剩具有防水設計的緊急照明設備亮著，提供墨三等人最低限度的光線。

墨三抱著鯨艦大腦飛梭竄游，繞過一條條彎道，將糨糊等夥伴遠遠甩在後方，墨三在地面上喜歡以觸手模擬人類體態，披著一身白袍，模樣古怪滑稽；此時入了水，動作敏捷十倍以上，讓跟在後頭的糨糊和石頭佩服不已。

「大章魚在水裡好厲害喲……對了，我們也變成章魚，就能和他一樣快了！」糨糊嘰哩咕嚕地對著石頭說。他見墨三在水中動作敏捷，便模仿起章魚體態，伸出數條黏臂作為章魚觸手，甚至模擬出章魚觸手吸盤，那些吸盤雖然造得不甚精準，有大有小，但確實有點用處。糨糊將模擬出來的觸手向前甩去，貼上牆壁地板，利用吸力拖動身子前進，加快行進速度；不一會兒已將石頭拋在後頭，他回頭瞅著石頭嘿嘿笑。「我們來比賽，看誰先追上大章魚！」說完，便轉頭加快速度，直追墨三的身影。

「等……等……」石頭見糨糊拋下他自個兒加速前進，便連一個個寧靜基地成員都游過他身邊，不禁慌亂著急。石頭的身子不若糨糊黏滑，即使化出吸盤也全無吸力，他無法和糨糊用同樣的方式加速，只能笨重地一步步往前跨。

攀在石頭腦袋上的湯圓和皮皮躁動起來，三個小侍衛嘰嘰喳喳地溝通著，像是在譴責糨糊的自私，但突然之間，他們同時閉上嘴，像是想到了個好主意。

湯圓和皮皮一左一右地攀向石頭揚起的小石臂前端，湯圓化成螯狀，皮皮則睜大眼睛盯著前方。

石頭抖抖手，小石臂越抖越長，猶如一條長蛇，快速向前竄去；在湯圓和皮皮指路下，小石臂很快追上糨糊。

糨糊甩動章魚觸手亂爬之餘，也試著模仿墨三游泳。自然，糨糊泳技拙劣，數條觸手亂揮亂擺，速度比行走還慢；他見到寧靜基地成員逐漸追上自己，這才又恢復爬行，甩動觸手吸抓地面加快速度前進，想搶在所有人前頭追上墨三。

但糨糊可不知道石頭伸出那條小石臂，循著牆角飛快竄進，已經趕過他，抵達了更前頭。在廊道盡頭，墨三捧著鯨艦大腦，對著轉角外頭探頭探腦。

石頭化出的小石臂來到墨三身後，小石臂前端那化作螯狀的湯圓，喀啦鉗住一處壁面凹槽，皮皮則在小石臂上拍了拍，只見石臂陡然變粗，原來石頭在水中笨重緩慢，但讓身體伸長縮短的速度倒是未受影響。石頭收到皮皮拍臂訊號，立時將化成長蛇狀的身子往門框處快速聚合復原。

「嘻嘻……」糨糊以章魚姿態爬竄亂游，不時回頭，見幾名寧靜基地成員離自己好遠，石頭更是不見影蹤，心裡正得意，想著待會兒如何取笑石頭遲鈍、吹噓自己機智，誰知道拐了個彎，見到石頭竟站在墨三身後，可大吃一驚，怪叫怪嚷地奔游過去，揪著石頭說：「你……從哪裡冒出來的？你怎麼可能比我快，我剛剛根本沒看到你呀，你作弊！對不對？」

「沒……」石頭搖搖頭，晃了晃石臂上的皮皮和湯圓，說：「我們……先到了，你……最慢……」

「啊呀！」糨糊見皮皮和湯圓都瞪大眼睛，得意洋洋地望著自己，不禁氣急敗壞地要和石頭理論：「你騙人、你說謊，我要告訴公主你是作弊的壞孩子，我怎麼可能輸給你……」

「閉嘴！」墨三回頭，怒瞪著糨糊。「你吵吵鬧鬧會被他們發現——」

「被誰發現？」糨糊呆了呆，來到墨三身邊，向前望去，只見前方三十公尺處的梯間，有一團巨大的身軀，正緩緩蠕動著。

那是鯨艦的軀體。

鯨艦的主要軀體以及四散的觸手，正以一種怪異的節奏，朝樓梯上方蠕動推進。

「鯨艦不是自己在動，是被上頭那些傢伙拉上去的……」墨三雙眼閃爍著古怪的光芒，像是已經有了打算。

「拉上去做什麼？」糨糊追問。

「如果我判斷得沒錯，大蛇正在吃鯨艦。」墨三指著鯨艦的軀體說：「看，鯨艦軀體抖動的樣子，正是蛇吞獵物的節奏。」

「什麼？」糨糊瞪大眼，像是聽見一件十分有趣的事，他說：「蛇吃鯨艦，我要看。」他一面說，一面向前跨去，要往那梯間方向走。

「別搗蛋啊。」墨三氣急敗壞地將糨糊拖回轉角牆後，說：「那邊有敵人呀。」

墨三還沒說完，便聽見遠遠地撲通兩聲，是蛇怪人和蛇牛躍進水裡，各自揪起兩條散落在地上的鯨艦觸手，又拖又捲地將觸手拖往樓梯上方，將觸手拉出水面。

「他們在替大蛇蒐集食物……」墨三說到這裡，突然望著糨糊，說：「小海星，我聽說你身子能夠變形，能將眼睛伸出老遠偷窺，你替我看看那大蛇是不是真的在吞食鯨艦。」

「好哇！」糨糊本便想瞧瞧大蛇進食的模樣，聽墨三這麼說，立時便將眼睛轉移到黏臂前端，讓黏臂沿著牆角向前爬竄。

不一會兒，糨糊便將那眼睛伸到三十公尺外的梯間，先是在鯨艦軀體旁頓了頓，近距離瞧著鯨艦軀體上那無以計數的黏土小章魚，由於沒有大腦指揮，此時小章魚們全無動靜，一動也不動地緊緊纏黏著彼此。

在墨三催促下，糨糊繼續伸長黏臂，循著角落探出水面，果然見到梯間外那八岐大蛇正張大嘴巴，咕嚕咕嚕地呑嚥著鯨艦軀體。

幾個蛇惡煞，有的幫忙按摩大蛇那撐得發脹的身軀，有的將拉上來的觸手撕成小塊，往大蛇嘴角縫裡塞，協助大蛇呑嚥。

這些蛇惡煞寄生在大蛇身上，大蛇吃飽，才有足夠的營養和能量供應給蛇惡煞們。

「哇……」糨糊看得呆了，忍不住將所見情形說給墨三聽：「那條大蛇撐得跟小豬一樣。」糨糊一面說，還一面舉起另一條黏臂，模擬出大蛇此時身形比例。

「哼，和我想的一樣，貪心不足蛇呑象，看我撐破你的肚皮！」墨三見數名寧靜基地成員都游了過來，便解釋：「鯨艦由無數的黏土章魚組成，儘管被大蛇呑下肚，也能存活一段時間，我們只要讓大腦連上大蛇嘴巴外的鯨艦軀體，便能一路聯繫到大蛇肚子裡的黏土章魚，鯨艦會在他肚子裡復活，從他肚子裡發動攻擊。」

墨三這麼說，跟著拍了拍懷中的鯨艦大腦，對那大腦嘰哩咕嚕下達一番指示，只見那大腦抖抖身上所剩無幾的黏土章魚，讓黏土章魚們化爲細繩，緩緩向前延伸。

然而此時鯨艦大腦上的黏土章魚數量有限，即便卯足了全力延伸再延伸，距離那鯨艦軀體仍有一大段距離，只見墨三抖了抖觸手，像是想要往梯間的方向推進。

「墨三！」寧靜基地成員喊住了他，說：「蛇怪隨時又會下水，何不等水位升高，上方華江賓館成員發動攻擊，引開這些蛇怪之後，你再行動？」

「來不及啦，你沒見鯨艦快被吞完了嗎？要是牠閉上了嘴，我們空有一個大腦，啥都不能做，黃才養了這麼多天的黏土章魚，等於白養了！」墨三瞪大眼睛對寧靜基地成員這麼說，跟著身子一竄，迅速向前方梯間游去。

墨三才剛動身，便聽見撲通一聲，蛇女娃躍入水裡，伸手蹬腳地划起水來，顯然不熟悉水中行動，墨三趕緊捧著鯨艦大腦躲至一處梁柱後頭。

轉角後方，寧靜基地成員和蝦兵衛隊們交頭接耳，一時不知該不該上前支援，只聽又是撲通兩聲，蛇怪人和蛇牛也跳下水，與蛇女娃分散四處探找鯨艦軀體。

墨三在水中行動敏捷，他見鯨艦軀體持續被往樓梯上拖拉，心中急切，又見遠處那蛇女娃背過身去，立時竄出梁柱，又向前竄游數公尺，躲入另一根梁柱後。

蛇女娃轉頭，望向這頭廊道，似乎察覺到後方水中動靜——這批蛇惡煞力量強大，但不似墨三等深海神宮成員身上生有感應水流的側線，一入水後，敏銳度和活動力遠不及墨三和蝦兵們。

倏——墨三再度竄游推進，來到距離梯間僅剩不到二十公尺的距離。

鯨艦大腦延伸而出的黏土章魚長繩，已距離鯨艦軀體不到三公尺。

蛇女娃似乎發現每當她一轉身，後方廊道便會激起一陣水流，她默默地盯著廊道許久，這批蛇惡煞的肺活量甚大，能在水裡活動十數分鐘以上。

蛇牛、蛇怪人又抱著兩批鯨艦觸手，返回水上。

蛇女娃緩緩走向墨三藏身之處。

「哇……她發現墨三了嗎？」寧靜基地成員遠遠地探頭觀望，見到蛇女娃走向墨三，立時交頭接耳起來，後頭那七、八名蝦兵們揚起手中尖叉，像是隨時要竄出救援墨三。

陡然之間，三片灰白板塊在墨三腳下「長高」起來，直抵著天花板，將墨三包裹在板塊內側。

在陰暗渾濁的水中望向墨三藏身那梁柱，只會覺得那梁柱較其他梁柱寬闊些——

原來糨糊見墨三展開行動，便伸出另一隻眼睛跟著墨三，見蛇女娃走來，趕緊將身體循著牆角轉移至墨三那兒，化爲壁面，僞裝成梁柱的一部分。

「啊！原來石頭他們就是用這方法作弊！」糨糊快速完成這假梁柱的同時，也瞬間醒悟剛才石頭之所以能夠跑贏他，便是將身體往前延伸、固定之後，再將後頭的身子快速往前聚合，他想通之後，氣呼呼地向墨三抱怨起來。

「別說話，她來了……」墨三自糨糊刻意留出的小孔向外窺看，只見蛇女娃已經來到距離這梁柱數公尺之處。

「這醜傢伙很厲害嗎？」糨糊將一條黏臂化爲管狀，貼在墨三腦袋上低語。

墨三揪著那黏管子，也用極低的音量回話：「很厲害呀，你別說話……」

撲通、撲通，蛇怪人和蛇牛又落入水裡，繼續探找起鯨艦觸手。

「大蛇快吃不下了……」糨糊說：「蛇怪們還繼續把鯨艦往他嘴裡塞，大蛇不太高興……」

「是嗎？」墨三瞪大眼睛，小心翼翼地從那小孔向外窺視，只見蛇女娃仍在他藏身這梁柱不遠處徘徊，但從墨三視線角度卻見不到鯨艦軀體。

「小海星，我們得賭一賭……」墨三思索半晌，心想要是大蛇咬斷淌在嘴外、吃到一半的鯨艦軀體，那麼他們便無法將命令傳達進大蛇體內、從內部破壞大蛇身體了。

若無法一舉擊潰這八岐大蛇，即便接下來水位升高，上方華江賓館成員們要通過廊道，支援受困在備料庫房的傑夫，也是難上加難。

「現在鯨艦大腦上的黏土章魚不夠多，沒辦法再往前伸長，這頭的鯨艦大腦接不上那頭的鯨艦軀體，就打不贏大蛇……」墨三這麼說：「你得幫我引開這小傢伙，否則……」

「大章魚。」糨糊突然插嘴。「原來你要小章魚呀，我有多的小章魚，可以借你幾隻。」

「什麼？」墨三呆了呆，一時不明白糨糊這麼說是什麼意思，突然感到臉龐出現一陣滑溜觸感，連忙舉起觸手撫摸，只摸著一群小東西——黏土章魚。

「這什麼東西！」墨三猛地一驚，拍了拍鯨艦大腦，低語下令，鯨艦大腦晃了晃，身子微微發出光芒。

上百隻不知從那兒冒出來的黏土小章魚，正在墨三面前緩緩漂游。

「小海星，你哪來的這些黏土章魚，你沿路撿著了鯨艦軀體嗎？」墨三又驚又喜，連忙命令鯨艦大腦發出微弱電流，將那些黏土小章魚聚集起來。

「不是，這些小章魚是我養的。」糨糊這麼答：「哎呀、哎呀呀，好癢喔，他們好頑皮。」

在轉角後觀望的寧靜基地成員和石頭、蝦兵們，見到糨糊留在一旁的本體，由於伸出大量軀體掩護墨三因而縮小一大圈，身軀上突出一個長方形隆起物——

那是糨糊用來飼養母章魚的一尺小水缸。

糨糊在行動時，也不忘將那母章魚帶在身邊。

那些新生黏土小章魚，便是這母章魚在行動前產下的卵，所孵化而出的小章魚。

「什麼？」墨三聽了糨糊沒頭沒腦的說明之後，又驚又喜地催促：「快將所有小章魚交出來呀，不然我這兒黏土章魚不夠長，連不上軀體。」

「這是我的，我為什麼要給你！」糨糊不服。

「你……」墨三個性耿直，不像狄念祖懂得哄騙小孩，聽糨糊這麼說，可氣得瞪大眼睛，但那蛇女娃猶自在附近徘徊，他也不敢大聲叱罵糨糊，一時間不知如何是好。

「好癢、好癢，小章魚越來越多了……」糨糊將母章魚藏在肚子裡，越來越多的小章魚孵化而出，在他肚子裡四處悠游竄動，令他有些難受，他說：「大章魚，我可以借你這些小章魚，你之後要還我三倍。」

「我還你一百倍。」墨三揪著糨糊用以和他溝通的那黏管，氣呼呼地低聲說：「外頭的大鯨艦身上的黏土章魚數以億計，大蛇正在吃他們，要救他們，就得讓鯨艦大腦連結上軀體，你救了他們，到時候他們全是你的，你開心了吧，小海星！」

「哇！真的嗎！」糨糊聽墨三說整條鯨艦都是他的，二話不說，鼓動起肚子，將肚子裡那些黏土章魚推往黏臂內側的中空管路，送往墨三所在之處。

越來越多黏土章魚自糨糊與墨三對話那黏管竄出，四處漂游。

墨三指揮著鯨艦大腦，將那些新生小章魚一一聚合、調教後，再往外頭推送。

糨糊這母章魚本來被黃才認定成失敗品，產出的小章魚難以控制，但在墨三的調理治療下，母章魚恢復了生氣，新生出的小章魚雖仍不及其他小章魚健康，反應和活力都慢了許多，但在此時卻也勉強堪用。

「快了、快了……」墨三一面和鯨艦大腦傳遞訊息，鯨艦大腦能夠透過黏土章魚微弱的視覺來判斷外界狀況，此時自大腦延伸而去的黏土章魚，與鯨艦軀體僅剩不到一公尺的距離。

「大章魚、大章魚……」糊糊突然出聲，甩著通話小黏管敲了敲墨三腦袋。

「別吵，小海星！」墨三氣呼呼地撥開那黏管。「跟你說了別出聲，會讓外頭那小傢伙發現。」

「她已經發現了……」糊糊說：「她在偷看你耶！」

「什麼！」墨三猛然一驚，抬起頭來，只見那窺視孔外貼著一枚眼睛。

蛇女娃的眼睛。

墨三因爲這些小章魚生力軍的加入而感到興奮，不自覺地提高了說話音量，引起了蛇女娃的注意。

「接上了！」墨三與那窺視孔外蛇女娃的眼睛大眼瞪小眼的同時，也收到懷中鯨艦大腦的通知，在這批新生小章魚的加入下，自鯨艦大腦延伸出的黏土章魚臂，已成功連上位於梯間的鯨艦軀體，他高興大叫：「找回身體的感覺不錯吧，夥伴……」

「嘶——」蛇女娃揚起小手，一把扒進那窺視孔，揪住墨三一條觸手。

「好痛！」蹲在後方轉角處的糨糊本體，感受到化為灰牆的身體被蛇女娃撕扯開來的痛楚，哇哇叫地蹦起，氣急敗壞地奔出轉角，往墨三的方向衝，要和那蛇女娃拚命。

「墨三被發現了，大家上！」數名寧靜基地成員、蝦兵們遠遠見到蛇女娃發動攻勢，也吆喝地趕去支援。

「不過是條觸手，妳要送妳好了！」墨三呀地一聲，身體一鼓，數條觸手奮力一擺，像顆砲彈般彈起。

蛇女娃揪著墨三觸手施力猛拉，想要將墨三拉回，但拉了個空，還因施力過大，向後仰走好幾步，原來墨三能夠自斷觸手。他捧著鯨艦大腦，彈離老遠，往梯間直衝而去。

鯨艦的軀體幾乎給八岐大蛇吞盡，僅剩一小部分還掛在嘴外、泡在梯間水中，其中一角連接著一條手指粗細的繩狀黏體，連接著墨三懷中的鯨艦大腦。

蛇女娃咧開嘴巴、露出利齒，正要追擊墨三，但見四周陡然漆黑一片，什麼也看不見——墨汁。

跟著，一股重擊自背後竄來，結結實實打在蛇女娃後腦杓上，那是糨糊憤怒的報復。

蛇女娃咧嘴回頭，反手一扒，將糨糊那黏臂拳頭扒得斷成兩截。

「痛耶！」糨糊氣歸氣，但他總算是陪伴在狄念祖和月光身邊出生入死無數次，臨戰經驗豐富，知道自己不是這小蛇娃的對手，敲了她後腦一拳，便當作討回公道，撿了被扒斷的黏臂便倏地貼著地板溜遠，不敢死纏爛打。

後方的蝦兵們，仗著身體上的側線感應水流，不受墨三噴出的墨汁影響，紛紛繞開狂暴亂擊的蛇女娃，趕往支援墨三。

石頭瞧不見東西，便化爲條狀，貼牆前進，緊跟在眾人之後。

在梯間水面待命的蛇牛和蛇怪人察覺到下方騷動，再度入水巡視，見到游來的墨三，立刻發動攻勢，這些寄生於八岐大蛇身上的蛇惡煞在沒有得到新命令的情形下，本能地獵捕活物，作爲八岐大蛇的營養來源。

「夥伴呀，別管我，去吧，你的對手是那大蛇！」墨三身子一抖，再次噴出大量墨汁，將鯨艦大腦貼著地面一拋，跟著大力撲動觸手，朝鯨艦大腦的反方向竄出，對著蛇牛和蛇怪人大聲嚷嚷起來：「來呀，我在這裡——」

CH02 頹敗

「各位……各位都親眼見到了，對吧！就在剛剛，我們偉大的神，成功擊敗了康諾、阻止了奈落大軍入侵，拯救了你我、拯救了大家……但是，邪惡的康諾在臨死之前，竟然對我們的神，施放出邪惡無比的毒咒，那是多麼陰險的伎倆呀！」祈福廣場上，神之音主持人聲嘶力竭地對著舞台下的民眾喊話：「但，偉大的神，用祂的血和肉，將本來應當加諸在你我身上的毒咒攔截下來，替我們承擔了這恐怖的惡毒攻擊！」

「現在，康諾魔王的邪惡意識，糾纏著神的皮肉，假借神的名義、假冒神的聲音，說出那些陰毒、邪惡的話語，大家千萬別中計，神絕對不會說出那樣的話！那是邪惡康諾的伎倆！」主持人漲紅著臉，滿頭大汗。「大家千萬不能質疑神，別忘了，你我對神的信心，正是神的力量的來源，正是阻止邪惡擴散的利器，正是守護這片大地、守護你我的唯一希望！讓我們繼續凝聚力量，將力量傳達給神——」

另一批工作人員匆匆地自祈福廣場後台奔出，與主持人交頭接耳幾句，接替發言下去：「各位，神因爲邪惡康諾的惡毒攻擊，受到了嚴重的傷害，聖泉的醫療小組已經準備好，要立刻替神進行緊急治療……今天的祈福活動，就到此爲止，聖泉夜叉團會保護所有人平安返回安全區域……大家別擔心，入侵安全區域的奈落大軍，已被我們英勇的聖泉戰士們擊退，現在安全區域裡百分之百安全，請大家安心返回臨時住所，不要在逗留在廣場上，以免受到康諾遺留下來的毒咒影響……」

整個祈福廣場騷亂一片，上萬居民裡有人激昂地繼續替神助威吶喊、有人信心動搖茫然不知所措。

聖泉夜叉團和神之音人員開始指揮著人群往安全區域的方向疏散，大夥兒逐漸撤離廣場，不時回頭望著遠處那狼狽不堪的袁唯巨體。

「唔啊……」袁唯雙手按著咽喉，他的咽喉有顆人頭使勁地向外擠——這些破體而出的寄生肉瘤同樣擁有梵天、濕婆之力，袁唯用雙手甚至壓制不下那人頭攢動的力量，還讓那人頭張大了口，咬著了袁唯左手二指不放。

那人頭側面，還生著一張較小的人臉，這一頭一臉，分別是袁家大伯和二伯。

自深海神宮脫逃之後，溫妮為了替斐霏和斐姊報仇，除了動員第五研究部旗下一切分支部門，在全球各地發動對袁唯勢力的攻擊外，也祕密策劃著一項針對袁唯本身的研究計畫。

袁唯在杜恩的幫助下，擁有梵天、毗濕奴和濕婆這三種超級基因。梵天基因提供袁唯無堅不摧的強悍肉體，讓袁唯能夠變化出破壞神級別兵器的巨大身軀；毗濕奴基因則如同完成版的長生基因，不僅能夠迅速恢復肉體上的傷害，也能源源不絕地提供梵天基因所需能量；濕婆基因則能夠變化出各式各樣的武器和服飾。

擁有三種超級基因的袁唯，近乎無敵，溫妮儘管得知杜恩已離開袁唯身邊，甚至同意與康諾合作，但第五研究部所掌握的時間和資源，不足以研發能夠匹敵袁唯三項基因的武器。

而本來斐家的祕密武器鳳凰基因，在第五研究本部遭到攻陷後，關鍵資訊必然也被袁唯旗下研究部門所掌握。

幾經考慮後，溫妮一手策劃出這個替袁唯量身打造的寄生蟲方案——既然梵天的力量無堅不摧，絕難與之匹敵，那便利用這股力量；既然毗濕奴的能量源源不絕，那便與其共享這股能量——只要能讓寄生蟲與袁唯的肉體合而爲一，成爲袁唯身體的一部分，那麼寄生蟲便同樣擁有梵天與毗濕奴的力量……

這項計畫要成功，有三個關鍵，其一要使寄生蟲生長到一定程度，會主動且積極地反噬宿主，進而消耗宿主能量，爲此溫妮使用自己和斐家的基因樣本來製造寄生蟲，將他們對袁唯的仇恨深深烙印進寄生蟲的基因中，打造出一批會竭盡所能襲擊袁唯本人的寄生蟲。

第二個關鍵，在於這批寄生蟲必須能夠躲過袁唯體內的免疫系統，讓袁唯那無敵肉身將這些寄生蟲視爲自體一部分，如此一來，這些寄生蟲才能夠在袁唯血肉中落地生根、產卵孵化，自袁唯體內生長出新一批與袁唯共享梵天、毗濕奴、濕婆力量的寄生蟲。

要完成這個關鍵，必須擁有袁唯本人的基因樣本，這本是一項絕難達成的條件，但在杜恩協助下，便容易了百倍，南極基地中自然保存著足夠數量的袁唯基因樣本，杜恩提供了南極基地內各種機密設施密碼，以及數項口令錄音，讓溫妮祕密帶領一支突擊小組潛入南極基地，以杜恩提供的各種機密設施密碼，不費一兵一卒取得了袁唯本人的基因樣本，作爲打造這些寄生蟲的最後元素。

最後的關鍵，則是是成功將寄生蟲注入袁唯體內裡。

爲此溫妮放棄了鳳凰基因的破壞力，以換取前所未有的神奇速度，爲的便是將袁唯激出梵天巨體，以本體面對自己的最後一擊——

「袁先生……不，神……偉大的神！」「醫療團隊已經準備好了，隨時都能替您進行精密檢查！」神之音的人員率領著一支搭載著醫療人員的車隊，抵達了袁唯巨體不遠處，虔誠地呼喚袁唯。

那車隊規模龐大，後頭兩輛貨櫃車搭載著大型儀器，這支醫療小組本是爲了預防袁唯剛植入體內的濕婆基因出現狀況而準備，此時正好派上用場，醫療人員在距離袁唯數十公尺的空曠處迅速建立起一處小型醫療站。

「啊……啊啊……」袁唯用手扒著臉，只覺得臉孔奇癢無比，直到耳際傳來一聲又一聲的呼喚，這才想起自己仍維持著巨體狀態，他的巨體和本體保持著某種程度的感官聯繫，因此當他巨體上的寄生蟲破體竄出、甚至對他反噬攻擊時，他也能感受到刺癢和疼痛。

轟隆一聲，袁唯那碩大巨體向前跪倒，後背裂開一道大口，一個人影飛跌而出，那是袁唯的本體眞身。

袁唯脫離了巨體，滾倒下地，不停抓扒著臉頰和脖頸，他的下巴啪啦破出一個血洞，一個棗子大小的人臉浮凸竄出，是斐姊的臉；他的後背不住地隆動，竄出各式各樣無以名狀的人體軀幹甚至是手和腳。

「快！」袁唯朝著急奔而來的醫療人員大吼：「快……阻止這些東西！把他們……弄出我的身子──」

這批醫療人員是菁英中的菁英，早已習慣袁唯的脾氣，他們不等袁唯和神之音長官下達指示，立刻有默契地行動起來，有人替袁唯抽血、有人調整檢測儀器、有人持手術刀割開袁唯後背上那些隆動腫包、挾出藏於其中的寄生蟲，進一步進行精密檢查。

「這……這些東西長得好快！」一名醫療人員盯著一具顯微鏡，驚聲尖叫著，他見到顯微鏡下，自袁唯胳臂上抽出的血液裡，有著十來隻蟎蟲大小的寄生蟲，那十來隻寄生蟲快速生長，不到一分鐘的時間，便長大一倍不只。

每隻寄生蟲在體型快速成長之餘，也會不停無性產卵，數量快速增加。

轉眼間，那小小的培養皿裡的寄生蟲樣本竟爆滿出容器外，本來得透過顯微鏡才能看見的寄生蟲，變成昆蟲大小——這是由於袁唯那毗濕奴基因提供了巨額的能量，能讓這些寄生蟲快速成長。

「哇！」另一邊，那取走了一小塊寄生蟲組織的醫療人員突然發出慘叫，原來是那截怪組織在被割離袁唯身子之後，仍然持續增生變形，長出一張怪臉，一口咬下那醫療人員胳臂一大塊肉。

「快想辦法！」袁唯嘶吼著，隨手自抓下幾個變形肉瘤扔在地上，那些寄生肉瘤在地上增生蠕動大半晌，才逐漸失去活力。

「要測試出這些寄生生物的特性和對應的藥物、治療方法，得花上一點時間……」醫療人員快速回報：「這些寄生生物具有攻擊性，且似乎會受您體內的毗濕奴基因影響而源源不絕成長，最好的治療方法，是請您接受麻醉、進入低溫艙，降低這些寄生生物的活性，我們會想盡辦法，取出您體內所有寄生蟲……」

「什麼？麻醉？現在？那怎麼行？你想其他辦法！」袁唯瞪大眼睛，立時搖頭，雖然他在全球注目下擊敗了奈落魔王，但在這當下，真正的反抗軍依舊活躍在海洋公園和地底實驗室裡，儘管己方戰力遠強過這些螻蟻，分布在各處追剿奈落怪物的聖泉大軍隨時可以召回助陣，但袁唯偏偏就是不放心，這些螻蟻的強悍和頑劣遠超出了他的想像，且此時另一個更令他坐立難安的因素尚未解決——

「吉米！」袁唯強耐著身體各處的刺癢疼痛，讓醫療人員對他施打藥劑、以器具從他皮肉取出一隻隻怪模怪樣的寄生蟲，一面朝著神之音成員怒喊：「聯絡上吉米了沒？我要知道大哥現在的情形！千萬別讓那些蟲子劫走大哥！」

「是、是……」神之音成員匆忙回報：「現在總部完全失聯，我們已經調集隊伍，趕去支援總部了。」

「把廣場上的人趕回安全區域，把我們的戰鬥部隊調回來，把搗蛋的蟲子全殺光，一隻也別放過——」袁唯怒吼，他語音未歇，身旁一名醫護人員陡然尖叫起來，圍繞在袁唯周圍的醫護人員不約而同地向後一退，他們見到袁唯身上冒出的寄生蟲隨著他那聲怒吼，體型同時暴漲了數倍，其中一隻寄生蟲還張大了嘴巴，咬著一名醫護人員手腕不放。

「袁先生……請您冷靜一點，這些東西……會隨著您情緒起伏而生長……」醫護人員安撫著袁唯，一面招集更多醫護人員趕來支援。

同時，一隊又一隊的夜叉和聖泉武裝人員，快速地在這臨時醫療站的外圍整列成隊，築起一座猶如小城般的防線，以防斐家和康諾人馬趁機襲擊。

原本海上那批斐家艦隊，在聖泉空軍圍攻之下，已全數遭到佔領。此時整個海洋公園裡，斐家軍力幾近全滅，只剩斐漢隆和斐少強各自率領的十數名獵鷹隊夜叉和飛空阿修羅。

「袁唯老闆……不……偉大的神！總部有消息了！家賓哥將大哥救了出來，現在人在總部裡頭，但總部大廳全是三哥的人馬，家賓哥出不去，他說三哥殺了總部所有人！」一名神之音成員扯著嗓子，持著通訊話筒，急急奔向袁唯。

原來李家賓將袁燁從神之音總部附屬實驗室，引誘到更上方的袁家舊宅，藉著袁齊天的力量，逼退了袁燁，再帶著袁安平循著祕密通道返回神之音總部。他知道袁燁帶來的人馬此時還駐守在總部大廳裡，便使用通道中的緊急通訊設備，向廣場後台的神之音成員求救。

此時的李家賓臉色蒼白，倚著狹窄昏暗的通道裡吁吁地喘著氣，聽見了話筒那端傳來袁唯的聲音，立時恭恭敬敬地說：「老闆……是、是……大哥在我這，您放心，他很好，他還睡著，沒有醒……但……緊急睡眠裝置作用時間有限，恐怕撐不了太久，現在外頭都是三哥的人……」

「阿燁那些人你不用擔心，我來處理……」袁唯的聲音沉沉地透過通訊設備傳出。「其他幾支兵力，現在正趕去總部協助你，你替我守著總部，等我消息。」袁唯頓了頓，又說：「李家賓，我把總部和大哥交給了你，要是……大哥有什麼狀況，你知道後果。」

「我知道。」李家賓連聲應答：「袁先生你放心，我一定照顧好大哥，我……我用性命作爲擔保！」

「你聽好。」袁唯突然又停頓十數秒，才放低了聲音說：「若是，在援軍抵達之前，那些叛軍先打了上去，你知道，該怎麼做嗎？」

「我、我……」李家賓吸了口氣，似乎明白袁唯話中之意，卻又不敢十分肯定，他說：「我明白，無論如何也不能讓大哥落入……康諾那批人手中，但……但我不清楚老闆您的底線，我是指……您允許我使用哪些方法、做到什麼地步？」

「任何方法。」袁唯的聲音冷若冰霜。「包括讓大哥，永遠別醒過來。」

「……」李家賓雖然早已隱約預料到自己會聽到類似答案，但仍然瞪大眼睛，連連嚥了幾口口水，深深吸了口氣，才回答：「我明白，我會照您的意思做。」

「很好。」袁唯發出了淡淡一聲嘆息，跟著說：「我現在幫你處理袁煒那些人，你等我的命令。」

「是。」李家賓結束與袁唯的對話，望了輪椅上的袁安平一眼，袁安平並未接受洗腦工程，這是因爲袁唯希望袁安平有朝一日能夠打從心底認同自己，若是洗了腦，那和女僕們便沒有太大不同了；聖泉集團早保存著袁家所有人的基因樣本，一個聽話的玩偶，想要多少都能夠造出來，但眞正的大哥，卻只有一個。

然而當前聖泉集團名義上的領袖依然是袁安平，袁安平若在此時甦醒，肯定要和袁唯唱反調，更甚至，若是甦醒的袁安平落入敵人手上，敵人便可以直接挾袁安平對全球聖泉部門下達命令——這是袁唯無論如何也不願見到的情形。

因此李家賓此時身負重任，便是盡全力守住袁安平，若守不住，寧可除去，也絕不能落入康諾人馬手中。

他望了望四周，取下通道牆角的消防斧頭，拿在手上秤了秤，盯著輪椅上沉睡中的袁安平，心頭忐忑不安……

砰！

突如其來的一記沉重的碰撞聲響，嚇得李家賓差點將斧頭落在袁安平的腦袋上，他瞪大眼睛、抹著汗，來到通道門旁，隔著小窗向外看去。

這通道外頭是一處閒置接待室，與先前他逃入的附設實驗室相距不遠——袁氏舊宅位在神之音總部上方，有數條通道連往神之音總部，有些是公開通道、有些是機密暗道，袁氏舊宅平時由李家賓全權管理，他對於數條機密暗道瞭如指掌。

他將耳朵貼在門上，卻也聽不見外頭動靜，他與外頭隔著兩道門，兩道門都有一定程度的隔音效果，因此他也判斷剛才那碰撞聲，或許撞擊在距離自己不遠的牆壁或是建築體上。

磅！

這次不只撞擊聲，還有一個人影自接待室門上小窗外晃過——袁爗。

袁爗的身子緩緩地往上升抬、又緩緩地往後挪移，一隻大手掐著他的頸子，提著他後退——袁齊天。

「幫我……快來……幫我！」袁爗啞著嗓子，一手抓著袁齊天手腕，一手大力揮擺，向威坎等衛隊成員求救。

但威坎、大和、左哥、右哥、古奇等三號禁區衛隊成員，卻只是面露遲疑、神情焦慮地彼此相望，並無一人出手幫助袁爗。

「你們、你們……快來呀！」袁爗瞪著威坎等人，急急催促，卻仍得不到援助。

「爸……」袁唯的聲音自神之音總部的擴音設備中發出，幾面螢幕上顯示出他的臉——外頭，袁唯所在的臨時醫療站那兒，幾名神之音成員替袁唯架起了視訊設備，讓袁唯直接和袁爗對話。

「夠了，放弟弟下來吧。」袁唯嘆著氣說。他從醫療站裡能夠透過視訊設備，見到總部的監視器畫面，他看著總部那遍地屍骸，嘆了口氣，說：「阿燁，你殺了我不少人……」

「哥！」袁燁見到袁唯的模樣古怪，一眼渾濁、一眼發紅，側臉生出數個怪瘤，瘤上長著眼耳口鼻，不免驚駭地問：「你！你怎麼了？」

「阿燁。」袁唯沒有理會袁燁的詢問，而是嘆了口氣，說：「我以爲，你最支持我，但原來，你像大哥那樣，總是和我唱反調。我信任你，讓你守護大哥，你卻跟我搗蛋。」

「……」袁燁愣了愣，望向吉米、威坎等人，似乎明白了些什麼，他說：「你說謊……你根本沒有信任我……你派這些人在我身邊，只是想監視我……」

這批三號禁區衛隊本來是袁唯贈予袁燁的禮物，袁燁讓這批成員接受自己旗下實驗室的洗腦工程，讓自己成爲他們的主人，以爲多了一批專屬衛兵，卻不知神之音早已暗中掌控他幾處研究部門。

袁燁手下那批研究員確實替三號禁區成員成功洗腦，使他們聽從袁燁命令行動，但同時也配合神之音的指示，在衛隊成員腦中增加一個服從對象——袁唯。

且袁唯的服從位階，更在袁燁之上。

先前吉米聽見了袁唯突如其來的說話聲，腦中衝突混亂，最終仍將袁唯認定爲最高效忠對象，便是如此之故。

在袁燁被袁齊天一路逼回神之音總部的前一刻，袁唯透過擴音設備對衛隊成員直接下令，立刻取得了三號禁區衛隊們的最高指揮權。

「阿燁，我是怕你失控。」袁唯說話聲音不停地變化，他的喉間浮現出一張小小的人臉——斐姊的臉。「失控……怕……」斐姊臉上的嘴巴緩緩張闔，複誦著袁唯的話。「怕你、阿燁。」

「李家賓，你可以出來了——」袁唯本來像是還有許多話想對袁燁說，但他喉間生出的斐姊人臉，令他不適且焦躁難耐。「我已控制住局面，你按照我剛剛的指示，繼續你的任務。」

「任務……指示……」斐姊臉孔嘴巴張張闔闔地複誦著袁唯的話，然後，被袁唯一把自喉間扯出。

袁唯的喉間出現一個巨大血洞，在毗濕奴基因的作用下，血洞快速癒合，但同時毗濕奴基因的發動也促使寄生蟲愈加暴長，袁唯身上一下子冒出更多古怪的手腳、臉孔和莫名肢體。

「是。」李家賓在通道裡收到了袁唯的通知，立刻將袁安平推了出來。

「大哥……」袁燁望著沉睡中的袁安平，一時茫然不知所措，打從出生就是個紈褲子弟的他，從未如此認真地策劃這樣一個計畫，此時卻兵敗山倒，隨行女僕盡數陣亡，吉米和衛隊臨陣反叛，爸爸袁齊天的力量完全壓制了他。

他多日來醞釀的反抗氣燄轉眼湮滅，他的左膝在與袁齊天的追逐纏鬥中被打碎了，儘管他擁有改造後的強悍肉體，此時也只能頹坐在地，束手無策。

「……」李家賓見到總部屍橫遍野，不免膽顫心驚，又瞥見指揮台上本來與他平起平坐的滄海大師和吳寶，一個眉心插著尖刀、一個面目全非，更加惶恐不安。

「你不用怕，現在這些人聽我的話。」袁唯的聲音再度響起，他說：「所有人聽好，從現在開始，你們眼前這位神之音主管，李家賓，會接下總部的指揮權，你們聽他的命令行動，保護好神之音總部，別讓任何康諾叛軍上來。」

「是。」「是，袁老闆……」三號禁區成員紛紛點頭應答。

李家賓鼓起勇氣推著袁安平，經過那批三號禁區衛隊成員身邊，來到指揮台前，按下通話鍵，和袁唯身邊的神之音人員快速交換起訊息。他終究有著豐富的從政經歷，即便吳寶和滄海大師的屍身便散落在他腳邊，但他很快地鎮定下來，在確定了外界情勢後，開始集結調度分散在海洋公園內的神之音成員，除了留下一部分隨侍在袁唯身邊的人員外，其餘盡數召回神之音總部，他要儘快恢復神之音總部的指揮功能，才能精確指揮分布四處的聖泉大軍。

CH03 深海神宮主力部隊

「咕喵、咕喵……就是那扇門咕喵……」傑克瞪大眼睛，咬著呼吸口罩，一爪勾著狄念祖胳臂，一爪指向前方那閃著紅燈的小門。

狹長窄道裡淹滿海水，狄念祖挾著傑克和老乖、月光牽著米米、阿嘉拉著果果，兩名寧靜基地成員殿後，一行人游到了長道盡頭的窄門。

狄念祖化出拳槍，猛力拽下門把，一拳將門轟開，大水瞬間淹滿門後那僅有一平方公尺的狹小空間，那是地底實驗室的緊急對外通道室，有一處長梯通往地面。

眾人循著長梯向上爬了約莫二層樓的高度，來到一處堆滿維修工具的雜物倉庫中，傑克躍下狄念祖的身子，大力地抖動身子甩水，他見到老乖虛弱地癱在地上，連甩水的力氣都沒了，便說：「老狗，你沒事吧，我們還要趕去袁氏博物館。」

「我知道，我在……養精蓄銳……」老乖喘著氣，試著撐起身子。

月光立時向寧靜基地成員要了些莫莉調配的營養藥劑餵食老乖，另一名寧靜基地成員也從防水行囊中取出一只小型注射工具和幾管藥劑，說：「這是莫莉調配的體能強化劑，剩下不多了，大家分著用。」他一面說，一面按照眾人的體能狀況、負傷程度和戰鬥責任，分配了不同刻度的藥劑，輪流替眾人注射，也包括了傑克和老乖。

「啊呀！不愧是莫莉姊，這藥好有效啊、我現在好興奮呀！喵吼——」傑克在被注射了些許劑量的體能強化劑後，發情般地四處亂蹦。老乖補充了營養藥劑和體能強化劑後，也打起精神，總算有力氣自行起身。

狄念祖和月光在雜物室中摸索探找，從貨架上挑揀著能夠當成防身武器的工具，月光拿起一雙長度超過五十公分的大型扳手，在手上秤了秤，像是十分滿意。

一旁的寧靜基地成員則透過對講機，聯繫仍在地底實驗室的田綾香，由於狄念祖和月光身上沒有半魚基因，無法參與圍剿八岐大蛇的任務，田綾香指示他們立刻轉戰袁氏博物館，眾人一致認爲，袁安平應當還在博物館裡。

寧靜基地成員結束了與田綾香的對話，將田綾香的指示告訴眾人。「田姊已通知斐家少爺，要我們兵分多路，配合深海神宮主力部隊圍攻袁氏博物館，地下實驗室有通道通往袁氏博物館，田姊她們解決那大蛇，就走水路和我們會合。」

「嗯……袁氏博物館裡有神之音的總部，那裡的設備可以對全球聖泉部門發言，必要時也可以從暗道進入地底實驗室，從水路撤退回大海，作爲這一戰的最後目的地，再適合不過。」

狄念祖見眾人準備萬全，便來到門前，輕輕推開門。外頭是一處工作區域，有幾處廠房，原本在這兒工作的人員大多被調往廣場替袁唯助威，此時正隨著人群往宿舍和安全區域的方向疏散，因此當下四周沒有工作人員，僅有幾具鳥人和奈落怪物的屍骸，都是先前天空大戰陣亡墜落的兩方戰士。

這兒是狄念祖等人離開冰壁機房前，特意照著地圖挑選出來的偏僻地點，距離袁氏博物館有數公里遠，雖說以狄念祖和月光的腳力，全力狂奔僅需數分鐘，但此時聖泉夜叉團和大批武裝士兵仍分布在整座海洋公園追剿竄逃奈落怪物，倘若碰上攔路阿修羅，可不好對付。

狄念祖探頭探腦一陣，確定外頭沒有聖泉士兵，這才領著眾人走出這工作間，對照地圖，確定行進方向，準備往袁氏博物館出發。

「哦，看到了，在那裡！」一聲吶喊自天空傳下，狄念祖等人嚇了一跳，抬頭只見一個人影飛快降下，倏地落在狄念祖面前，原來是斐少強。

斐少強臉色蒼白、口唇發青，不久之前，他將大批聖泉鳥人引至近萬公尺處的高空，那些鳥人沒有極高空作戰的經驗和能力，又追不上斐少強的速度，讓斐少強遁入雲中，溜回地面，鳥人們沒有逮著斐少強，任務尚未完成，只能持續在雲中亂竄，直到力竭墜地。

「田小姐要我來接你。」斐少強這麼說，朝著袁氏博物館的方向指去。

「你的意思是……」狄念祖呆了呆，一下子還不明白斐少強的意思，但見到斐少強身後一棟建築，又閃出幾個人，是斐漢隆和幾名獵鷹隊夜叉、阿修羅，這才會意。田綾香知道他們距離袁氏博物館有段距離，聯繫上能夠飛天的斐家兄弟，帶他們從空中趕去。

「這樣安全嗎？不會太高調？」狄念祖苦笑了笑。

「絕對比用走的安全。」斐少強說：「深海神宮的主力部隊快抵達博物館了，聖泉的夜叉把博物館圍得水洩不通，你們想從地面進博物館太困難了。」

「也是。」狄念祖點點頭，由斐少強領路，一行人立時趕去與斐漢隆會合。

本來囂張多話的斐漢隆此時一語不發，似乎疲累不堪，在此之前，他帶領手下強攻地底實驗室正門，與聖泉夜叉和阿修羅在周遭建築群遊鬥，漸漸不敵聖泉大軍，領著殘兵四處遊竄躲藏，直到接到田綾香通知，才與弟弟會合，前來接應狄念祖，準備進行大戰最後目標——挾持袁安平。

「整個斐家戰力……全都聚集在這裡了？」狄念祖見斐漢隆身後僅跟著四名獵鷹隊夜叉、兩名飛空阿修羅，不禁愕然。

「是呀。」斐少強攤了攤手，說：「你見識到我們復仇的決心了吧，連溫妮姊都……」

「……」狄念祖默然無語，他在與田綾香幾次交換情報中，已經得知溫妮因突襲袁唯而喪生，他問：「袁唯情形如何？」

「上去再說。」斐漢隆不耐地揮了揮手，身後獵鷹隊夜叉立時取出腰間繩索、結成繩結，打算將狄念祖等人和自己綁在一塊兒，直接飛去袁氏博物館。

眾人經過簡單的分配，狄念祖、月光、果果、阿嘉，以及兩名寧靜基地成員，分別由四名獵鷹隊成員和飛空阿修羅載運，斐漢隆和斐少強則負責探路和護衛。準備妥當後，斐漢隆一聲令下，大夥兒緩緩升空。

「你們最好做好準備，接下來速度會很快，這樣才不會被鳥人逮到。」斐漢隆沉沉地說完，抬手指指天空，整隊人馬開始加速飛竄。

「哇……喵哇——」傑克與老乖被米米以銀臂紮捆在果果胸前，米米本體則貼在果果背後，負責看照這一貓一狗和小女孩。

一陣急速飛升讓傑克只覺得自己的心臟都要從身子裡彈了出來，嚇得緊緊貼著老乖；老乖閉著眼睛、淌著舌頭，口水點點滴滴往後濺；果果倒是一點也不害怕，反倒興奮地不停對另一邊的阿嘉擠眉弄眼。

阿嘉儘管對提著他飛天的阿修羅有些彆扭和敵意，但終究是聽果果的話，不敢造次，乖乖地讓斐家飛空阿修羅提著向上飛竄。

這支空中小隊立時引起了四周鳥人和地面武裝人員的注意，四面八方圍擁上來。

「嘩！你們這麼直接……」狄念祖見到前方飛來的那隊鳥人大隊足足超過百隻，後方、左方和右方也有鳥人零星包抄圍來，便連底下也有大群夜叉在後追逐，不禁對這斐家兄弟的莽撞感到愕然，連忙轉頭對著斐少強喊：「我知道你們厲害，但不可能同時對付這麼……噫！」

狄念祖還沒說完，本來筆直向前的飛勢，突然九十度轉向，往地面極速俯衝。這一記突如其來的改變方向，不論轉向角度還是俯衝速度，可都比雲霄飛車更快更急上太多。

「哇！」狄念祖、傑克、甚至寧靜基地成員等都紛紛發出驚呼。

大片黑影掠過他們頭頂，那是鳥人大隊，這突如其來的轉向俯衝，使他們瞬間竄到鳥人大隊下方數十公尺處，斐家這批飛空阿修羅和本來僅能陸戰的獵鷹隊夜叉，大都經過強化改造，改造的不是戰鬥能力，而是飛空能力，爲的便是一旦遭到鳥人大軍包圍時，能夠以優勢飛空能力脫困。

鳥人部隊騷動起來，本來位於他們前方，即將正面衝突的斐家小隊，一下子竄到下方。隊伍前頭清楚見到斐家小隊轉向俯衝的鳥人們，立刻減緩飛勢，準備轉向追擊，但隊伍後方的鳥人卻搞不清楚狀況，未能及時減速，而紛紛撞上前頭減速的鳥人。

「喵嗚——」傑克瞪著一雙貓眼，尖聲長叫，只見地面離自己越來越近，正以爲提著他們的獵鷹隊夜叉失控墜地，豈知獵鷹隊夜叉再次陡然轉向，自俯衝之勢，急轉回水平直行。

一時間傑克還搞不清楚究竟發生了什麼事，只覺得四周陡然暗下，兩側變成飛梭不止的水泥壁面。

原來在斐漢隆帶頭下，這飛空小隊在數秒間一個個閃電般地竄入建築群的防火窄道中。後方的鳥人大隊急湧追來，那防火窄道僅一公尺寬，鳥人們有的衝進窄道裡卻卡著翅膀砸撞墜地，有的對不準窄道入口直接撞上牆壁。

一陣裂風聲自這棟建築防火巷另一端竄起，斐漢隆、斐少強以及一千空軍，在衝入窄巷時收合翅膀，猶如一枝枝飛箭，以拋物線的角度射過窄巷，在竄出窄巷的瞬間，立刻展翅衝天。

如此飛空技術，正是斐家兩兄弟特意為了這場大戰演練多時，僅一瞬間，便將大批鳥人追兵甩在後頭。

「哇！」狄念祖見前方一時間再無鳥人部隊，回頭只見鳥人們還被絆在那處建築群周邊，而袁氏博物館就在不遠處的前方，不禁對這斐家兄弟的本事欽佩不已。

「哇！」傑克瞪大眼睛，只見斜前方那數條觀光大街，擁出如同大浪海潮般的驚人大軍，那是以白牙為首的深海神宮主力部隊，他們自銀色海灘登陸，沿途衝散數支聖泉部隊，一路往袁氏博物館攻來。

而此時袁氏博物館外那寬闊的雅緻花園，也聚集著大批聖泉夜叉團和武裝士兵、提婆、阿修羅等聖泉正規部隊，他們快速地以人牆、車輛和沙包築起一道道堅城般的防線。

「哇塞，那些魚會走路啊！」傑克見到攻向博物館花園的神宮大軍裡，在最前頭衝鋒的是一批持著長叉的人形魚蝦士兵，其中也混雜著許多大魚大蝦，仔細看去，那些大蝦的腳又粗又壯，轟隆隆地奔踏著；大魚的腹部則生出各式各樣的粗壯鰭狀肢，那些鰭狀肢有的帶鉤、有的生爪，讓牠們能夠在陸地上行軍。

這是深海神宮為了有朝一日來到的陸地決戰，而研發多年的「半獸基因」，與半魚基因的使用對象剛好相反，半獸基因能讓這些大魚大蝦得以自由調整體壓和呼吸系統，以適應陸上環境，且能生出粗壯的腳足或鰭狀肢，使他們能在陸地奔走作戰。

白牙挺著一柄黑白相間、長約兩公尺的長矛，緊跟在衝鋒魚蝦士兵後頭，腳下是在深海大戰與他並肩作戰的青色巨型魷魚，那青色大魷魚腦袋斜斜地向後仰，十隻變形觸手各司其職，負責行走的四條觸手像是駿馬壯蹄；負責防禦的觸手上則生出如同盾牌般的硬甲，負責攻擊的觸手則狀如長刀，能刺能斬。

白牙之後是各式各樣的深海戰士，有揮動粗螯的蝦蟹、生著怪足的電鰻、甩著巨大鏈鎚的鮟鱇魚、活潑如同獵豹的海豚、舉著怪刃的巨大寄居蟹、渾身長滿尖刺的獅子魚、生著雙腿雙臂的大型海馬、汽車大小的海葵、厚殼長著銳刺的巨龜、稀奇古怪的海星……

更後頭，還有十數隻體型從十餘公尺到三、四十公尺長的鯊魚和鯨魚，這批壓陣巨獸，便是這深海神宮主力部隊中的主力部隊，大鯊身上攀黏著許多巨大的章魚、巨鯨背上是人魚雪莉帶著大隊魚蝦士兵。

這支浩浩蕩蕩的深海主力部隊，海嘯般地往袁氏博物館席捲而去。

轟隆隆隆——

袁氏博物館前花園空曠處，有四塊地板突然向下凹陷數十公分，形成四個約莫二十坪大小的方形凹坑，跟著，凹坑地板如同自動門般一分爲二——

袁氏博物館是袁唯心目中的聖地，又有神之音總部，能夠統御全球聖泉大小分部，周邊防備可不如表面上文藝悠閒，整個袁氏博物館連同正前方花園廣場，底下是一座巨型兵營，且有數條大小密道直通地底實驗室。

四個方形地底巨門敞開後，四座猶如城樓般的龐然大物自方洞中升起，那四座大物有五層樓高、形狀方正怪異，下身是四條像是橋梁梁柱般的短足，上身有如古代雕像，一顆腦袋生著四張臉，分別面向東南西北，八條胳臂左上右下橫擺胸前，每條胳臂上或蹲或站著一隊隊待命備戰的夜叉、提婆、阿修羅。

「咦？那不是……」狄念祖瞪大眼睛，只覺得眼前花園廣場上那巨大破壞神十分眼熟，正想瞧個仔細，卻聽見前頭斐漢隆拔聲高呼。

跟著，飛空小隊陡然轉向，一陣槍聲破空響起，原來是底下的聖泉守軍發現了斐家小隊，幾輛架著機槍的吉普車自斜前方逼來，朝著空中開火。

子彈火雨似地追掃著斐家飛空小隊，好幾次幾乎要擊中獵鷹隊或是狄念祖等人。

斐漢隆哼了一聲，陡然轉向，繞至朝向吉普車隊駛來方向，背後一雙翅膀快速變形，尺寸瞬間張大數倍，身體各處肌肉鼓脹且生出片片厚鱗，他抬起雙臂護著頭，接下本來要掃向果果的那片火雨。

機槍子彈擊碎了斐漢隆身上片片厚鱗，但舊鱗甫落、新鱗急生，斐漢隆身上的鳳凰基因等級高過阿修羅級別的戰士，機槍的子彈僅能擊碎他的鱗片，而傷不了他分毫血肉。

倏——一道黑影從另一邊掠下，落在吉普車隊最後一輛車上，是斐少強，他身上的鳳凰基因是高速形態，聖泉的鳥人和天使阿修羅也絕難追上他的速度。

斐少強一落在車上，順手將車上的機槍手拋下車，前方副駕駛座的武裝士兵嚇得連忙回身挺起衝鋒槍要將斐少強射下車，還沒扣動扳機就被斐少強將槍搶去。

斐少強左手持著搶來的衝鋒槍，右手操作著架在吉普車後座上的重型機槍，轟隆隆地對著使在前方的吉普車隊開火。

十餘輛吉普車自後方一輛輛翻車或者失控，整支車隊瞬間潰散。

斐少強一擊得逞，也不戀戰，在後方鳥人大軍、和四周地面的阿修羅和夜叉，以及更多武裝士兵四面包圍之前，再次飛空竄起。

斐漢隆拍振幾下大翅，抖抖身上碎鱗，再次變回一般飛空狀態，轉頭趕上隊伍——他接擋子彈的身體形態力量強大，但速度卻慢上許多。

「衝——」白牙揚聲高呼，長矛向前一指，前頭的蝦蟹士兵紛紛豎起手中長矛，向前衝刺。

花園廣場上大片夜叉組成的人牆後方地板，又出現一陣器械運轉聲，出現十數處直徑約莫兩、三公尺的圓孔，挺起一座座一層樓高的重型機槍塔，幾名指揮官紛紛對著對講機下令，十餘座重機槍連同聖泉武裝士兵，朝著衝來的蝦蟹士兵同時開火。

三分之一的蝦蟹士兵中彈倒下了、三分之一的蝦蟹士兵躲開了、三分之一的蝦蟹士兵舉起大螯護住頭臉要害。

上百隻大海龜自蝦蟹士兵後頭擁出。

大海龜將腦袋縮在殼裡躲避子彈，四足卻不停向前爬動，來到了被機槍掃射阻住了攻勢的蝦蟹士兵前方，然後轉身，後足一撐，讓龜殼立起。

上百面兩公尺的大盾便這麼豎立在蝦蟹士兵前方，蝦蟹士兵們紛紛奔向大海龜們，推著大海龜盾牌繼續向前推進。

重型機槍持續掃射，武裝士兵們也使用起榴彈砲和火箭筒，一發發往龜殼陣射去，爆炸聲震耳欲聾，火光伴隨著炸裂的土石四處噴濺，上百面龜殼大盾有的給炸出裂痕、有的讓燒得焦黑，但一面都沒倒下。

在大海龜盾陣的掩護下，深海部隊持續向前推進，雙方前線逐漸逼近。

陡然之間，槍聲止息了，榴彈和火箭也不再發射——

花園廣場上的守軍與持續推進的深海主力部隊間，出現了短暫的詭異寂靜。

有些蝦蟹士兵忍不住自大海龜殼後方探出頭來，他們見到前方夜叉結成的堅實人牆，開始鬆動——

夜叉們潮水般地朝著他們奔來。

「輪到我們了，射！」白牙嘶吼一聲，左手指向一名奔在最前頭的夜叉，右手舉起長矛，倏地一擲，長矛飛梭射去，刺穿那夜叉胸膛、刺穿了花園地板，將那夜叉釘在地上。

下一刻，上百柄長矛自海龜盾陣後方飆射上天，在空中畫出一道道弧線，然後斜斜地落下。

衝鋒的夜叉揚臂揮爪，將一支支落下的長矛格開擊落、或是抓個正著。

這批蝦蟹士兵的身體素質遠不如聖泉夜叉團，除了白牙外，再無一柄長矛刺中夜叉。

然而夜叉們雖然近乎完美地擋下這陣矛雨，但在下一刻，夜叉紛紛倒下了。

原來那些黑白相間的長矛，並非單純的武器，而是海蛇，牠們能夠將身子豎直硬化，將腦袋化作尖頭，遠遠看去便如長矛一般。

落了地的海蛇扭曲蜷動起來、尖銳的矛頭變回蛇形，纏上夜叉小腿，被夜叉接個正著的海蛇，更順勢捲上夜叉胳臂，往夜叉脖頸竄爬。

海蛇們張口就咬，將麻醉毒液迅速注入夜叉體內，進入夜叉體內的毒液在兩、三秒內就發揮作用，被咬著的夜叉們手或腳紛紛不聽使喚，全無知覺、僵硬抽搐起來。

「再拋——」白牙再次下令，又是一陣「矛蛇」給拋上天際，射向第二波衝上的夜叉。

這一次夜叉也有所準備，他們揮動利爪，將矛蛇打飛，盡量不讓矛蛇有接觸自己的機會。

噠噠噠噠，後方槍聲再次大作，十餘架重機槍台盡量避開己方夜叉，鎖定深海部隊那些指揮小頭目開火。

一時之間，一邊火雨齊射、一邊矛蛇漫天，火雨和矛蛇在空中交會，落入另一邊陣中。

空中，斐家飛空小隊也不拉高高度、也不迂迴轉彎，便這麼硬生生地自火雨和飛矛之間穿過，斐漢隆再次化出大翅厚鱗，替夥伴擋下幾波機槍子彈，斐少強則是順手接著幾支矛蛇，擲進夜叉陣營裡。

飛空小隊穿過激烈戰圈、穿過彈雨和飛矛，在傑克驚駭哀號聲中，轟隆幾聲碎響，衝破一面面袁氏博物館的大落地窗，衝進博物館五樓一處藝術展覽廳裡。

眾人甫落地，斐家小隊立時解開載運繩結，大夥兒重新踩上地面，紛紛舒手伸腳，喘息驚歎。狄念祖回頭望向窗外斜前方那花園廣場上的戰局，盯著聖泉守軍陣中幾座巨獸，喃喃地說：「那東西長得好像……」

「那是堡壘。」斐少強恨恨地說。

儘管當時第五研究本部一戰，斐家在撤退時已經銷燬大部分重要研究資料，但殘留在本部裡的情報仍然相當多，堡壘、紫鳳的屍身更是現成的寶貴實驗樣本，袁唯旗下研究人員接收這批成果，立刻便研發出類似，甚至更加優異的生物兵器。

此時底下四座堡壘，身上不僅沒有當時第五研究本部堡壘身上那些營養供給管線，且體型更為巨大，且沒有行動時間限制：杜恩提供的毗濕奴基因，突破了原本聖泉破壞神級別兵器身體的能量侷限，讓聖泉能夠量產破壞神級別兵器。

自然，這段時間生產出來的破壞神，幾乎全派給奈落王當作手下，好讓袁唯在全球注視下展現力戰群魔的神之風采。

而這四座堡壘，是專責護衛袁氏博物館的四隻破壞神級別兵器，由於在機能和外型上與其他奈落古魔格格不入，因此沒有登場共演，此時面對深海神宮主力部隊進犯，倒是派上了用場。

「哇，小狄，我們快走吧，再不走那些怪鳥就要追來了。」傑克急得喵喵大叫，指著窗外天際飛來的大批鳥人。

「喂，狄念祖，現在我們進來了，下一步呢？」前方的斐漢隆像是早不耐煩，對著還待在窗邊的狄念祖喊。

「呃？」狄念祖呆了呆，後頭寧靜基地成員立時接話說：「田小姐要我們搶袁安平。」

「袁安平在哪？」斐漢隆問。

兩名寧靜基地成員彼此互看一眼，一個搖搖頭，一個說：「應該在神之音總部。」

「那神之音總部在哪？」

狄念祖不等寧靜基地成員回答，便搶著說：「我看過博物館簡介，一樓到九樓都是展示區，十樓以上是辦公空間，我們從十樓往上找。」

此時位在前方廊道探路偵查的獵鷹隊夜叉發出警示呼聲，底下一部分聖泉部隊向上攻來，窗外鳥人部隊也已追了上來，眾人已無時間仔細盤算，立刻動身，穿過這懸掛著各種名畫、珍寶的美麗藝廊，安全通道就在前方。

一陣古怪振翅聲自後方響起，果果、月光回頭一看，大批鳥人自那窗戶破口中擁了進來。

「咦？他們的動作有點古怪。」果果有些訝異，她見到鳥人衝進了博物館裡，動作一下子拘謹起來，將翅膀收合，改以步行追逐。

「哈，小狄！」傑克聽果果那麼說，也回頭看，見著那些拔步奔跑的鳥人，笑著拍起狄念祖的頭，說：「你看那些笨鳥到了室內，沒辦法飛了。」

鳥人的飛行技術不如斐家空中部隊，在有著許多樑柱、隔間、展示品的室內空間裡，自然無法任意飛行，僅能依靠步行前進。

「不只如此……」果果盯著身後動作怪異的鳥人追兵，像是還察覺了什麼，但眾人已經奔入安全通道，寧靜基地成員立時將安全門關上，眾人往上疾奔。

「小狄，既然還要爬樓梯，爲啥剛剛不衝進高一點的樓層？」傑克攀在狄念祖肩上隨口問，見前頭斐漢隆回頭瞪了他一眼，便趕緊改口扯開話題：「袁唯不是中了溫妮姊姊的計，被打進寄生蟲嗎？現在不知道怎麼了……」

狄念祖轉頭問斐少強：「你們打進袁唯身體裡的寄生蟲效力有多強？能對他造成什麼樣子

的傷害？」

「嗯……那些寄生蟲其實取不了袁唯的性命。」斐少強答：「袁唯身體裡的毗濕奴基因很厲害，比袁家大老闆最初夢寐以求的永生基因還要厲害，幾乎接近不死之身。」

「幾乎接近？」狄念祖問：「也就是說還是會死、還是有弱點。」

「這個當然，誰不會死呢？」斐少強說：「毗濕奴基因提供袁唯源源不絕的能量，但是消耗掉的能量，還是必須經過休息和補充才能夠恢復，當能量消耗大於恢復時，自然會反應在肉體的強度上。」

「嗯……」狄念祖點點頭，又問：「那麼，然後呢？」

「對，你沒見到袁唯剛剛的樣子，所以不清楚他的情形。」斐少強聳聳肩說：「現在袁唯身體裡，無時無刻都有想要往外頭竄的寄生蟲，那些寄生蟲擁有簡單的腦部構造，懷抱著對袁唯滿滿的仇恨，他們會主動攻擊袁唯；更重要的是，那些寄生蟲同時擁有袁唯的基因，當袁唯使用梵天、濕婆、毗濕奴的力量時，那些寄生蟲也能夠同步受益。簡單來說，我們的寄生蟲殺不死袁唯，也不是爲了殺死他，而是讓他在戰鬥時，耗費五倍甚至十倍以上的能量。更重要的是，袁唯不是戰鬥人員出身，他對親身作戰這件事相當陌生，這些寄生蟲會嚴重干擾他的情緒、造成他戰鬥中的失誤，這樣一來，我們就有機會擊敗他。」

狄念祖先是呆然數秒，跟著肅然起敬，說：「我小看溫妮了，我不知道她竟然能夠做到這種程度……」

「哼。」斐漢隆瞪大眼睛，說：「我們是戰爭專家，溫妮是專家中的專家，她是天生的將領，如果她傷不了袁唯，你們這些科學家、駭客又怎麼能夠傷得了袁唯。」

「你說的沒錯。」狄念祖點點頭，表示贊同。

「這是她的使命。」斐少強補充：「溫妮將全心放在替姊姊報仇這件事上，不管是研發寄生蟲、還是進行對袁唯的致命一擊，她毫無保留……雖然她生於我們斐家實驗室，但我們一直將她當成家人，她是斐家的一份子。」斐少強說到這裡，頓了頓，又說：「所以，我和哥也全無保留，我們會替溫妮完成最後的工作。」

「我們的計畫是劫下袁安平，若不能讓他即時奪回聖泉大權，就走水路撤退。」狄念祖聽斐少強言語中有種欲和袁唯同歸於盡的意思，連忙說：「沒必要和袁唯玉石俱焚。」

「那是你們的計畫。」斐漢隆說：「你們的計畫是拯救世界，很好，你們儘管去吧；我們的計畫，就只是復仇。」

狄念祖瞪大眼睛，還不明白這斐家兄弟為何如此執著，斐少強在他身旁解釋：「袁唯有世上最好的醫療團隊和研究員，他們很快就能夠找出對付寄生蟲的方法。且聖泉集團經過袁唯一段時間高壓統治，袁安平還剩下多少影響力，沒人知道，如果給袁唯時間喘息整頓，之後袁安平就算露面，也未必能取回大權，屆時，袁唯會變得更加強大、防備心更重，到那時候，我們將毫無機會；另一方面，就算你們成功幫助袁安平奪回大權，但袁安平終究是那瘋子的大哥，若他偏心他弟弟，到時候我們可難以幫姊姊和溫妮報仇了。」

「……」狄念祖默然無語，他儘管也痛恨袁唯，但他的復仇心卻不似斐家兄弟這麼急切，他稍微思索斐少強幾點憂慮，確實都有可能發生，眾人將希望全寄託在袁安平身上，倘若清醒後的袁安平情形不如己方預期，不管是已遭洗腦抑或是維護弟弟，可都是個人麻煩，他對斐少強說：「你倒是提醒了我一點很重要的事。」

「別囉嗦了，上不去了，只到九樓！」斐漢隆指著樓梯盡頭那被他一腳踹開的安全門，外頭仍是展示空間，樓層標示上寫著九樓「袁氏家族館」。

噠噠噠噠——

一陣奔踏聲自下傳上，是底下的鳥人大隊衝破底下安全門，擁入逃生通道，一路向上追來。

眾人趕緊進入袁氏家族館，關上安全門，斐家兄弟吆喝著獵鷹隊夜叉和阿修羅，推來幾只沉重展示櫃和桌椅沙發，堵在那安全門前。

狄念祖望著四周雅緻展示廳，指了指身後的安全門，說：「我們上來的那條逃生通道，所有遊客都能夠使用，沒辦法直達神之音總部也是理所當然，我想這個地方應該另有通往更上層的專屬通道。」

「剛剛要是直接飛進十樓就好了。」傑克在狄念祖耳邊埋怨。

「剛剛要是直接飛進敵人部隊裡就更好了！」斐漢隆聽見傑克細語，勃然大怒，瞪著他說：「那樣子第一個死去的就是你這蠢貓——」

狄念祖見斐漢隆發怒，連忙打圓場，對傑克說：「我們不清楚袁氏博物館裡的構造布署，只知道神之音總部在上方樓層，裡頭的防衛想必極其嚴密，要是闖錯地方，進退無路，那怎麼辦？從下方樓層攻入，配合深海神宮部隊裡應外合，慢慢推進，比較保險。」

「喵嗚，我知道了。」傑克遭到斐漢隆叱罵，儘管心裡不開心，卻也不敢回嘴，低頭舔著爪子。

「外頭也有鳥人。」果果指著遠處幾扇窗這麼喊，眾人望去，只見窗外也有不少鳥人徘徊，大夥正奇怪這些鳥人怎麼不破窗而入，便聽見轟隆隆一陣聲響，一片片窗沿上方，緩緩降下一道色澤暗沉的板塊，將整扇窗子遮擋住。

「咦？」斐漢隆瞪大眼睛，還搞不清楚發生什麼事，斐少強身形一閃，倏地往那扇窗蹦去，來到窗邊，舉起拳頭往那擋住窗子的板塊重重敲了幾下。

「是攔阻牆！」斐少強這麼說。

狄念祖抬頭望望天花板，又跺跺腳，知道這袁氏博物館的建築構造，想必比黑雨機構更爲堅實牢固，他們想要抵達神之音總部，想來是無法使用破牆這類方式了。

而降下攔阻牆遮住窗戶，自然也是防止他們破窗而出，從外側攻轉攻其他樓層，或者逃跑。

「看來上頭的傢伙已經準備好要在這個地方逮我們了。」狄念祖東張西望，瞧見遠處一台監視攝影機，正對著自己這夥人。

磅、磅磅啷啷！安全門發出一陣巨響，鳥人大隊已經攻到安全通道外頭。

同時，展示廳某側通道，擁出了成群結隊的鳥人。

「好樣的！」斐漢隆雙拳交碰，胳臂肌肉劇烈隆起，跟著是三角肌、斜方肌、胸肌和腹肌一一隆動浮凸，且覆蓋上堅硬厚實的鱗甲，全身骨架暴長，化成龍人形態——斐漢隆能夠自由控制陸戰龍人身形與游擊飛空形態間的比例，此時這挑高五米的袁氏家族館終究不夠寬闊，因此他將身形維持在兩公尺半左右的高度。

斐少強則吸了口氣，脊椎彎曲變形，雙手化出利爪、雙腿鼓脹兩倍，變化成高速作戰形態，此時他的體態就像是一頭敏捷凶悍的迅猛龍。

狄念祖和月光互望一眼，狄念祖化出拳槍大臂，月光舉起那雙自雜物間選中的大扳手，擺出作戰架勢。

CH04 鯨蛇大戰

「倏倏、倏倏倏——」

八岐大蛇圓滾滾的身軀開始顫動起來，擺在轉角外的大尾左右掃盪起來，腦袋高高揚起，像是再也嚥不下鯨艦軀體了……

一旁，蛇爺爺和蛇奶奶還各自捧著一團鯨艦軀體，他們並未留意到手上的鯨艦軀體垂掛下來的黏條早已互相連結，且與淌在大蛇口邊的黏團相連，鯨艦大腦已經聯繫上了八岐大蛇吞進肚子裡的那些黏土章魚，無以計數黏土章魚在大蛇腹中收到大腦的訊號，正快速集結、聚合起來。

「倏倏倏——」大蛇嘴巴張得更大，像是想要將鯨艦的軀體嘔出一般。

蛇魔女騎掛在大蛇腦袋上，還不知發生什麼事，連忙安撫著大蛇。

□

「嘎？嘎嘎？」濕婆備料庫裡，小蛇猴本來攀在一座備料塔上，探頭探腦地尋找傑夫的蹤影，聽見外頭大蛇發出的怪聲，轉頭望向門外，引頭叫了幾聲。

倏——

底下一陣激流響起，小蛇猴猛地回頭，循著那水流聲響接連躍過幾座備料塔的塔頂，向下探頭探腦。此時庫房裡燈光昏暗，積水已約莫八十公分高，水面浮著幾具深海神宮研究人員的屍體，但就是沒有傑夫影蹤。

傑夫躲在距離小蛇猴數公尺遠的一座備料塔下方水中，一動也不動。此時他渾身赤裸、通體暗紅，下半身化成十條魷魚觸手，頭上生出軟鰭，雙臂仍維持人手模樣，手腕上戴著一副微型濕婆裝置。

不久前他藉著狄念祖和傑克在透過通訊設備發出的噪音引開小蛇猴，衝往備料塔，但小蛇猴的速度飛快，一察覺周邊動靜，立刻轉頭疾追傑夫。

然而傑夫在水中行動迅捷，小蛇猴個頭矮小，這成人大腿高度的水位已淹過他的腦袋，牠索性攀上備料塔，居高臨下尋找傑夫身影。

傑夫不出水面，便無法使用濕婆備料，若離開水面，速度則遠不及小蛇猴，當下無計可施，只能潛伏水底，見機行事。

「嘎嘎、嘎嘎嘎！」小蛇猴又聽見外頭大蛇發出的怪聲，聲響裡散發著痛苦的訊息；他們八個蛇魔與大蛇共生，負責狩獵、餵食以及護衛大蛇，儘管小蛇猴性情頑劣倔強，一心想逮著傑夫，但一聽見大蛇發出求救訊息，仍然急切地想要出外探看。

他蹦了幾蹦，來到最靠近門邊的備料塔上伸長身子探頭探腦，自然什麼也看不到。後頭，傑夫從塔底見小蛇猴跳遠，便緩慢地游開，游至較遠處一座備料塔底，揚起觸手，捲上備料塔柱，緩緩向上攀爬。

小蛇猴耳朵極靈，聽見了傑夫離開水面時的流水嘩啦聲，又轉過腦袋，盯著那聲音方向。

傑夫戰戰兢兢，將速度放得更爲緩慢，慢慢地伸出更多觸手，按上備料塔，使用觸手上的吸盤緊緊吸住塔面，一點一點地向上移動。

傑夫終於接近備料塔頂，他此時身處位置完全看不見小蛇猴，他不知道小蛇猴此時究竟是待在原處，還是已經逐漸向他逼近——

若小蛇猴離他甚遠，他全力翻上塔頂，立刻便能夠觸及濕婆備料，展開反攻；若小蛇猴已然逼近，他翻上塔頂等於自投羅網。

傑夫觸手上那微型濕婆裝置已經啓用一段時間，只要接觸到備料，立時便能產生作用，將備料轉化爲身體的一部分，任意作爲武器或是軀體的延伸。

在這幅地寬闊的地下濕婆備料庫裡，二十八座巨大備料塔儲存的濕婆備料全加起來，足以打造出一具體型和力量不下於袁唯梵天金身的巨大軀體，這也是田綾香等人無論如何也要取得濕婆備料的原因。

傑夫持續緩慢地挪移身體，往備料塔頂前進，他伸出戴著微型濕婆裝置的那隻手，讓五指變長，指腹上也化出吸盤，儘可能地搆向那掀開頂蓋的圓形塔口。

啪、啪啪——幾聲不大不小的拍擊聲自塔身響起。

傑夫由於情緒過度緊繃，向上推進時，某條觸手拍著了塔身，發出了聲音。

聲響雖然不大，但耳朵極靈的小蛇猴必然聽見了。

傑夫知道此刻絕無遲疑的空間，他鼓起全身的力氣竄向塔頂。

「哈！」蹦上塔頂的傑夫忍不住發出一聲歡呼，他見到小蛇猴仍停佇在遠處備料塔上，雖然小蛇猴因爲那聲響而鎖定了目標，正蹲在塔頂邊緣準備朝這兒飛蹦，但距離他太遠了。

他奮力探長胳臂，將手伸進備料塔裡那滿滿的、猶如軟泥般的濕婆備料。

備料塔轟隆隆震動起來。

微型濕婆裝置快速產生作用。

小蛇猴飛快蹦過好幾座備料塔，閃電般竄向傑夫。

幾股黑泥洶湧竄出塔口，力道之大，竟將傑夫整個人拉上了半空，磅地撞上天花板。

「哇！」傑夫瞪大眼睛，一瞬間感到胳臂和後背都發出了難以忍受的痛楚。

「嘎、嘎嘎、呀呀！」小蛇猴讓這竄出塔口的黑泥大柱嚇了好大一跳，躍開老遠，落在另一座備料塔頂上蹦蹦跳跳，對著傑夫咆哮。

「對、對對……就是應該這樣……是我自己……太不小心了。」傑夫連連咳嗽，伸手抹了抹嘴，滿掌鮮紅。

「嘿嘿、哈哈哈，沒錯……這就是貨真價實的濕婆備料……這就是破壞神級別的力量……」傑夫苦笑著，連連喘氣，剛剛那濕婆備料啓動時的力量，遠遠超乎他的想像，他僅是想要「攔下」小蛇猴，那備料上竄的力道，便將他整個人撐上天花板，撞斷後背幾條肋骨、撞得肩膀幾乎脫臼。

「噫——」小蛇猴蹦彈幾下，踩上塔蓋高高躍起，對著傑夫扒出一爪，傑夫甩動魷魚觸手防禦，那條觸手立刻給小蛇猴撕裂扒斷。

小蛇猴個頭矮小，但力量和速度卻是無比驚人，這批蛇魔各個都有接近提婆等級的身手。

小蛇猴一擊得逞，落在塔頂再次蹦起，又在傑夫甩來的另一條觸手上抓出幾道人裂口。

小蛇猴第三次彈蹦，蹦得比前兩次更高，幾乎蹦到了傑夫胸前，但這次高度夠了，距離卻略遠些，小蛇猴伸長了胳臂揮爪，在傑夫胸腹間也扒出一道裂口。

裂口不深，並未傷及腑臟，但也讓傑夫胸前瞬間血紅一片。

「慢慢來、慢慢來……」傑夫一手按著胸腹傷口，咬緊牙關，努力嘗試驅動濕婆備料還擊，他耐著性子，使用事前演練過的方法，想像這些備料是他身體的延伸，有如他的手腳、有如他的觸手，他努力地試著揮動「手腳」或是「觸手」——

磅！唰！

轟隆一聲巨大爆響，一道黑影自下而上，從第四度躍起的小蛇猴身邊掃過，轟隆隆地掃倒三座備料塔。

傑夫也讓這巨大衝擊甩出老遠，重重摔落在水中，又嘔出幾口血。

小蛇猴則嚇得蹦彈到遠處，攀在一座備料塔上探頭探腦，還搞不清楚究竟發生了什麼事。

傑夫撐起身子，撫著暈眩腦袋，只見自己給剛才那怪力拋飛二十餘公尺，他見到本來那座備料塔裂開一條大口，裡頭黑色的濕婆備料四散成黏團狀，就像是那個總跟在月光屁股後的小侍衛糨糊鬧脾氣時的模樣。

「我們想得太簡單了嗎……」傑夫喘著氣，苦笑地搖搖頭。他們按照杜恩自深海神宮傳來的資料，造出能夠控制濕婆備料的微型裝置，也利用緊迫的資源造出些許濕婆備料，在大戰來臨的短暫時間裡讓大夥練習操作，但操縱少量備料和操縱巨量備料，所需要的技巧和力量卻大不相同。

光是使如此巨量的備料按照自己的意思動作，便讓傑夫耗盡心力，備料動作時所產生的巨大力量，更讓傑夫的身體難以負荷。

「嘎……」小蛇猴在遠處的備料塔上，歪著頭盯著傑夫瞧，他本來讓傑夫兩度濕婆備料攻勢嚇著，但遠遠地見傑夫行動遲緩、受傷不輕，便又大著膽子齜牙咧嘴、朝他威嚇一番，跟著飛快朝著傑夫蹦去。

「喝！」傑夫見小蛇猴撲來，再次咬牙操作濕婆備料，在微型備料裝置作用下，他全身都能夠控制備料，他奮力揚起雙手，周邊水裡霎時揚起數條黑色巨大黏臂，猶如魷魚觸手一般。

「噫呀！」小蛇猴驚駭之餘，衝勢卻未停下。這些黏臂雖然壯碩力大，揚出水面後卻只是胡亂擺動——傑夫無法精準地同時控制數條黏臂動作，他專注揮揚右手，甩動一條巨大黏臂，轟隆隆地鞭歪了前方三座備料塔的底柱，三座備料塔緩緩地傾垮倒塌，發出轟隆隆的巨響。

小蛇猴則早在這黏臂甩來前便飛快閃開，噫地一聲，落在傑夫胸膛上，揚起利爪，扒進了傑夫心窩。

咚咚、咚咚——小蛇猴插在傑夫胸膛中的利爪，幾乎摸著了傑夫跳動的心臟，他正要將之捏碎，卻陡然一呆，猛地豎起耳朵、瞪大眼睛，轉頭望向門外。

他隱約聽見自外傳來的尖銳倏倏聲，那是大蛇發出的求救訊號。

□

「呀！」「噫呀——」蛇爺爺、蛇奶奶、蛇魔女驚怒交雜地吼叫著，他們還不明白到底發生了什麼事，在他們眼前那八岐大蛇，突然激烈蜷動掙扎起來。

大蛇的嘴巴不自然地張著，甚至比進食時張得更大——

是被撐開的。

鯨艦在大蛇體內聯繫完成，一部分的黏土章魚從大蛇肚子往口外竄，往水裡竄，往藏在水裡的鯨艦大腦的位置聚集結合；也有一部分黏土章魚在大蛇口部、喉間處聚集變形，撐開大蛇嘴巴，避免讓大蛇將連結大腦的黏土章魚群咬斷。

另外四分之三的鯨艦軀體，在大蛇體內聚集成各種形狀對大蛇發動攻擊，或以柱狀突撞、或以鎚狀爆衝、或強撐大蛇腔體、或擠壓大蛇腑臟。

或是發動電擊。

滋滋滋啪啪——大蛇再次激烈震動起來，牠被自胃裡炸開的電流，電得胡亂翻騰蜷動著。

鯨艦雖然不是攻擊型兵器，但力量仍然屬於破壞神級別，八岐大蛇再凶再悍，卻也無法抵抗不了來自體內的強力攻勢。

「呀呀、嘎嘎嘎！」蛇爺爺和蛇奶奶拋下手中的鯨艦軀體，張牙舞爪卻也莫可奈何，他們連敵人是誰都不知道——尚不是完成品的八岐大蛇和蛇魔，在沒有指揮人員下達指示的情況下，幾乎不具備判斷能力，此時這些蛇魔便和野獸一般，僅能憑著本能行動。

蛇奶奶像是感受到了什麼，陡然停止咆哮，猛然轉頭。

一記拳頭轟隆擊在蛇奶奶臉上，將蛇奶奶擊得向後仰倒摔進了水裡。

那拳頭的主人——貓兒，在擊倒蛇奶奶的下一刻，便與隨之撲來的蛇魔女激烈大戰起來。

蛇爺爺瞪大眼睛，正要上前助陣，突然腳下劇痛，低頭一看，他左腳板被一柄短刀穿透，釘在地上。

在深海神宮大批打水海葵部隊的努力灌水下，此時地下一樓的水位已經淹過大腿，直逼成人腰際。

擁有半魚基因的華江賓館成員仗著水勢展開反攻，小次郎趁著貓兒吸引蛇魔注意的空檔，在水中疾竄，餵了蛇爺爺腳板一刀。

「嘎！」蛇爺爺大吼著對水下一陣亂打，小次郎早已游遠，嘩啦水聲大作，蛇爺爺連忙轉身，一看酒老頭殺到面前，立刻凶猛迎戰，大爪還沒對上酒老頭的胳臂，後臂又中一刀，小次郎在水下來回游擊，這頭砍蛇爺爺一刀、那頭劃蛇奶奶一刀。

那頭，黑風和鬼蜥、豪強也在水位掩護下，三面夾攻蛇奶奶。

「快攻進庫房，支援傑夫！」田綾香一面指揮著寧靜基地成員和神宮蝦兵們向前推進，一面以對講機與斐家兄弟，以及海洋公園內其他友軍聯繫。

□

下方樓層，墨三爲了不讓蛇牛和蛇怪人發現鯨艦大腦的存在，不停在兩隻蛇魔身邊竄繞誘敵，他噴出墨汁妨礙蛇魔視線、揮動觸手掃捲蛇魔下肢，一旦被蛇魔揪住，他便自斷觸手，在昏暗且充滿黑墨的水中，墨三纏在蛇魔身上的斷肢還會不停掙動一段時間，讓蛇怪人和蛇牛以爲墨三就在身旁，不停揮拳亂打，卻什麼也打不著。

「呵呵，蠢蛋！」墨三在斷去三條觸手、噴完滿腹墨汁、將蛇怪人和蛇牛惹得火冒三丈暴動亂竄之後，疲累地竄開老遠暫歇。他左顧右盼，尋找鯨艦大腦，只見通往地上一樓的樓梯轉角，有一條粗壯軟柱自水上延伸至轉角後方廊道，鯨艦大腦就在藏在那兒指揮著大蛇體內的黏土章魚群。

墨三見此時的鯨艦大腦外已包覆著厚厚的黏土章魚，體型猶如一頭小牛，知道大腦已經成功取回那些被大蛇吞下肚的黏土章魚，心中大石放下，正想去和鯨艦會合，卻感到背後一股激流捲來。

他回頭，是蛇女娃。

蛇女娃揪住了他一條觸手。

儘管他還有五條觸手，斷去的觸手甚至能夠再生，但這條被蛇女娃揪住的觸手卻無論如何也不能斷——

這條觸手上戴著微型濕婆裝置。

這一瞬間，墨三腦中亂糟糟地閃過各種思緒，他知道微型濕婆裝置只有八具，他自己、傑夫、田綾香、黃才和狄念祖一人一具，餘下三具則在傑夫率領的三名研究員身上。

然而黃才在飼育場戰死、傑夫和三名研究員在庫房內遭到蛇魔襲擊，生死未卜，狄念祖的裝置由糨糊保管，能否成功交至狄念祖手中上不得而知，因此他身上這具微型濕婆裝置顯得彌足珍貴。

墨三全力揮出其餘觸手捲向蛇女娃。

「咿！」蛇女娃本來以爲墨三會像之前一樣竄逃，卻不料墨三全力猛撲，猝不及防下，被墨三數條觸手擊中腦袋、胳臂和腰腹——

她一爪扒進了墨三的臉。

墨三感到臉部發出劇痛，但仍緊緊捲著蛇女娃不放，他的墨汁已經耗盡，他有些後悔在被蛇女娃抓著觸手的那當下沒有自斷觸手，他的力量遠不及蛇女娃，即便盡力死戰也打不贏這小蛇魔。

「咕嚕、咕嚕嚕嚕……」墨三本想要出聲求救，但一想到另兩隻蛇魔便在不遠處，知道即便其他蝦兵趕來，也是白白犧牲，索性便盡力嘗試著再擠些墨汁出來——一片深色水霧自他臉前噴開，墨三正有些欣慰原來墨汁尚未用盡，但進而發覺那深霧青森墨藍，這才意識到耗盡全力擠出身體的不是墨汁，是自己的血。

「無妨……用處一樣……」

墨三感到蛇女娃扒進他臉中的手開始激烈亂竄起來，他使上殘餘的力氣，讓捲著蛇女娃全身上下的觸手打了好幾個結、吸盤貼著吸盤，無論如何也不鬆手。

□

「咦？大章魚呢？」糨糊和石頭以及眾蝦兵們因為墨三的墨汁阻礙了視線，在不知戰情發展的情形下循著牆角摸索向上，分別抵達地下一樓後，終於與酒老頭、田綾香等人會合，全力圍攻八岐大蛇和三隻蛇魔。

糨糊持著沿途撿拾的尖叉，甚至是死去蝦兵的大螯作爲武器，遠遠地以黏臂偷襲蛇奶奶；他左顧右盼，只見梯間還不時有蝦兵泅出水面，加入戰局，但就是不見墨三，忍不住轉頭向石頭問：「大章魚剛剛不是跑在最前面，怎麼沒看到他？」

「不知啊……」石頭搖搖頭、舉著石臂，和糨糊一同偷襲蛇魔。

「他該不會還在底下跟臭怪物打架吧？」

「不知呀……」

「你這笨蛋，什麼都不知！」糨糊不時轉頭，往梯間探看半晌，有些猶豫，不知該不該回頭去找墨三，但他倆在水中本便不如神宮魚蝦靈活，此時底下水裡昏暗且充滿墨汁，即便入了水，也不知從何找起。

儘管如此，糨糊仍然拉著石頭，繞回梯間，再次潛入水裡。

就在糨糊和石頭入水後的下一刻，蛇爺爺、蛇奶奶和蛇魔女，突然發出激烈的嘷叫，放棄與酒老頭、貓兒等人纏鬥，轉向往大蛇奔去。

大蛇此時的模樣異常古怪，或者說，大蛇體內的鯨艦軀體改變了攻擊方式，所有的黏土章魚正一股作氣往大蛇口外推擠集中，像是想離開大蛇軀體、又像是想一鼓作氣撐爆大蛇嘴巴。

大蛇的喉部被巨量的黏土章魚撐得變形腫脹，又被不時發動的電擊給電得七昏八素，連還擊的力量都沒有。

蛇魔女似乎發現到那掛在大蛇口外、延伸至水底的那直徑數十公分粗的杜狀鯨艦軀體，便是造成大蛇如此痛苦的元凶，她總算意識到鯨艦並沒有死。

「呀！」蛇魔女一爪扒向掛在大蛇口外的鯨艦軀體，但還沒扒著鯨艦，背後便捱著追來的貓兒一記重擊，身子向前一撲，撞在大蛇嘴上。

蛇魔女站穩身子，也不顧貓兒殺到了身後，盡力張開爪子，想要攻擊鯨艦，解救大蛇，卻被貓兒揪住了胳臂和後頸，猛力一拋，摔砸在數公尺外廊道牆上。

蛇爺爺、蛇奶奶也要出手救援大蛇，酒老頭等人又豈會給他們機會，紛紛竄來，前後左右攔著他們、四面猛攻。

蛇爺爺焦躁之下，當胸捱著酒老頭一記重肘，胸口凹陷一個坑、背心則讓小次郎深深捅了一刀；蛇奶奶先被鬼蜥噴出的毒液濺瞎了眼睛、再被豪強和黑風聯手夾擊，轟歪了腦袋。

蛇魔女剛從水中掙起，急匆匆地想趕回去救援大蛇，便讓自水下竄來的貓兒抓著腳踝，拖進了水裡。

蛇魔女與貓兒在陸上對戰便已落於下風，被拉進水裡更加不敵，加上分心大蛇安危，戰意全失，在水中胡亂掙扎，被貓兒一爪扒裂頸子，又被後方一擁而上的蝦兵補上一陣尖叉刺擊，死在水裡。

田綾香領著寧靜基地成員涉水前進，跨過蛇爺爺和蛇奶奶的屍身，見八岐大蛇喉部鼓脹得像是一顆充飽氣的皮球、痛苦不堪，但仍拚了命地滾動掙扎，巨大的身軀將兩側牆面撞出了道道裂痕。

貓兒盯著大蛇喉間瞧了半晌，突然飛快向前，揚出利爪，在大蛇喉間劃了一下，立刻向後躍開。

「倏——」大蛇猛地一陣顫抖，被貓兒劃過的喉間出現一條細微裂口。

貓兒這一記看似微不足道的爪擊，使得緊繃到極限的堅韌蛇皮，產生一處受力不均的破綻，鯨艦向外撐撞的力道使得裂口逐漸擴大。

啪！大蛇的喉間陡然爆破、血水四濺，大蛇高高仰起頸子，鯨艦的軀體自那裂口中鑽出，化爲兩片猶如海龜或是鯨豚般的鰭狀肢，更進一步將裂口推開更大。

磅！驚駭之中，大蛇盯著前方的貓兒、酒老頭、田綾香等人，鼓動最後的力道，猛地挺身，像是想替自己報仇，但牠此時身處在地下甬道之中，一挺身腦袋便重重地撞上天花板，鯨艦也同時再次放電，將大蛇電得癱軟，轟隆一聲砸回了水裡。

鯨艦蠕動軀體，自大蛇口中和喉間巨洞鑽出，與大蛇嘴外的軀體會合凝聚，將那奄奄一息的八岐大蛇往梯間拖拉，將大蛇拖入更深的水中。

「動作快！」田綾香見鯨艦擊敗大蛇，清空通路，趕忙領著眾人趕往濕婆備料庫房。

眾人奔入庫房，首先進入眼簾的便是十餘具漂浮在水中的白袍研究員屍身，跟著是數座倒塌的備料塔。

「傑夫！」眾人見到遠處一處隆起的黑色黏團，猶如一座小山，露出半截暗紅色身軀，是傑夫。

傑夫垂著頭、右手揚起，黑色的濕婆備料纏繞著他的上半身、包裹著他下半身，巨大的黑色黏臂自他身旁那座備料小山立起，豎起約三公尺高，猶如一株粗壯樹幹。

「傑夫……」田綾香來到傑夫身邊，只見傑夫雙目半睜，已經死去，胸膛上有個可怖血洞。

田綾香抬頭望向那豎在傑夫身邊的黑色黏臂，只見黏臂末端形狀有如獸爪，緊緊握著小蛇猴，小蛇猴的身軀被這濕婆備料化成的巨爪握得骨碎變形，也已死去。

不久前，本欲捏碎傑夫心臟的小蛇猴，因爲聽見了外頭大蛇的呼救訊號，分心轉頭，傑夫趁著空檔，耗盡全力，操縱濕婆備料化爲大爪，一把抓住小蛇猴，將之高高舉起捏斃。而傑夫也因爲心臟受到巨創，隨即也跟著死去。

「這些就是濕婆備料……」田綾香望著傑夫身下那聚成小山的黑色黏團，以及數座倒場的備料塔周邊那些自塔口傾瀉而出的黑色黏團，偶爾微微閃爍著螢光。

「墨三他們還沒趕來？」田綾香左顧右盼，急急下令：「鯨艦復活，表示墨三他們行動成功，或許水下還有蛇魔，快去接應他們——」

寧靜基地成員此時忙碌地與狄念祖以及海洋公園各處人員聯繫，聽田綾香下令，立時分出一隊人員，連同蝦兵，浩浩蕩蕩趕去支援墨三。

CH05 搶救墨三

「大章魚，你在哪裡？」糨糊和石頭潛回水中，循著深入水中的鯨艦軀體一路向下，水中本便昏暗，又染著墨三噴出的墨汁，更加漆黑一片，糨糊和石頭在水裡什麼也看不見，只能隱約感到十數公尺外似乎捲動著激流——

此時上頭樓層，鯨艦猶自與大蛇糾纏、酒老頭等正與蛇魔激戰，深入水中的鯨艦長體，不時震動著或是閃爍微弱電光，糨糊和石頭若是靠得鯨艦軀體近了，便會感到一陣電擊刺麻。

在這漆黑水下，連方向都分不清，四個小侍衛頭靠著頭商討了半晌，糨糊伸出十餘條細如蚯蚓的黏臂，四面八方地摸索探找，他讓黏臂緩緩變長，偶爾停下動作，感受水流，將黏臂往水流較強的地方伸去。

「哇！」糨糊陡然感到一陣刺痛，他朝著某個方向伸出的黏臂，被某種怪力打斷——是蛇牛和蛇怪人。

蛇牛和蛇怪人身處水中，沒聽見大蛇發出的求救訊號，他們在漆黑水裡，與墨三的斷臂糾纏半晌，已經分不清東南西北，轉來繞去，總是找不著梯間位置，恰好糨糊伸去的一條黏臂碰著了蛇牛後腦，使得蛇牛鎖定了目標，朝著糨糊所在位置奔去。

嘩——嘩啦啦——

激流亂捲，蛇牛和蛇怪人先後衝到糨糊身處之處，一陣亂打，卻什麼也沒打著，原來糨糊和石頭知道蛇魔力大無窮，早一步變化身形，沿著地板滑退到了牆邊，像是捉迷藏般一聲不吭。

「咕嚕、咕嚕嚕……」蛇牛摀著口鼻，露出了痛苦神情，儘管這些蛇魔肺活量遠遠強於人類，但長達十數分鐘未能呼吸換氣，加上幾度激烈戰鬥，使得他們的身體開始缺氧。

「我在這裡呀笨蛋。」糰糊的聲音突然在蛇怪人身後響起，蛇怪人猛地反身一拳，啪地打著一個軟黏小東西，他朝那聲音方向追去，卻什麼也沒追著。

原來糰糊將黏臂化成管狀，繞到蛇魔後方，透過管子說話，讓蛇魔以爲糰糊在他們身後，轉身去追，自然什麼也追不著；蛇怪人那一拳，僅僅打著了糰糊變出的那條軟管。

「石頭我跟你說，這些笨蛋好笨、超級笨，比飯笨一萬倍。」糰糊感到水流遠離，知道自己計謀得逞，得意洋洋地對著石頭說：「要玩捉迷藏，他們肯定玩不過我們……」

小侍衛在水中耗氧低，能夠撐得比蛇魔更久，且他們隨時都能利用變形身子，伸出細管繞回上方樓層換氣。

「咕嚕、咕嚕嚕……」蛇牛和蛇怪人往糰糊出聲方向追逐半晌，一無所獲，胸口窒悶感愈漸加重，突然又聽見糰糊的聲音自遠處響起，便轉身回頭，朝著聲音處趕來。

他們同時感到腳下像是踩著了什麼軟黏之物。

陡然，蛇牛的腰處捱了一下刀割、蛇怪人的大腿捱著一記突刺。

他們一齊轉向，朝受襲處的方向發動攻擊。

蛇怪人的拳頭搥在蛇牛的胸口、蛇牛的大爪扒在蛇怪人的肩上。

原來是糨糊伸出更多細如蚯蚓的黏臂，一條條鋪在地上作爲偵測之用，當蛇牛和蛇怪人踩過那細小黏臂時，便讓糨糊鎖定了方位，伸起早埋伏著的兩條黏臂，一臂捲著刀、一臂持著銳刺，自蛇怪人和蛇牛之間發動突襲。

漆黑的水中無法視物，蛇怪人和蛇牛僅能約略知道彼此位置，卻不知道糨糊在他們周邊設下陷阱，身體突遭襲擊，本能地朝著來襲方向發動攻擊，結果便是擊中對方。

「咕嚕、咕嚕嚕……」他們瞬間發現自己打中的是同伴，便不再繼續攻擊，但下一刻，蛇牛腹部又捱上一刀、蛇怪人大腿又中一刺。

「咕嚕！噫呀——」兩隻蛇魔遭遇到空前難題，這些蛇魔智能本便極低，若無指揮官下令，只能憑藉本能行動，若在陸上遭遇強敵，硬碰硬不是問題，但在這無法視物的水底，遇上能夠任意變形又頑劣的小侍衛，卻是一籌莫展，他們甚至連自己究竟碰上什麼敵人都弄不明白。

「呀哈哈、啊嘻嘻嘻！」糨糊躲在遠處，以四處延伸的黏臂判斷兩隻蛇魔位置，再以黏臂捲著刀叉四處偷襲，將兩隻蛇魔惹得暴怒瘋狂。

「糨糊……」石頭見玩心正盛的糨糊似乎忘了重返水底是爲了尋找墨三，接連喊了他幾次也得不到回應，索性自個兒探出石臂，四處摸索起來。

石頭仿效糨糊的作法，稍加變化，化出十數道長扁石片，鋪地毯似地四面八方鋪開，尋找墨三下落。

「唔！」石頭陡然一驚──

他朝著某個方向鋪去的石片，被個軟黏東西拖過，那東西距離他和糨糊僅有數公尺，那軟黏東西的觸感令他感到有些熟悉──是墨三的觸手。

奄奄一息的墨三此時僅剩下三條觸手，被蛇女娃拖著走；蛇女娃似乎沒有忘記替大蛇狩獵這項任務，但動作略顯急躁，似乎也因爲在水中待得久了，憋氣憋得難受，卻找不著出路。

她拖著墨三又走出幾步，察覺到腳下異狀，便停下腳步，微微側著頭，感應四周水流變化，似乎察覺到遠處有些動靜，比起蛇牛和蛇怪人，蛇女娃更加敏銳一些，她循著那細微聲響摸索而去。

倏倏！幾股激流在蛇女娃面前竄動，蛇女娃噫地一聲，揮爪撲去，什麼也沒扒到，只覺得腳下踩著些許黏糊東西──那是糨糊伸出的偵查黏臂。

蛇女娃繼續向前，感到腳下踩過的黏糊物變得更多了，由於她身處漆黑水中，看不清東西，便只是蹬了蹬腳，突然聽見幾聲哎喲，那聲音自她斜前方發出，她噫呀一聲，循著聲音揮爪竄去，突然撞上一只尖銳石柱。

這石柱自然是石頭變化而出，糰糊則負責出聲誘敵，但蛇女娃反應敏捷，一感到撞上了阻礙物，立時止住衝勢，因此這石柱僅淺淺刺入蛇女娃腹部吋許，並沒有對她造成太大傷害。

就在蛇女娃停下動作的同時，她用來揪著墨三的左手，陡然被一只巨大利剪箝住，喀嚓一聲，那利剪箝斷了蛇女娃的手腕。

幾乎就在同一時間，三柄刀、兩柄銳叉、一支螺絲起子，一齊扎進蛇女娃的大腿、腰腹和脖子等身上各處。

「呀——」蛇女娃被這突如其來的襲擊攻得措手不及。

原來石頭一得知蛇女娃和墨三就在附近，立刻通知糰糊，兩個小侍衛快速商量作戰計畫，糰糊將黏臂變化得比平時更加黏軟，如同半液狀般，配合水流阻力，讓蛇女娃在難以察覺的情況下詳細偵測著蛇女娃所在位置和當下動作。

石頭則與湯圓聯手化爲一柄大鉗，讓材質最是堅韌的湯圓擔任鉗剪的部位，石頭則擔任鉗身，將蛇女娃提著墨三的手腕一口氣剪斷，皮皮則負責抓接墨三。

「搶到大章魚了沒？」糨糊突擊得逞，興奮地大吼大叫，指揮著眾小侍衛扛著墨三逃跑，還不時回頭對著蛇女娃大罵：「妳這臭鬼，活該、哈哈……啊！」

糨糊才罵兩句，甩在後方的偵測黏臂，便感到蛇女娃以極快的速度朝他們追來，嚇得連忙大喊：「石頭，快逃呀，她追來了——」糨糊剛喊完，蛇女娃便從他身邊竄過，一把將他身子扒出一道大裂口。

跟著，蛇女娃一把揪住奔在前方的石頭，像頭獵豹般撲上石頭後背，瘋了似地狂扒，幾秒內將石頭扒得四分五裂，然後落地，回頭要再找糨糊算帳，但她摸索一番，卻找不著糨糊，再轉身，想去尋回被石頭劫走的墨三，卻發現連石頭也不見了；地板滑溜溜的，連一塊碎石都沒有。

原來石頭也將本體藏在腿部，上身被蛇女娃扒碎，餘身立時將本體往牆角推送躲藏，趁著蛇女娃轉身探找糨糊之際，快速把碎散一地的石塊拼回身上，然後迅速變化身形，變成一根梁柱，緊緊貼著牆壁，不敢作聲。

糨糊則像張蛋餅般地攀貼著天花板，抱著熄滅的燈具和管線，一動也不動。

「喝呀！」後方一陣奔踏激流逼來，原來是蛇怪人和蛇牛感受到這兒的躁動，趕了過來，他們與蛇女娃會合，三個蛇魔都亟需換氣，此時四周的墨汁經過水流攪動，在底下海水持續灌入後稀釋許多，已不像初期那樣濃密，能夠隱約見到幾處防水照明發出的微弱光線。

糨糊貼在天花板上，瞧見底下蛇魔身影晃動，不免感到驚恐害怕，他知道若是底下三隻蛇魔抬起了頭，或許會見到他，他緩慢地變化身形，盡量讓身子平整貼合在牆壁上，讓自己看起來像是牆壁的一部分。

糨糊和石頭的偽裝顯然生效了，三隻蛇魔完全沒有發現頭頂上那滑溜的天花板和身邊一處突兀的梁柱，就是剛剛偷襲他們的敵人。

「大章魚、大章魚，你死了嗎？」糨糊伸出細細的黏臂，鑽進石頭化成的梁柱內側，輕拍著墨三腦袋，他將聽覺器官和發聲器官循著細管悄悄挪移至梁柱裡頭，關切墨三狀況。

「沒……那麼容易死。」墨三虛弱地回答，不久前他在蛇女娃的激烈攻擊下暈了過去，但蛇女娃的任務目的是蒐集食物，而不是單純殺戮，她見墨三失去反抗能力，便不再攻擊，而是將墨三當成大蛇的食糧，拎著他尋找出路，墨三因此逃過一劫。

醒轉後的墨三與石頭低聲對話，大致明白當前處境，此時對糨糊說：「小海星吶……我不要緊……你別管我了，你身上還帶著一具微型濕婆裝置對吧……快將那東西帶上去交給田小姐，或許他們用得上……」

「什麼裝置？」糨糊聽墨三提及微型濕婆裝置，便在身體裡摸索一番，此時的他全身扁平地貼著天花板，特地在某個角落造出一處方形小箱，僞裝成牆上的線路箱，裡頭藏著他那只小水缸和他的本體、重要器官，以及微型濕婆裝置，他摸著微型濕婆裝置，便問：「你是說剛剛出發前，女人給我的那個手錶？」

「是呀……」墨三點點頭，說：「那東西你保管好……一定要交到狄念祖手上……」

「爲什麼？」糨糊不服。「那女人明明是給我，爲什麼我要給飯？」

「田小姐是要你轉交給狄念祖……」墨三喘著氣說。「那東西不好操縱，狄念祖腦筋靈光，身體力量也比我們更強大，或許他可以……」

「誰說的！」糨糊據理力爭。「我也很聰明，力量也很強大，我比飯厲害，手錶應該是我的，其實它本來就是我的，是那女人自己給我的。」

「你……」墨三一時之間，也無力與糨糊爭辯，他嘆著氣，虛弱地搖搖頭。「好……先別說這個，你知道……現在我們在哪裡嗎？能不能和田小姐會合……」

「我們在『下面』啊。」糨糊答：「你帶著我們下來找鯨艦，鯨艦找著了，你又不見了，所以我跟石頭下來找你。」

「好……」墨三聽糨糊說得顚三倒四，卻也大致聽個明白，知道自己仍在地下二樓，他說：「這樣好了……我引開這些傢伙，你倆小傢伙快回去上面吧……」

「不要。」糨糊說：「我們就是來找你的，如果你不跟我們回去，那我們下來幹嘛？」

「你……」墨三瞪大眼睛，焦急氣惱之際，卻又微微有些感動，知道這些小侍衛儘管頑劣，但他們返回水下與蛇魔糾纏搏鬥，可不是爲了好玩，而是要救自己一命。

「我來引開這些笨蛋，石頭，等等我說『跑』，你就全力跑喔……」糨糊這麼說，跟著靜默半晌，不再言語，墨三忍不住問：「你怎麼引開他們？」墨三剛問完，便聽見遠處傳來一陣碰碰啷啷的敲擊聲。

「我引開他們了！」糨糊突然開口，跟著又補上一句：「石頭，快跑！」

「什麼？」墨三呆了呆，陡然感到天旋地轉，作爲僞裝的石頭梁柱突然向四周掀開，石頭挾著墨三，迅速變形，甩出數條石臂，遠遠地搆著前方廊道一處門欄，將身體快速向前拖拉。

三隻蛇魔此時身處在距離糨糊和石頭甚遠的廊道末端，追逐著糨糊掛在那兒的某條黏臂，原來糨糊知道蛇魔由於水中視線不佳，只能循聲追擊，便悄悄伸長黏臂，到了遠處某個角落，隨意摸著個硬物，對著一處金屬儀表箱磅啷啷亂敲一陣，惹得三蛇魔發狂追逐，往反方向奔出老遠。

糨糊和石頭則立即朝著梯間方向逃，這次兩個小侍衛不再像先前那樣拖著沉重身子在水中跑步，而是善用自己長處，利用變形軀體搆抓前方門欄或是任何能夠施力處，使勁拉拔身體前進。

「呀？」三隻蛇魔很快發現糨糊和石頭其實在背後，他們胸口窒悶難耐、精神焦惱急切，一察覺任何動靜，都視為脫困的契機，他們立刻轉向，朝著糨糊和石頭瘋狂追逐。

「咕嚕、咕嚕嚕嚕——」蛇牛才轉身追出幾公尺，突然出現異狀，他長時間潛身水底，已經嚴重缺氧，體力幾乎耗盡，只追出幾步，便大大嗆了一口水，胸口劇痛、手腳發麻，他在水中虛弱地掙扎起來，已無力追擊。

蛇怪人低吼著，狀況雖不致於像蛇牛那般糟，卻也虛弱許多，他的行進速度遠不如全速前進的糨糊和石頭，便連蛇女娃也跟不上。

身中數刀的蛇女娃，像是一點也不在意身上皮肉創傷，她的力量雖不如蛇怪人和蛇牛，但耐力、敏銳卻強上一截，她手腳並用，貼在牆壁側面似游似走，手腳攀著門欄或是壁面凹凸處便猛力飛蹦，姿勢古怪速度卻極快，她離糨糊和石頭越來越近。

在不知第幾次全力猛蹦之後，蛇女娃伸直了的小手，緊緊抓到了石頭下肢。

石頭立時變形身體，讓被抓住的部位化成泥狀，從蛇女娃手中溜走。

蛇女娃再次飛蹦，已趕到石頭前方，她揮動大爪，扒抓石頭正面，但她的腰身立時被上方的糨糊揮臂捲住，甩在一側牆上。

周遭的墨汁逐漸消散，四處可見微弱的光線，他們已經回到先前大蛇盤踞那梯間廊道中，此時鯨艦已經戰勝大蛇，在田綾香的指示下，與酒老頭等一行人轉向趕往袁氏博物館的方向前進支援。

「咕嚕、咕嚕嚕！」蛇女娃在長時間缺氧的情況下，體力也瀕臨極限，她讓糊糊這麼一甩，嗆著了水，反倒逼出凶性，張大了口，不顧一切地往糊糊撲去。

「哇！」糊糊見蛇女娃那般凶狠模樣，嚇得轉身就跑，甩出黏臂捲住遠處樓梯扶手，拚命要將身子往梯間方向拉，蛇女娃撲上了糊糊後背，伸手便往糊糊身子裡捅。

「呀！」糊糊感到體內一陣劇痛，一面慶幸她沒打中自己本體，一面趕緊快速變形，甩出幾條黏臂打向蛇女娃，一面將本體轉移遁逃。

「糊糊——」一旁的石頭見糊糊被蛇女娃撲上，連忙趕上幫忙，甩出數只石臂狂刺蛇女娃，蛇女娃先前被石頭剪去一腕，此時單爪作戰，對著糊糊爛糟糟的身體一陣亂扒，只覺得眼前這傢伙被她扒得哇哇喊疼，下一刻卻又能夠復原黏合，怎麼也打不死。

「嘎！咕嚕嚕嚕——」蛇女娃體力到達極限，又嗆了好幾口水，躍過糊糊，往梯間奔去。

「嗚……」糊糊立即從爛泥狀態，邊哭邊凝合成原狀，氣呼呼地甩出黏臂，捲上蛇女娃腳踝，死也不讓她上樓換氣。「妳打我那麼多下就想跑啊！」

「嘎哇哇……」蛇女娃瘋狂扒水，但她體力耗盡，被糨糊拖著腳踝，一下子掙脫不了，反身揮爪，扒斷了糨糊黏臂，但她另一足又被石頭伸出的石臂捲上。

「哇，這邊還有蛇魔！」自庫房出來尋找墨三的蝦兵，總算察覺到水下動靜，連忙下水支援，他們一見蛇女娃，先是驚駭愕然，跟著見到蛇女娃身負重傷，且還被後頭的小侍衛纏著，便大著膽子挺起尖叉展開圍攻。

一陣突擊，終於將蛇女娃擊斃在水底，將餘下三條觸手、氣若游絲的墨三接出水面，快速送往備料庫房。

此時備料庫房裡的水位已淹過成人腰部，田綾香指揮著寧靜基地成員，將備料庫房裡大批置物櫃翻倒堆疊成高台，建立起一處臨時工作站，負責處理夥伴傷勢，以及聯繫調度他處夥伴。

墨三被送往那工作站，接受莫莉的緊急治療，墨三除了臉部受到蛇女娃重創之外，那些斷裂的觸手都能夠長回，儘管虛弱，但沒有生命危險。

「傑夫，你不會白死的……」墨三遠遠見到傑夫慘死模樣，不禁唏噓，他擺動著斷臂，對著傑夫的屍首喃喃自語，跟著想起了什麼，問著莫莉：「還剩下幾組濕婆裝置？」

「這……」莫莉先是環顧四周半晌，跟著說：「傑夫死了，跟著他的三個研究員都死了，這些濕婆在出發前就啓動了，主人一死，裝置就失效了……現在田姊的濕婆還有作用，你的……」莫莉說到這裡，望了望墨三那剩餘的觸手。

「我的濕婆裝置讓蛇魔毀了……」墨三恨恨地說：「黃才戰死在飼育場，現在……」他說到這裡，轉頭喊著擠在田綾香身邊搖頭晃腦的糨糊：「小海星，你那只濕婆裝置呢？快拿出來？」

糨糊像是沒聽見墨三的話一般，目不轉睛地望著田綾香。

田綾香將戴著微型濕婆裝置的右手，輕輕按著傑夫身下那堆濕婆備料，閉目凝神，只見那堆成了小山的濕婆備料，轉眼間隆起數團黑泥，先是化爲長蛇狀的觸手，跟著集結凝聚，化成一柄尖銳大柱。

田綾香額上淌下汗滴，她努力操使著那尖銳大柱，進一步變形，變化成爲一柄大劍，那大劍劍身略微歪斜，厚度也不一致，看來像是小學生捏出來的陶土一般。

「嗯……」糨糊忍不住對著一旁的石頭說：「好醜，這女人變出一柄爛泥巴劍……」糨糊邊說，邊甩甩黏臂，倏地變出三把小劍，石頭也搖搖石臂，輕鬆化出兩柄小石斧，和糨糊比劃起來。

田綾香並未理睬他們，繼續專注操縱濕婆備料，在這次大戰前，幾名負責操縱備料的成員，早已多次練習過濕婆備料的操縱方法，但是最終關鍵，卻在於「量」——操縱數十公斤濕婆備料，與操縱數十噸乃至於數百噸重的濕婆備料，所需技巧和耗費精力自然大不相同。

田綾香長長吁了口氣，緩緩揚動胳臂，努力指揮著那柄黑泥大劍，但稍微使得大力些，便讓底下那堆備料小丘猶如巨蛇抬頭、陡然隆起，將黑泥大劍轟隆一聲推刺進天花板中。

田綾香又耗費好大一番工夫，小心翼翼地將大團濕婆備料自天花板摘下，她皺了皺眉，改變方法，將手掌埋入濕婆備料裡，再次閉目凝神，緩緩攪動著備料，像是揉捏麵糰一般，只見黑泥自她手掌緩慢延伸，逐漸包裹住她全身。

「這招是我發明的。」糨糊見田綾香使用濕婆備料打造出一身黑色裝甲，便對身旁的石頭說：「她學我。」

田綾香在濕婆備料的武裝下，整個人高壯厚實了一整圈，體型逼近阿修羅，她考慮再三，有時托起更多黑泥往身上按，有時又摘下部分黑泥扔回備料堆中，好半晌才嘆了口氣：「這樣的分量，是我能夠隨心操縱的極限了，但實際上……現在的我，或許連夜叉也打不贏……」

「田姊，別勉強。」一旁的寧靜基地成員說：「安全要緊。」

「安全？」田綾香顯然不滿意那成員的說法，她冷笑了笑。「我很久沒有考慮過這個問題了，我考慮的，是如何發揮最大的戰力，消滅袁唯。」

「田姊，妳別誤會。」那成員連忙解釋：「我的意思是……我們有許多擅長近身作戰的夥伴，但現在整個戰線的調度指揮，完全依賴妳，要是妳上前線打鬥，誰來接替妳發號施令？」

「……」田綾香望著前方還餘下二十幾座備料塔默然無語，心想千辛萬苦，犧牲了傑夫和許多夥伴，打下一座兵器庫卻不懂得如何使用，未免太過諷刺。

「小海星——」墨三遠遠地喊：「我在對你說話，你那只濕婆裝置呢？快交出來，再把狄念祖叫回來，我教他怎麼用這玩意兒。」

「……」糨糊搖搖晃晃地繞過石頭，繞到某個墨三看不見的位置，取出他那只微型濕婆裝置，摸索把玩幾下，跟著又藏回身體裡，探出頭對著墨三說：「大章魚，我不懂你在說什麼？」

「糨糊，別玩了！」莫莉也幫腔說：「快把濕婆裝置交出來，那東西很重要，我們得讓狄念祖戴上它，現在大概只有他有本事操縱這些備料了。」

「哼，誰說的！」糨糊不服氣地繞到備料堆旁，伸出黏臂往備料堆上一拍，說：「我也行……哎喲！」糨糊雙手剛按上濕婆備料堆，便連忙甩開，他只覺得那備料堆堅硬如鋼鐵一般，心中覺得奇怪，為何剛才在田綾香操作下，這些黑泥軟糊糊的，他伸手來摸，卻摸著一堆硬鐵。

他轉頭望了田綾香幾眼，陡然明白眾人口中那微型濕婆裝置，就是驅使這些備料的關鍵，他扭扭身子，取出那只濕婆裝置，對田綾香說：「女人，這手錶是妳給我的，現在就是我的，我會用，讓我試試看——」他一面說，一面就將微型濕婆裝置往黏臂上套。

「不行！」墨三急得大喊：「快聯絡狄念祖，說這小海星造反啦！」

「等等。」田綾香突然揚起手，阻止身邊成員聯絡狄念祖，說：「不如讓這小侍衛試試。」

「啊？」墨三、莫莉、林勝舟聽田綾香這麼說，可大吃一驚，紛紛搖頭反對。「田姊，妳要讓糨糊使用微型濕婆裝置？」「什麼，他怎麼會用這東西！」

「你們別忘了……」田綾香說：「狄念祖這段時間都在海洋公園裡，他並沒有實際練習過這東西，我們替他準備一具裝置，只是作爲備用，就算他腦袋靈光，也不表示什麼都行。」

「就是說嘛、就是說嘛。」糨糊見田綾香竟站在他這邊，驚訝之餘，可也得意洋洋，朝著墨三大罵：「大章魚，你聽到沒，我比飯聰明多了，我救你你還不幫我，早知道我不救你了，讓你所有腳都被拔掉，剩下一顆頭，看你怎麼游！」

「你這小王八蛋……」墨三氣得瞪大眼睛，擺出一副要跳下水衝去和糨糊單挑的模樣，莫莉連忙安撫墨三，一面對田綾香說：「田姊，妳想清楚，濕婆裝置一旦啓動，就不能換人使用啦。」

「狄念祖現在得專心破解神之音總部的冰壁系統，怎麼能夠把他叫回來操縱濕婆？」田綾香看著糨糊，說：「更重要的一點，我認爲這小海星或許更適合使用濕婆裝置。這些小侍衛本來就是杜恩設計出來，作爲袁燁那些女僕身邊的隨侍，而杜恩造給袁唯的濕婆，也是基於相同原理設計出的產物，等於是這些小侍衛身體的強化版。」

她一面說，一面揚起手，操使著附於身體上的濕婆鎧甲，讓胳臂上的備料緩緩變形，一會兒變成大鎚、一會兒變成長劍。「我們難以操縱這些東西，除了經驗之外，主要在於我們有一副血肉之軀，難以承受濕婆的巨大力量，但小侍衛不一樣，他們身體除了『核』以外，就是與這濕婆備料類似的黏體。我們以肉體支撐備料，他們則能夠以備料支撐備料，而沒有肉體承受上的問題，他們完全懂得操縱這些東西。」

「沒錯，沒錯沒錯沒錯！」糨糊得意地說，此時水位高過了他原本身高，他在腳下伸出高蹺般的長柱，讓自己看上去猶如踩在水面上般，他聽不懂田綾香這番話但百分之百同意，他立刻高高舉起黏臂，胡亂變化一番。

「這所有備料總和起來，等同一具破壞神級別的兵器，我就怕這小王八蛋不受控制。」墨三似乎不反對田綾香的說法，但對糨糊卻是仍有疑慮。

「無論如何，值得一搏。」田綾香向糨糊招了招手，說：「來，我教你怎麼使用這個裝置。」

「耶——」糨糊高興地手舞足蹈，奔向田綾香，還對著墨三說：「你才是王八蛋、你是老王八蛋、你是只有三隻手的老王八蛋——」

糨糊來到田綾香身邊，取出微型濕婆裝置雙手奉上，且伸出黏臂，化成短短人手，對田綾香說：「快幫我戴上手錶，我要趕快拿去給公主看。」

田綾香接著那裝置，望著糨糊伸來的短手，搖搖頭說：「這東西不能戴在『手』上，得戴在你的『核』上。」

「核？」糨糊呆了呆，立時明白，他儘管有些遲疑，卻還是扭扭身子，將本體擠出體外，問：「你是說這個嗎？」

「……」田綾香望著糨糊那拳頭大小、麵包海星狀的本體，望著他興奮的雙眼，隱隱感到不安，轉頭問墨三：「小侍衛的核這麼小一個？戴上之後如何取下？」

「我怎麼會知道。」墨三沒好氣地回答。

「快快快！」糨糊見田綾香莫名猶豫起來，深怕她突然反悔，立時伸出黏臂，纏住田綾香手腕，將她手腕往自個兒本體拉，催促著：「快幫我戴上手銬呀。」

「等等！」田綾香立時喝止，嚴肅地說：「小海星……這個東西不是玩具，是我們僅存的希望，是用來擊敗袁唯的武器。」

「我當然知道呀。」糨糊瞪大眼睛說。「我又不是笨蛋，我要保護公主，我現在身體小小的，打不過袁唯，快讓我戴上這手銬，我要用這些黑泥巴，上去好好揍他一頓！」

「……」田綾香似乎還有些話想說，但只是點了點頭。

CH06 追擊的古魔

「殺——」

白牙率領的神宮大軍與博物館外的守軍短兵相接，碩大無匹的藍鯨、巨鯊正面衝向數層樓高的破壞神堡壘，堡壘揮動長臂，鞭在巨鯨背上、長臂上成爲了橋，大隊夜叉奔衝上去，與巨型鯨鯊身上的蝦兵展開大戰。

底下聖泉武裝部隊和夜叉們，和深海神宮的卡達蝦、大螃蟹、陸行魚、八爪章、怪水母等殺成一團，白牙腳下那巨型大魷魚，四條行動觸手強壯靈巧，猶如駿馬般能跑能跳，載著白牙衝至大戰前線，揚開兩隻防禦觸手，以觸手上的變形大盾擋下一陣武裝士兵的砲火，跟著四條攻擊觸手不停揮甩突刺，將十餘個衝殺上來的夜叉一一鞭倒斬殺。

白牙挺著尖叉，刺向自堡壘跳下的阿修羅，那尖叉刺在阿修羅肋骨上，應聲斷成兩截，白牙胸口捱了那阿修羅一拳，卻一步也沒有後退，他拋下斷叉，和阿修羅互毆數拳，跟著咬牙一喝，胳臂、肘處、指節長出大大小小如同鯊齒般的寬刃。

白牙揮動臂上寬刃，朝著阿修羅脅下一拐，立刻在阿修羅軀體上割出一道巨大血口，登時鮮血噴濺，跟著白牙連出數拳，或是直擊或是割斬，將阿修羅一舉打下大魷魚。

白牙是康諾手下第一戰將，力量不亞於麥老大，這些年靠著他的帶領，深海神宮戰士們得以無數次擊退聖泉追兵。

「上去！」白牙大喝一聲，腳下大魷魚四條觸手猛力一蹦，竟蹦上一座堡壘那條長臂上，大魷魚四條行動觸手一登上堡壘長臂，立時又化出吸盤，劈里啪啦順著長臂飛快往上爬，白牙拉著韁繩，揮拳迎戰四周亂竄的鳥人，底下蝦兵拋出幾支海蛇尖叉，白牙接在手上，乘著大魷魚一路殺到堡壘頭頂。

那是處寬闊如同公寓頂樓的圓弧形大頂，上頭聚著的夜叉立刻被大魷魚鞭下地，白牙踩在堡壘頭上，持著尖叉往堡壘頭上亂刺，將尖插刺斷，便以自己胳臂上大鯊齒亂鏟。

這堡壘起初只是皮肉受傷，但白牙胳臂上的寬闊鯊齒極其堅韌，更兼白牙力大無窮，一陣亂鏟，竟在堡壘腦袋上挖出一個大坑。

大魷魚也揮動攻擊觸手，對著那巨大血坑瘋狂突刺。

堡壘沒有口，發不出聲音，沉穩的動作開始慌亂，揮動巨大長臂往頭頂上砸，砸了數次，都沒砸著白牙，堡壘上載運的夜叉，有些轉向趕往頭頂，想逼退白牙，有些被一陣陣的劇烈晃動摔落下地。

突然轟隆一聲，這座堡壘終於力竭癱倒，巨城歪斜傾垮，白牙踩在堡壘傾斜的腦袋邊緣，一點也高興不起來，他望著己方陣中也有兩頭巨鯊在阿修羅和夜叉的猛攻下，緩緩癱死。

神之音總部指揮台上，李家賓盯著螢幕牆，望著博物館外野蠻且炙烈的戰況，神經緊繃到了極限，連連吞嚥著口水。

「廣場上所有神之音弟兄、各種技術人員、研究員、醫療人員已集結完成，現在整個海洋公園的排水系統無法運作，所有地下通道淹滿大水，沒辦法走地下通道，我們正調動夜叉開路，想辦法將他們儘快送往總部。」一名廣場後台神之音成員這麼對李家賓報告。

「不……」李家賓此時站在神之音總部指揮台前，透過視訊設備，對著廣場後台的神之音成員下令：「那樣太慢，叫鳥人部隊一個提一個，直接飛上來，動作越快越好！」

李家賓這麼說完，回頭看了輪椅上的袁安平一眼，此時用以維持袁安平睡眠狀態的緊急睡眠裝置，顯示面板上的倒數時間只剩下數分鐘；時間一過，緊急睡眠裝置便會失效，袁安平會逐漸進入一般睡眠狀態，隨時都會因外界的聲響和動靜而醒來。

原本駐守在神之音總部裡的研究員和醫療人員，都因袁燁的突襲而喪命，李家賓緊急調集人馬，爲的便是儘快穩定袁安平的情況，恢復神之音總部運作，讓袁唯安心接受治療，且進一步指揮全球聖泉部門，替這盛大活動收尾。

由於此時袁氏博物館外，被白牙率領的深海神宮大軍圍得水洩不通，戰況膠著，袁唯派來的數批人員都被擋在戰線外，李家賓只好調動鳥人大隊，試圖從空中接應那些工作人員。

「報、報告李長官！」某個通訊頻道裡，一名夜叉指揮官緊急傳來通報：「水！有水淹進大廳裡——」

「什麼？」李家賓呆了呆，手忙腳亂地操縱著指揮台上的監視設備。

神之音總部寬闊指揮台上那數面巨大螢幕牆，能夠監看整座海洋公園，包括地底實驗室所有監視畫面，而光是袁氏博物館便架設著數百台監視攝影機。

如此巨大的監視系統，平時由一組數十人的神之音成員負責操縱，隨時將指揮者需要的畫面，呈現在螢幕牆或是指揮台那上百台個別電腦螢幕上。

然而這批人員，不久前都讓袁燁帶來的衛隊和女僕殺盡，吉米、威坎等衛隊成員，自然也不懂得操縱這些複雜儀器，李家賓只能一手包辦。他手忙腳亂地切換監視頻道，總算調出大廳監視畫面，只見一陣一陣的大水從某個通道向外湧出，他立即意識到這些水是從地底實驗室冒上來的。

「大門口第七小隊、第八小隊注意，回防博物館！」李家賓急急忙忙地繼續操縱監視畫面，大聲下令：「地底實驗室有敵人攻上來了——」

地底實驗室有數條通往袁氏博物館的地道，在田綾香指示下，酒老頭等華江賓館成員和鯨艦循著地道直攻袁氏博物館。

李家賓知道敵人將海水不停灌進地底實驗室，此時大水淹進大廳，表示地道大門已經開啓，海水淹滿地底實驗室之後，自然便漫入了博物館大廳。

「別讓敵人上樓！」李家賓急切下令，跟著慌亂地切換監視畫面，一面在低樓層監視畫面尋找著可能自地底實驗室攻入的敵人，一面又在高樓層畫面緊盯著狄念祖等人身影，他氣急敗壞地對外下令：「鳥人準備好了沒，快把人員帶上來啊——」

「……」袁燁頹坐在角落，袁齊天一動也不動地站在他身旁，袁燁仰起頭，望著面無表情的袁齊天，茫然喃喃地說：「太可笑了……」

「二哥……這就是你心目中的世界？」袁燁對著袁齊天說：「爸爸，你知道大哥在幹什麼嗎？你知道大哥對你做了什麼事嗎？」

袁齊天默默望著袁燁，沒有回答。

此時的他穿著尋常的居家服飾，臉上看不出一絲喜怒哀樂，當他什麼動作也沒有的時候，便只是一個高大的老人。

袁唯給予袁齊天的指示，是「看好袁燁，別讓他亂跑」，袁燁只是說話，沒有行動，袁齊天便不會有太多反應。

「李家賓……李家賓！」袁燁嚷嚷起來，對著李家賓喊：「我爸爸他到底還記不記得我？

大哥對他做了什麼，你知道不知道？」

「三哥……」李家賓回頭望了袁燁一眼，他終究是政治菁英，即便在忙亂急迫的情況下，仍沒忘記眼前這頹敗的袁燁可也是集團老闆之一，他不敢怠慢，連忙指示吉米：「你們找張椅子讓三哥坐，三哥不是敵人，三哥他……」李家賓說到這裡，頓了頓，對袁燁說：「三哥，你別怪二哥，他是爲大家好。」

「主人、主人！」吉米本來伏在地上瞅著袁燁搖頭晃腦，一聽李家賓那麼說，立刻搖著尾巴奔去一處待客區，連推帶咬地弄來一張單人小沙發，推到袁燁身前，在他腳邊跳著嗅著，望著袁燁身上傷勢，關切地說：「主人，您身體疼嗎？」

「你這傢伙……」袁燁抹著臉上的血跡，他仰著頭，見袁齊天像尊石像般動也不動，自己便也不願坐那沙發，只是仰靠著沙發椅臂，對吉米說：「你還有臉叫我主人？」

「主人，您是我的主人沒錯呀！」吉米慌張地說：「只是、只是……袁唯老闆也是主人，不……不，袁唯老闆不只是主人，祂、祂……」吉米說到這裡，淌著口水怪叫起來，像是著了魔一般，朝著袁燁嚷嚷：「祂是神！是最偉大的神，唔唔、唔汪汪、汪汪汪！」

袁燁看著吉米這副模樣，儘管氣惱，卻也莫可奈何，他是聖泉集團洗腦工程研究的主導者，他明白吉米以及這批三號禁區衛隊臨陣叛變，是因爲袁唯暗中在他們所接受的洗腦程序中動了手腳。

「毛巾……」袁燁伸手抹了抹臉上血污，輕咳幾聲：「替我找條乾淨毛巾，我想擦擦臉，還有……倒杯水給我，可以嗎，吉米？」

「可以，當然可以！」吉米繞著圈子，恭敬地照著袁燁的吩咐行動，他朝著其他衛隊成員喊著：「汪、汪汪！還愣著幹嘛？替主人找毛巾呀，水，哪兒有水啊，主人渴了想喝水汪！」

這批衛隊儘管此時已爲袁唯所接收，但在袁唯未下達其他命令時，他們仍然願意服從袁燁的指示──在不與袁唯的命令牴觸，且不傷及袁唯利益的前提下。

袁燁很快地得到兩條乾淨濕毛巾和一杯水，吉米恭敬地伏在袁燁腳邊，搖著尾巴。

「吉米……」袁燁倚著沙發、望著吉米，持著毛巾輕揉著臉上傷處。「吉米，你還將我當作主人？」

「當然呀，當然！」吉米嘿嘿笑著。

「……」袁燁本有些問題想問吉米，但見李家賓回頭望了他一眼，便伸出一腿，說：「我的腳不舒服，你替我捏捏……」

「沒問題，主人！」吉米淌著舌頭，像個小奴才似地窩在袁燁腳邊，替他輕搥起小腿。

「哎喲……小力點。」袁燁不時出聲喊疼，跟吉米有一搭沒一搭地閒聊起來。「我在神之音總部，立刻過來……低調一點，別引起注意……什麼？他也在……一起帶來吧，反正……反正，現在這場面，越亂越好玩嘛……」

「什麼？」吉米仰起頭，望著袁燁。

「沒有。」袁燁微微一笑。「你捏得很好，繼續。」

他持著毛巾的手緩緩放下，沒有人發現他裹在毛巾裡的手上，握著一支手機。

□

「呼……」

大堂哥望著幾具武裝士兵和夜叉屍身幾眼，又望向不遠處白色圍牆那側出口，和遠處天際的藍天白雲，感到鬆了一口氣。

一輛軍用卡車緩緩駛來，在大堂哥身旁停下，車門開啓，下來的是那樣貌與聖美如出一轍的女僕。

這地方是海洋公園一處停車場，與海洋公園內祈福廣場距離甚遠，附近是些無關緊要的機房設備，不久之前，大堂哥領著七名女僕避開人潮、低調緩行，沿途偶爾襲擊了聖泉的武裝士兵，換上軍裝以掩人耳目，好不容易抵達這處出口，他指揮眾女僕對這側門旁的哨站發動突襲。

儘管他身體裡的海怪基因，仍因抑制藥劑效力尚未消退而無法自在作用，但光憑七名提婆級別的女僕，也輕易地殲滅了這駐守在哨站周圍的武裝士兵和夜叉。

女僕們自士兵身上摸出車鑰匙，奪得一輛軍用卡車，準備帶著大堂哥離開海洋公園。

大堂哥登上那覆著土色帆布的軍用卡車後車廂，隨行女僕持著沿途自聖泉士兵手中搶來的武器一一上車，她們受過完整的技能訓練，懂得武器操縱和駕駛交通工具，負責駕駛的女僕踩下油門，轉了個彎，朝出口方向緩緩駛去。

大堂哥打量著自己微微發青的手掌，他的力量正緩慢恢復當中，但仍不及正常時期的十分之一，他判斷自己的力量要完全恢復，至少還需要兩、三個小時以上，儘管他對袁唯有著深仇大恨，但此時此刻，他一點也不想再和這些人攪和在一塊兒，他只想儘快離開這個地方，讓這些人自相殘殺。

「來日方長，留得青山在……」大堂哥長長吁了口氣，對一名女僕搖了搖手指，示意她將車尾帆布蓋下，以免讓人發現。

「只要有妳們……」他環視身邊幾名女僕，伸手摟著其中兩人，心中感慨不已。

袁燁賞賜給他的七名女僕，其中三人以月光爲藍本打造，年紀各自相差三歲左右；第四名女僕，以聖美爲藍本造出；最後三名女僕，則分別以當紅影視女星爲仿造對象，此時扣除前座兩名女僕，後車廂與他同座的女僕共有五個，他閉上眼睛，和身邊女僕臉貼著臉，說：「只要妳們在我身邊，全力幫我，總有一天，我一定東山再起，一定……」

□

「來呀，過來呀！」斐漢隆一手拖著一只金屬展示櫃，一手倒提著一隻死去的鳥人，邁著大步往前走。

在他的後方，鋪滿了鳥人屍骸，斐少強領著獵鷹隊夜叉和飛空阿修羅四處搜尋各條通道、房間，尋找有無通往上層的密室暗道。

在斐漢隆的前方，則是一整隊手持尖叉的鳥人，那些鳥人你看看我、我看看你，像是被斐漢隆的威勢震懾而不住後退。

「喝！」斐漢隆一聲咆嘯，將拖在身後的金屬展示櫃猛地向前甩去，轟倒一片攔路鳥人，他抓著鳥人屍骸腳踝，將那鳥人屍身當作槌子，碰唧唧地又打倒幾隻鳥人，領著這支探路隊伍繼續向前推進。

另一頭，狄念祖則帶著月光、果果、阿嘉和兩名寧靜基地成員，往不同的方向尋找向上通道，他們經過幾間小展示廳，裡頭陳列著不同時期家族發展史的過往照片和紀念物。

大批鳥人急急在後追趕，月光負責殿後，她一手夾著那雙大扳手，一手牽著米米，不時拉動米米手腕回頭一甩，米米便會快速變形，化成帶刃長鞭，長鞭所及之處，將逼近的鳥人掃得東倒西歪。

這些鳥人本便不善陸戰，他們下肢爪子在光潔滑溜的館內地板難以穩健前進，在室內又無法像在天空那般展翅飛竄，月光輕易地阻住一波波攻勢。

「小狄，你確定我們要在這裡繞來繞去嗎？」傑克攀在狄念祖肩上，東張西望、焦慮地問：「不是說神之音總部有專屬的電梯，通往一樓和地底實驗室嗎？這層樓是給遊客參觀的，怎麼可能直通神之音總部呢……我們這樣亂找一通，是在浪費時間喵嗚！」

「不……」狄念祖搖搖頭，不時伸手敲敲牆壁、摸摸那些雕飾，他停在一處袁唯雕像前，雕像裡的袁唯一手捏著一朵鮮花、一手環抱一個孩子，腳邊圍繞著一群孩子和可愛的小兔子、小鹿。「你看，袁唯自戀成這樣，他肯定三不五時會來這個地方自我陶醉一番，想些新花樣、新點子來彰顯自己的偉大，如果這裡無法直通神之音總部，袁唯出入肯定相當不便，我相信這層樓一定有直通上方樓層的通道。」

「我贊成狄大哥的看法，既然有直達神之音總部的電梯，在這層樓開個門，也不是什麼難事，出入口平時由專人看守，一般遊客也上不去呀……」果果抱著老乖、領著阿嘉，走在眾人最前頭，指揮阿嘉探路，她才說完，便聽見前方一陣躁動，數公尺外一條岔道，突然衝出一堆鳥人。

「呀！」果果嚇得一聲尖叫，鳥人張牙舞爪地衝到了她的面前，正要展開攻擊，便讓阿嘉一拳拳打飛，斷翅折臂地砸在天花板或是牆上——阿嘉不懂自己跟著眾人一路奔波是爲了什麼，但他只知道在自己倒下之前，不會讓果果受到任何傷害。

「你們這些臭鳥！」果果氣呼呼地隨手摘下牆上一張袁唯畫像，往那些鳥人堆扔去。

幾隻鳥人們竟撞成一團，只爲了接住那張畫像，他們狼狽地滑倒、狼狽地掙扎站起，當他們發現那畫像安然無恙時，都露出鬆了一口氣的神情。

「我就知道！」果果大叫：「狄大哥，你知道鳥人爲什麼一進這袁氏家族館，就變得斯斯文文、畏畏縮縮嗎？」

「嗯？」狄念祖飛快趕來果果身邊的同時，也見到鳥人的模樣，他順手扛起一尊較小的袁唯雕像，抱在懷裡秤了秤，說：「怕觸犯偉大的神嗎？」

「沒錯！」果果東張西望，又從牆上摘下一幅畫作勢要往地上砸。

「嘎——」鳥人們窮凶極惡地往果果衝來。

阿嘉鐵拳亂擊，瞬間就把四、五隻鳥人揍倒在地，狄念祖抱著那袁唯雕像奔過阿嘉身邊，攔在第二波衝來的鳥人前頭，將那擺著神祕祈福手勢的袁唯陶瓷雕像當成武器，胡亂掃盪。

「嘎、嘎嘎！」那些鳥人氣急敗壞，卻不敢硬攻狄念祖，他們的智商僅比野獸略高些，他們的腦袋在聖泉實驗室裡生產的過程時，就被灌輸了袁唯神聖偉大不可侵犯的意識，這些畫像、雕像，各式各樣的袁氏家族紀念物的重要性自然比不上袁唯本人，但對這些鳥人而言，仍然具有崇高的意義，他們不敢輕易毀損，也不容許他人破壞。

碗啷——

狄念祖將那尊袁唯雕像砸了個粉碎。

「哎喲，眞是不好意思。」狄念祖又抱起一只略大一點的陶瓷雕像，說：「這隻好看一點。」

這尊袁唯雕像雙手張揚、抬頭望天。

「呀！」阿嘉自狄念祖的頭頂躍過，惡狠狠地瞪了狄念祖一眼，像是不滿狄念祖搶他的獵物。

阿嘉的手上持著一雙袁唯小雕像，這雙小雕像是銅製品——果果順手替他挑的。

磅！磅磅！阿嘉持著那雙小雕像，如入無人之境，將一隻隻手足無措的鳥人打得腦袋爆裂、骨斷翅折。

更多鳥人自後擁來，月光不再以米米鞭擊，改以一雙大扳手短兵接戰，磅唧唧擊倒一隻隻鳥人。

兩名寧靜基地成員，也學著狄念祖，捧起身邊袁家雕像，對著穿過月光防線的鳥人作勢要砸。

眾人便這麼沿途毀損這袁氏家族館裡的珍藏異寶，一面持續向前，又穿過一段曲折長廊，來到一處寬闊展示廳，只見展示廳前方有三條廊道，右側那條通道外，聚集著爲數更多的鳥人。

「哦！」狄念祖眼睛一亮，遠遠地瞧見鳥人大隊後方，站著一個高大傢伙——

那是吉米衛隊裡的大和。

大和此時變化成巨大半人馬模樣，高高聳立在鳥人大隊後方，神情凌厲地盯著狄念祖一行。

「吉米那批人也在這裡！」狄念祖知道那大和力量強大，深吸了一口氣，但同時也不免感到有些欣喜，知道大和不會無故在這兒現身，必然是受命前來攔阻自己。

那麼，大和背後那條通道，自然是他來時通路，極有可能通往博物館上層，他轉頭向寧靜基地成員喊：「通知斐家兄弟來跟我們會合。」

大和雙手高高一揚，半人馬身軀兩隻前蹄高高抬起，身子向上一挺，腦袋幾乎要碰著這挑高廳堂的天花板。

轟！重蹄落下，踏扁幾隻鳥人，凶猛無匹地朝狄念祖這方奔來。

「嘎——」鳥人大隊挺著尖叉緊跟在後，這批鳥人神態明顯與後方追擊的鳥人有些不同——李家賓在神之音總部，透過監視器瞧見自窗外攻入的鳥人，在袁氏家族館中戰戰兢兢的模樣，氣急敗壞地連番下令，調集新一批隊伍，自樓上往下攻來，阻止狄念祖繼續逼近能夠通往神之音總部的專屬通道。

「別跟那大傢伙硬碰硬，想辦法繞開他。」狄念祖居中指揮，彎腰弓腿，在大和幾乎要撞上自己之際，猛地一蹦，高高躍起，頭下腳上地舉著拳槍，迎向大和臉面，撲撲撲地擊出蟹甲彈。

三枚蟹甲彈全打在大和口鼻上。

「小狄！你要跳之前先講一聲可以嗎！」傑克緊緊扒著狄念祖肩頭，駭然尖叫。

「嘖！」狄念祖失望地落地轉身，剛剛一擊若是能夠射中大和眼睛，那便能夠搶得先機，但擊中口鼻，只是傷及皮膚。大和隨手抹去半嵌在他唇邊的蟹甲彈，像是被蚊子叮著一般，他再次高高舉起前蹄，飛快轉身，往狄念祖身上踏。

啪！狄念祖再次蹦開，繞到大和側面，虛擊幾記刺拳，同時左右看著己方人馬動靜——阿嘉摟著果果，奔到展示廳右方，見著鳥人便抬腳亂踢；月光手持一雙大扳手，繞到了左邊，磅啷啷地打倒來襲鳥人；兩名寧靜基地成員在米米掩護下，緊跟在月光身後。

「你們繼續往前，這大傢伙我來對付！」狄念祖見己方夥伴兵分二路，一時無恙，便專心對付大和，試圖絆住眼前這難纏敵人，等斐家兄弟領著阿修羅和獵鷹隊來援。

「對付我？就憑你？」大和高吼一聲，連番抬起前蹄往狄念祖踩，狄念祖左右閃避，不時探頭往來時通道方向觀望，就盼斐家兄弟趕緊趕來助陣。

大批鳥人將狄念祖團團圍住，挺叉就刺，狄念祖早一步彎膝發動卡達蹦，高高躍起，搆著天花板上的燈架，身子盪了個老遠，他見大和朝他衝來，便且戰且走，一會兒繞過梁柱、一會兒躍過展示櫃、一會兒扛起袁唯雕像隨意扔砸。

但大和橫衝直撞，見前頭擋著展示櫃便撞、見雕像飛來便砸，完全不顧那些袁唯的俊美畫像或是袁家珍貴紀念物。

狄念祖一面躲避大和、一面留意四周鳥人、一面關切月光動靜、一面關切斐家兄弟趕來與否，忙亂之間，免不了讓鳥人尖叉在身上劃出一道道血痕。

「哇！」狄念祖怪叫一聲，他讓一支鳥人挺叉刺著大腿，趕緊揮動拳槍擊退鳥人，再以大螯鉗著尖叉，咬牙將尖叉拔出，閃過大和踏擊。

「你們還不衝進去？」狄念祖瞥見月光等人還在那通道入口處亂戰，不免心急催促，但他只喊兩聲，突然感到不妙，圍攻月光的除了鳥人之外，還有夜叉。

在李家賓的指示下，鳥人大隊直接從外頭將夜叉和醫療人員、電腦技術人員、神之音教徒等一批批地直接往神之音總部裡送，李家賓一面調度指揮各類人員，恢復總部運作，一面派遣戰鬥部隊下樓阻擋狄念祖等人。

「嘖！」狄念祖見大隊夜叉將月光和阿嘉團團圍住，他知道單憑月光和阿嘉或許能夠硬闖突圍，但月光阿嘉此時必須分神護衛果果和兩名寧靜基地成員，無法全力突擊。他暗自估量自己和大和的力量差距，猶豫不知是否該不該仗著長生基因的恢復力，與大和正面硬鬥、速戰速決。

那頭，月光和阿嘉一前一後，將寧靜基地成員和果果守在中央，抵禦著夜叉和鳥人的圍攻。

「喂！斐家兄弟在幹嘛？怎麼還不來幫忙——」狄念祖急著大喊。

「他們……他們碰上麻煩了。」寧靜基地成員大聲回答。

「什麼？」狄念祖呆了呆，還沒會意，便聽到遠處發出一陣巨響。

磅啷啷啷——巨大的碰撞、惡鬥聲自另一條廊道發出。

「哥！」斐少強的尖吼聲自廊道中響起，一個大影自廊道中飛出，轟隆撞倒幾隻鳥人。

狄念祖望向那砸在鳥人堆中的大影，只見那身影搖搖晃晃地站起，是一隻飛空阿修羅，那阿修羅渾身浴血、受傷極深，剛起身，便讓四周鳥人以尖叉刺倒在地。

磅、磅磅磅，沉重的腳步聲愈漸響亮，一個與大和差不多高大的身影自廊道步入這展示廳。

是古魔天狗。

天狗手上倒提著斐漢隆小腿，斐漢隆一身厚重鱗甲碎裂剝落，被天狗抓著腳踝，提在手上，似乎已無力反抗，濃稠的鮮血自他口中淌出。

原來李家賓爲了聚集人馬，回防神之音總部，下令散落各處的聖泉部隊停止追擊奈落羅剎，甚至透過神之音後台的羅剎指揮官，將大批羅剎重新集結，調往袁氏博物館，成爲圍攻狄念祖等人的另一批生力軍。

那奈落大軍當中倖存的破壞神級兵器，就是古魔天狗，天狗在先前的大混戰中，可不如人面獅、蚩尤、孫行者、鳳凰這些巨型兵器醒目搶眼，但一進入室內，短兵交戰之下，其壓迫感和威脅，自然遠遠超過阿修羅級兵器。

「哥、哥——」斐少強領著殘餘斐家飛空部隊，在天狗身邊飛繞，伺機突襲，天狗倒提著斐漢隆，胡亂掃打，連四周鳥人也打。

「混……蛋！」斐漢隆竭力一吼、翻騰起身，一拳擊在天狗臉上。

「吼！」天狗反手一甩，將斐漢隆重重甩進一只展示櫃中。

兩名獵鷹隊夜叉，同時抱住了天狗揪著斐漢隆小腿的那隻手。

一名斐家飛空阿修羅，展開六臂，自後架住天狗雙肩。

這兩名夜叉、一名阿修羅，已是斐家兄弟身邊最後的戰士了。

「哥！」斐少強落在那展示櫃旁，一手扣著天狗手掌、一手抽出獵刀，刺進天狗虎口，這才逼得天狗鬆開了手。

天狗大力甩手，將兩名獵鷹隊夜叉左右甩盪，砸碎了石像、撞倒了鳥人、轟垮了金屬櫃，這才將兩名夜叉甩脫離手，架著天狗的那阿修羅，張大嘴巴，一口朝著天狗頸子狠狠咬去。

「哥……」斐少強拉出奄奄一息的斐漢隆，托著他猛力一蹦，遠離天狗，一面與鳥人遊鬥，一面喊著狄念祖。「你要我們趕來會合，你已找到向上的通道了？」

「……」狄念祖見斐漢隆不住嘔血、斐少強神情悲憤，心想或許他們在趕來的途中遭到天狗伏擊，僅存的兵力幾乎全滅，不但無法制服大和，甚至還引來了更難纏的破壞神天狗，一時也不知該如何是好，他不停閃避大和的追擊，回答：「這些傢伙是爲了阻止我們前進而聚集在這，通道應該就在後方……」

「嘎嘎——」一聲聲怪異獸吼自天狗竄出的那廊道逼來，大隊奈落羅剎擁入這展示廳，那些羅剎一見鳥人和夜叉，像是見著了仇人，彼此叫囂對陣，卻像是受著約束般不敢輕易動手。

「滾開、滾開！」大和逮不著狄念祖，正暴躁焦急著，更不顧四周鳥人和羅剎，行進間粗魯莽撞，不是踏死鳥人，就是撞翻羅剎。

這些奈落羅剎比起鳥人、夜叉，服從性明顯低落許多，他們被聖泉部隊一陣追殺，又被李家賓召回參戰，此時全然搞不清狀況，讓大和一陣衝撞，紛紛發出怒吼，朝著鳥人嘶吼，甚至作勢攻擊大和。

「嗯？」狄念祖瞧著那些奈落羅剎吼叫之餘，也不時搗著腦袋後退、猙獰地對空亂咬，像是在聽從什麼東西指示一般；他立時醒悟，這必然是神之音的指揮人員，透過特殊頻率的控制設備，指揮著這些奈落羅剎，他大喊起來：「米米、米米，聽得見我說話嗎？」

「狄大哥，什麼事？」正在遠處協助月光作戰的米米，立時應答。

「幫我一個忙！」狄念祖說：「毀掉所有監視器！」

「嗯？」米米雖然不明白狄念祖的用意，但立時照做，她揮臂一甩，搆著天花板燈飾，將身子拉盪上高處，左右探看，伸出銀臂，將展示廳裡四、五台監視器全數拆了。

另一頭，天狗正追著斐少強，他同樣不把夜叉和鳥人放在眼裡，甚至隨手搶過鳥人的尖叉，朝著斐少強擲去，斐少強托著斐漢隆左右閃避，氣力幾乎用盡，突然見到狄念祖朝他奔來，嚷嚷叫喊著。

「斐家老弟，我這有個大傢伙六親不認、你那有個大傢伙見人就打，不如把他倆湊成一對好了。」狄念祖邊喊，一面往前頭的天狗奔去，還舉起拳槍指向天狗，磅磅磅地擊發蟹甲彈，胡亂罵著：「你這長鼻子怪物，你打得贏我手下嗎？」

「吼？」天狗見狄念祖模樣凶狠地朝他奔來，後頭還跟著個巨大半人馬，便立時停止追逐斐少強，轉身朝著狄念祖擺出戰鬥姿勢。

狄念祖磅磅磅地又射出幾枚蟹甲彈，跟著再突然轉身，轉向追上來的大和，彎膝弓背，揚起拳槍。

「小狄，你去惹天狗又背對他，你瘋了不成……」傑克尖吼氣罵，突然只覺得身子一震，身子飛梭起來，原來是狄念祖突然發動卡達蹦，飛彈似地朝著大和竄去。

「喝！」大和與狄念祖一番追逐，見他仗著腳步快捷，東逃西竄，本來惱火不已，但此時卻也沒料到他突然對自己發動正面突擊，一時應變不及，只能抬起雙臂硬擋。

磅！狄念祖蹦到大和面前，扭腰揮拳，擊出一記右卡達砲，扎扎實實地轟在大和胳臂上。

這一記重拳將大和的胳臂打得揚開，露出臉面，狄念祖順勢揮出左拳，正中大和鼻梁，跟著弓起身子，朝著大和胸口猛地一蹬，藉著反作用力飛彈落地。

「喝！」大和火冒三丈，抬起前蹄就往剛落地的狄念祖身上踏。

天狗也追上狄念祖，持著從鳥人手上奪來的尖叉，往狄念祖身上刺。

狄念祖緊急一滾，避開這一刺，跟著翻起身再跺地，藉著卡達蹦之力轟隆一聲蹦了個老高，避開天狗下一記刺擊。

「你做什麼？別跟我搶！」大和與天狗肩頂著肩，一同追擊狄念祖。

大和等三號禁區衛隊這些時日跟著吉米東奔西走，與這些聖泉夜叉、鳥人、羅剎、古魔，本便沒有交情，有時甚至互相爲敵；他們在接受洗腦工程之後，腦袋中只有服從，甚至搞不清楚自己究竟爲了什麼與眼前的敵人作戰，但仍然必須從命行動，他只想儘快完成任務——消滅狄念祖等人。

他對這突然跑來湊熱鬧、干涉自己進行任務的天狗，感到莫名憤恨和不耐，他嘶吼一聲，四蹄奔踏，加速往前，想要超過天狗，一舉踏死狄念祖。

天狗瞪了大和一眼，這些古魔、羅剎，同樣因服從而生，聖泉研究員爲了展現這些奈落惡魔邪惡、殘暴的一面，在他們腦袋裡灌輸著濃濃仇恨，使他們一見到聖泉集團的夜叉，就像是見到千年仇人一般。此時此刻，這些擁入袁氏博物館的奈落羅剎，若非受制於腦內的控制器壓制，早已撲上去和四周鳥人、夜叉拚命了。

而神之音總部的成員自然是透過展示廳中的監視器，來指揮這些羅剎。

在狄念祖指示下，米米毀去這些監視器，神之音總部的人員此時只能猜測盲喊，下達一些「別與夜叉自相殘殺」、「想辦法阻止敵人入侵」之類模糊而籠統的號令。

「來呀，過來啊！」狄念祖繞到一處大柱後方，大和急追而去，沒有逮著狄念祖，反倒與自另一側繞來的天狗迎面撞上——狄念祖一繞至大柱後方，立時發動卡達蹬，直直蹦起，攀著天花板上一條管線，盪到附近的展示櫃頂端。

天狗一掌推在大和下巴上——儘管神之音一再下達命令，吩咐奈落大軍千萬別與聖泉部隊起衝突，但大和既不是夜叉也不是鳥人，天狗僅能粗略分辨站在眼前的對象是否爲夜叉、鳥人等聖泉正規部隊，他與大和一陣推擠追擊狄念祖，漸漸被粗暴的大和惹怒，將大和排除在模糊命令的範疇外，出手間便不客氣了。

「你做什麼？」大和憤慨地格開天狗，朝著天狗胸前重重推了一把——這一把沒推全，臉上便捱了天狗一掌。

天狗看待大和，與大和看待鳥人沒有太大分別，他只想儘快執行自己的任務，任何妨礙他的，都是敵人。

「米米，接我！」狄念祖朝著攀在天花板上的米米喊了一聲，同時伸出手，米米立時甩出銀臂，捲上狄念祖胳臂，一把將他拉出十數公尺遠，盪過底下一票夜叉、踢飛幾個躍起攔截的鳥人，落在距離月光不遠處。

「喝！」捱了天狗一掌的大和，憤怒嗥叫一聲，本欲上前與天狗扭打，但見狄念祖從眼前上空掠往前方廊道，腦袋裡陡然浮現身負任務，立時大喊：「攔住那小子，別讓他們上去——」

大和蹬了蹬前蹄，要往狄念祖那兒衝去，哪知道被身後的天狗一把揪住了尾巴，掀倒在地。

「嘎！」天狗拽倒大和，自個兒仰頭狂嘯一聲，轟隆隆地朝狄念祖追去。

「斐家老弟，往這裡。」狄念祖轉頭喊著斐少強，跟著卡達砲連擊，轟飛四周夜叉，來到月光身後。

他見前方廊道狹長，裡頭擠滿鳥人和夜叉，單憑阿嘉一人著實難以推進，但長道空間狹小，阿嘉動作誇張粗魯，若是和他並肩推進，難免互相牽制，他立時對身旁的米米喊：「米米，我們從上面開路！」

米米立時會意，甩出銀臂捲著狄念祖腰際，再化出十數條銀足，捲上四周牆沿、溝槽、壁飾、管線，像隻大蜘蛛般地提著狄念祖來到廊道入口上方。

狄念祖化出蟹螯大臂，自上而下連擊卡達砲，米米也伸出更多銀臂化爲長矛，不停向下突刺，將聚在廊道入口的夜叉、鳥人逼得向四周散開。

「阿嘉，衝進去！」果果抱著老乖，大聲下令。

「吼——」阿嘉虎嘯一聲，左手揪著一隻鳥人、右手提著一隻夜叉，向前推進，一鼓作氣衝入眼前廊道。

「快，天狗來了！」斐少強揹著哥哥跟上眾人，將斐漢隆交給寧靜基地成員攙扶，自個兒協助月光斷後。

大批奈落羅刹追在斐少強身後，追到通道入口處與夜叉擠成一團，彼此狂吼叫囂、你推我擠起來。

米米化成怪異大蜘蛛，捲著狄念祖從天花板爬入廊道快速往前，他們搶在阿嘉前頭，以卡達砲和長矛向下突擊，擊碎一個個鳥人和夜叉的腦袋，替阿嘉開路。

阿嘉持著鳥人和夜叉的屍身瘋勇突進，護著一行人往廊道深處推進。

「小狄，天狗追上來了！」傑克大喊。

狄念祖回頭，只見在自己和阿嘉開路下，眾人雖然一口氣前進甚遠，但距離廊道末端轉角仍有一大段距離，而天狗已經殺到了廊道入口。

那些彼此仇視的奈落羅刹和聖泉夜叉爲了追擊狄念祖，全擠在廊道入口，彼此推擠叫囂，神之音總部本來靠著監視器下達指令，但在監視器遭毀的同時，壓根搞不清楚當下情勢，無法下達精確指令，只能不停重複「追擊敵人」這樣的模糊命令。

天狗暴躁地往裡頭打，將一個個擋在入口推擠的夜叉和羅刹往背後扔，突然聽見背後一聲爆吼，回頭，長鼻子硬生生捱了一記重蹬——大和。

大和讓天狗摺倒，怒不可抑，重整旗鼓奔衝上來第一件事就是對天狗還以顏色。

天狗長鼻挨踹，轉身一掌打在大和胸口，將大和重重擊倒在地，天狗終究是破壞神級別，實力超過大和不只一個等級，遭到大和正面襲擊，怒氣爆發，轉眼就要殺死大和，但他突然停下動作，抱頭嗥叫起來，原來廊道中也架設著監視器，拍到了大和與天狗互鬥，總部指揮人員立時啓動天狗腦中的抑制裝置，同時快速下達命令。

天狗不再理睬癱倒在地的大和，轉身攻入廊道，撥開奈落羅刹、鳥人、夜叉，逼近負責斷後的月光。

「快！快點！」狄念祖持續擊發卡達砲，只覺得肩頭像是要燃起火般，出現了前所未有的痠疼感，他從未一口氣連續擊出這麼多發卡達砲，但前方仍擠著滿滿的鳥人和夜叉，他們開路推進的速度自然比不上後頭追來的天狗，他正猶豫是否該回頭支援月光和斐少強，突然聽見廊道深處傳出一記爆炸聲響。

轟——

嘩——

「咦？」狄念祖、傑克和米米居高臨下，見到廊道深處的鳥人和夜叉在那爆炸聲之後，莫名騷動起來。

騷動逐漸擴大。

引起鳥人和夜叉騷動的，是水。

大量的海水。

洶湧海水自廊道深處沖出，一隻隻海蛇乘水衝來，捲上夜叉和鳥人小腿，張口便咬，麻痺毒液立時生效，廊道內的鳥人和夜叉一下子便倒下大半。

「啊，是水！」果果雙腿被海水沖過，哇地一聲，像是海灘玩耍的孩子般興高采烈地尖叫起來，儘管她不明白這高樓中爲何會有海水灌入，但她和阿嘉體內都有半魚基因，在水裡可比在陸上敏捷太多。

「米米，回頭拉住他們！」狄念祖見水勢愈加洶湧，大批中了海蛇痲痺毒液的鳥人和夜叉被一股股大水往外沖，後頭的月光和寧靜基地成員幾乎站不穩身子，連忙對米米下令。

米米甩出數條銀臂，捲上月光等人手腕，拖著他們在激流中前進。

「吼！」天狗讓大水沖過，腳爪一滑，讓被大水帶來的夜叉和鳥人沖出廊道，氣呼呼地翻身站起，再次衝回廊道，巨大雙手一張，撐著兩側壁面向前推進，前進速度竟十分快。

「狄大哥，你別拉，用游的比較快！」果果、阿嘉以及斐家兄弟經過半魚基因改造，一沾著水立時化出魚鰭，潛在及腿深水中即使逆流也能快速前進，果果見水位快速上升，趕緊替老乖戴好掛在頸子上的呼吸口罩，再挽著月光胳臂，指揮阿嘉揪住兩名寧靜基地成員，讓他們吸足了氣，泅入水中。另一邊，斐少強扶著斐漢隆，和果果等人同時入水，一行人瞬間便游出老遠，反而將狄念祖拋在後頭。

「快快快！」傑克見天狗快速追來，驚恐地連聲催促，米米銀臂一甩，捲住遠處一條金屬管線，變回原形，與狄念祖一同落入水中，收縮銀臂拉動身子，迅速趕上眾人。

狄念祖等人來到廊道轉角，見到轉角後頭有個數坪大的小廳，小廳右側是一台電梯，電梯門大敞，裡外駐守著不少蝦兵，洶湧的海水便是自那敞開的電梯門向外竄洩；小廳左側，有一條雅緻樓梯通往上方樓層，樓梯上聚集著少許鳥人和夜叉，不時有鳥人或是夜叉往水中跳，便被水裡的海蛇咬著腳，麻痺毒液發作，再讓大水沖走。

「這些水是怎麼回事？」狄念祖等人訝異望著那自電梯入口宣洩出的海水，難掩心中好奇，他們自然知道地底實驗室有通往神之音總部的通道，寧靜基地和深海神宮夥伴們兵分多路進軍袁氏博物館也在計畫之中，但可沒預期這些神宮夥伴竟還一併帶來了巨量海水。

「咕嚕嚕，狄大哥！」小次郎竟從那電梯開口的洶湧海水中翻滾出來，對著狄念祖大喊：「神之音總部亂成一團，大家不知道該打誰！」

「什麼意思？你怎麼會從這裡跑出來？」狄念祖一時搞不清楚狀況，正想湊近去瞧瞧電梯，便讓小次郎一把拉住。

「電梯都是水，進不去，走樓梯——」小次郎揪著狄念祖，指著一旁那聚著鳥人和夜叉的樓梯，一面說：「我看到好幾個長得和月光姊一模一樣的女僕，在和夜叉打鬥。」

「什麼！」狄念祖瞪大眼睛，和身後月光互看一眼。「袁正男也在上面？」

磅、磅、磅，後頭浪聲大作，天狗憤怒追來，眾人無暇細想，趕忙殺上樓梯，試圖擊退樓梯上的夜叉和鳥人。

「小狄，快點、快點！天狗來啦！」傑克抱著狄念祖腦袋大喊。

「別吵——」狄念祖本與月光帶頭衝鋒，想儘快突圍上樓，那些鳥人守在上方樓梯口，持著尖叉往下亂刺，月光將兩支扳手當作飛鎚扔出，砸倒三隻鳥人，再持著米米化成的劍和盾，上前一舉刺倒兩隻夜叉；儘管月光攻勢甚急，但這樓梯狹長，上頭還聚著至少十來隻鳥人和夜叉，而天狗卻已攻至身後，狄念祖只好翻下樓梯，試著拖延天狗，掩護眾人上樓。

「吼！」天狗吼叫一聲，正要攻來，狄念祖本已做好打算閃避游擊，但突然聽見後頭電梯發出轟隆巨響，驚駭之餘急忙向一旁撲倒，只見數條粗壯觸手自電梯裡頭竄出，本來被扳開的電梯門，此時被整個卸下，拆成數塊，劃過水面砸向天狗。

「吼！」天狗揮動胳臂，格開那些碎裂門板，但被一條更加粗壯如同巨木的大柱轟隆砸中胸口，將他轟退數公尺遠，還將他一把按進水裡。

「啊，鯨艦！」狄念祖驚呼大叫，只見自電梯井道伸出的那巨大觸手末端，突出一顆海豚模樣的腦袋，朝他呶了呶嘴，像是對他打招呼一般。

CH07 美麗的強援

「怎麼回事？」一名神之音成員尖聲喊叫起來，他在數分鐘前才被鳥人自窗外提入神之音總部，立刻被分配到監看監視器畫面的崗位上。

此時四周騷亂成一片，數扇大窗外聚集著上百名鳥人，每隻鳥人都提著夜叉或是聖泉的研究人員、技術人員。

「動作快、動作快——」李家賓大聲吆喝指揮那些被他臨時挑選出來的神之音幹部，一一分配工作。

一批醫療小組成員，圍繞在袁安平身旁，一邊檢查袁安平此時生理狀況，一邊準備啓用新睡眠艙，準備讓袁安平重新進入深眠狀態。

「李長官，有狀況！」「敵軍攻進來了！」「李長官，大哥……他有點不對勁！」

「什麼？什麼狀況？」李家賓同時指揮好幾組人員，焦頭爛額、分身乏術，他在監視小組後方坐鎮，指揮調度袁氏博物館內外守軍，外抗白牙率領的深海神宮主力部隊、內剿位於袁氏博物館內的狄念祖一行人，以及自地底實驗室專屬電梯向上入侵的寧靜基地突擊隊。

「……」袁燁倚在沙發椅臂旁，默默望著李家賓，抓著毛巾按著臉上傷處，轉頭對吉米說：「吉米，我口渴了，再替我倒杯水。」

「是、是！」吉米汪汪叫著，甩著舌頭捧著水晶杯，轉身奔遠。

袁燁盯著吉米離去的背影，撫著臉的毛巾始終未放下，他瘀腫的雙眼隱隱閃動著光芒，不再像先前那般茫然無措，他以毛巾摀著臉頰，低聲細語：「到C區庫房了嗎？進三號升降梯，那是專門運送大型醫療設備的升降裝置。」

「水！有水！李長官……」「畫面沒了，他們在破壞監視器！」「有輛運兵車開進大型升降梯廂。」

李家賓見到九樓通道末端的電梯入口，大門竟給扳開，還洩出滾滾大水，將本來聚在那小廳中，負責阻止狄念祖等人進犯的夜叉們沖得東倒西歪，連連驚呼：「這些水從哪裡來的，哎呀，他們一定是利用某種機器或是怪物，將海水往上抽……這些夜叉怎麼回事？怎麼讓水一沖就倒？水裡頭有什麼？」

「等等！那邊那輛車有問題，攔下它！」李家賓還沒處理完九樓戰情，他游移不定的目光又停在另一處監視畫面上，急急地大叫起來。那是位於袁氏博物館一樓機房某處卸貨庫房，裡頭有數條貨運升降設備，分別通往袁氏博物館不同樓層，袁氏博物館裡某些大型裝飾、重要儀器，都從那處庫房運往上運送，李家賓早已分派一支夜叉團，守住神之音總部的通道入口，以防敵人入侵。

「運兵車開進三號升降梯，三號升降梯通往幾樓？」李家賓大聲喝問，但此時負責監視人員全是臨時安排的人員，原本負責整棟袁氏博物館的監控小組早已死盡，沒人能夠回答李家賓的問題，他怒吼叱罵：「立刻查出來！」

「李長官，大哥不對勁！」一名亟欲想向李家賓報告情況的醫療小組成員，始終等不到插話空檔，終於忍不住擠到李家賓面前，壓低聲音緊張地說：「大哥進入淺眠狀態，隨時會醒來，但是睡眠艙還需要五至八分鐘才能開始運作……」

「什麼！」李家賓瞪大眼睛、連忙轉身，將食指豎在嘴前，比出「安靜」的手勢，一面朝著所有人揮著手，示意大家都閉上嘴，他盡量壓低聲音說：「別出聲，千萬別吵醒大哥……」他一面說，還召來幾名手下，要他們將這命令傳給分布在各處的工作人員，和駐守在各處出入口及窗邊待命的鳥人、夜叉、武裝士兵等戰鬥部隊。

「大哥千萬不能醒，這是袁唯老闆最重要的指示，如果搞砸了，代價是你我的性命……」李家賓揪著那前來報告的醫療人員衣領，肅穆地說：「聽到了沒……」

「主人、主人，水來了、水來了！」吉米咧嘴笑著，捧著一杯水，怪模怪樣地自茶水間奔出，見到幾名神之音成員焦急地對著他比手畫腳，正覺得奇怪，卻也不理睬他們，而是自顧自地捧著水杯來到袁燁身前。

袁燁默默無語地站起，揉著身上傷處，緩緩伸出手，要去接那水杯。

所有人望著他們，李家賓儘管焦惱，卻也不敢多說什麼，一來知道對那經過洗腦、智能低下的吉米多說無益，二來他自然也不敢對袁燁不敬，只好對身旁一名手下使了個眼色，那手下立時往袁燁那兒趕去。

「三哥……大哥他現在隨時都會醒來，我們得安靜點，千萬別吵醒他，這是神……是二哥的命令……」那神之音人員來到袁燁身邊，悄聲提醒。

「啊？」袁燁望著那神之音成員，伸手去接吉米遞來的水杯——水杯自他手中滑落，啪啦一聲，在地上砸了個粉碎。

所有人全望向袁燁。

李家賓緊張地回頭看著袁安平，見袁安平仍閉著眼睛，一動也不動，這才鬆了口氣，可他這口氣還沒完全吐盡，便聽見袁燁發出暴烈怒吼。

「你這條狗，連個杯子都拿不穩！」袁燁大吼一聲，一巴掌搧在吉米臉上，將吉米打得翻了個觔斗，撲摔落地。「該死的畜生——」

「三哥！」李家賓駭然大驚，急匆匆地奔向袁燁，連聲說：「別這麼大聲說話，大哥他……」

「大哥怎麼樣？」袁燁又一怒喝，轉頭瞪視李家賓。

「……」李家賓猛然停下腳步，見袁燁眼中流露出幾絲狡獪神色，意識到袁燁雖非多禮謙和之人，卻也向來不是魯莽暴躁之徒，他此時舉動，顯然爲了刻意引起騷動，顯然想要吵醒袁安平。

李家賓立時回頭，揚手下令：「不能等了，替大哥注射麻醉針劑。」

「可、可是……」圍繞在袁安平身邊的醫療人員聽李家賓這麼指示，紛紛搖頭說：「睡眠裝置裡的腦部控制藥劑在完全代謝之前，額外使用其他不同麻醉劑，恐怕會有副作用……」

「照我的話做，這是袁唯先生的命令！」李家賓握緊雙拳，咬牙切齒地說。

「等等，我說不准！」袁燁陡然插話，指著李家賓喝罵：「醫療小組都說這麼做會有副作用了，你還要這麼做？你說這是二哥的命令，證據在哪？二哥什麼時候這麼說了？」

「三哥……」李家賓一時無語，儘管神之音總部成員直接聽命於袁唯，但現今袁燁終究是聖泉集團第二人，除非袁唯親自開口，否則一干技術人員、醫療小組成員可不敢輕易違逆袁燁的意見。

「立刻替我接通袁唯老闆。」李家賓立時對身邊神之音成員下令，跟著又轉身望向佇在袁燁身旁的袁齊天，說：「袁……老先生，剛剛袁唯老闆的命令還生效，袁唯老闆要我指揮這裡，你……你……」李家賓說到這裡，一時有些語塞，像是不知該下達什麼樣的命令給袁齊天。

「你想說什麼？你想命令我爸爸傷害我？」袁燁怒叱，他抬著頭望向袁齊天，見袁齊天望著他，一動也不動，他雖然不是研究員，但終究是聖泉洗腦部門的創始者，他比許多人更清楚這些「僕人」們對於「命令」的執行邏輯。

袁唯給予袁齊天的指示，是要他壓制袁燁的「行動」，而不是管制他的音量，袁燁說話大聲或者小聲，並不在袁齊天的干涉範圍裡。

「大哥，你快醒來，睜開你的眼睛，看看爸爸，他就在這裡！」袁燁拔聲高喊，同時也盡量讓身子維持靜態，他只要不做出過大的動作，袁齊天便不會對他動手。

圍繞在袁安平身邊的研究員，早一步以布巾覆蓋住袁安平雙耳，避免他被袁燁的吵嚷聲喚醒。

一陣低微滾輪聲響自後方的實驗室傳來，數名研究員將一座睡眠艙急急推往袁安平所在之處，睡眠艙上有處小面板，上頭正倒數計時著，顯示時間爲「四分三十六秒」，這是睡眠艙距離正式運作的倒數時間。

研究人員們七手八腳地調整睡眠艙上的各種管線，試著往袁安平身上安裝，他們爭論著該先將袁安平搬進睡眠艙才接上管線，還是先接上管線，等待儀器開始運作才搬移身體。

「吉米！」袁熚大叫。

「汪、汪汪……」吉米害怕地伏在袁熚腳下，生怕袁熚再度出手攻擊他。

「你……」袁熚對吉米說：「去幫我拿個東西。」

「什麼？」吉米瞪大眼睛，問：「主人……你要什麼東西？」

「我……我要那女人的裙子。」袁熚將嘴巴湊近吉米耳邊，指著圍繞在袁安平身邊一名年輕女研究員，說：「去將她的裙子脫下來，拿給我。」

「咦？」吉米露出驚恐的眼神，似乎察覺到這命令有些不妥——袁熚要他幹的這舉動，顯然會造成研究員們的混亂，而那混亂自然會影響到他們正緊迫進行的工作，而這工作又是李家賓千叮萬囑的任務，而這任務，可是位階猶在主人之上的神——袁唯所指派下來的，這麼一來……

「你別擔心，她是敵人臥底，她是寧靜基地的人，她是狄念祖的爪牙。」袁熚這麼說——吉米咧開嘴巴，心中大石逐漸放下，本來的猶豫遲疑，逐漸被興奮狂喜取代。

他在經過洗腦工程之後，智商削弱許多，大部分行徑舉動都按照於主人的指示，他無法進行更精密的思考，摘女人裙子、修理狄念祖和寧靜基地成員，一直都是他本性所樂之事，在袁熚的煽動下，使他覺得自己接下來的行動，不但能夠滿足袁熚主人，也能滿足神的旨意。

於是，他像隻狩獵的野豹一樣，伏低了身子向前鬼祟爬竄，跟著鎖定目標，朝那女研究員屁股撲去。

「呀！」女研究員陡然尖叫起來。

「啊？」李家賓和醫療小組成員聽見身後騷動，全部駭然大驚，只見吉米咧著嘴巴，叼著那女研究員裙子，搖頭大扯。

「還有上衣，把她上衣也給摘了！」袁燁大叫：「旁邊那戴眼鏡的傢伙也是寧靜基地的臥底，你小心——」

「汪吼！」吉米嘴巴鬆開女研究員裙子，猛地抬頭，看到身旁五個醫療小組成員，有四個都戴著眼鏡，一下子驚怒交雜，蹦彈起來，後腿一蹬，蹬倒兩人，腦袋一撞，又撞倒一人，他再次伸爪扒著那研究員裙子，使勁將她拖往袁燁。

「你們還不快阻止這傢伙——」李家賓再也按捺不住，朝著威坎等三號禁區成員厲聲下令，同時指向指揮台，急急地說：「立刻通知袁唯老闆！」跟著，又轉頭向幾名神之音成員使了個眼色，幾名神之音成員立時脫去身上白袍，擠到袁安平身邊，推開醫療小組成員，將他們用來捂住袁安平雙耳的毛巾繼續抵在他耳上，同時用白袍當成繩子，捆繞在他腦袋上——

袁唯不想讓袁安平醒來，自然在於袁安平握有聖泉集團大部分實權，倘若讓他發聲，許多聖泉集團人員或許會因此倒戈，爲此袁唯甚至賦予李家賓在必要時刻除去袁安平的權力，但李家賓自然知道，倘若自己當眞對袁安平下手，事後必然也會被袁唯追究責任——

因此，若非眞到必要關頭，李家賓可也不會輕易傷害袁安平，即便袁安平醒來，只要不讓他發聲，拖過這段動亂，再重啓睡眠計畫也是一個辦法。

幾名神之音成員在幾分鐘前得到李家賓指示，早已準備好，一等李家賓下令，立時將袁安平五花大綁。

「唔！」李家賓打了個冷顫，他在神之音成員以白袍遮住袁安平雙眼的短暫空檔中，隱約見到袁安平微微睜開的右眼。

在那瞬間，袁安平眼神裡沒有一絲驚恐，而是十分平靜。

像是早已知悉許多事情般。

「綁緊一點，盡量別讓大哥聽到外界聲音，以免大哥受到驚嚇！」李家賓急急吩咐神之音成員，同時對著目瞪口呆的醫療小組成員厲聲下令：「你們想辦法儘快清除大哥體內的殘留藥劑，準備進行正式的睡眠程序！」

「你這傢伙，你造反啦——」袁燁憤然起身，他的胳臂立時讓袁齊天緊緊握住，痛得哀號起來。

「你做什麼？」「你眞的變成了一條狗？」另一邊，威坎等人將吉米團團圍住，他們雖然同樣也接受了洗腦工程，但在袁燁計畫中，他們與吉米的定位略有不同，吉米是狗奴才，而他們是戰士，因此保留著較完整的智能。

「吼、吼吼！汪！」吉米一時也搞不明白圍著他的這批傢伙，究竟是來幫自己對付敵人，還是幫敵人對付自己，他見袁齊天再次制服了袁燁，顯然袁燁的行動與神有所牴觸，他的心中又驚怕又惶恐，一下子不知如何是好，鬆口放開女研究員的裙子，汪汪嘎嘎地啼哭起來。「神呀、神呀，我的神呀，請給我指示——」

「怎麼回事？」

袁唯的聲音透過擴音設備發出。

透過視訊螢幕，總部裡所有人都見到袁唯此時閉著雙眼，躺在一只散發著冰風霜氣的金屬箱中，箱中的低溫似乎能夠稍微壓制袁唯體內那些寄生蟲的怒火。

身旁的醫療人員正忙碌地替袁唯身上幾處動脈接上細管，準備對他進行換血，他們相信那些寄生蟲主要潛伏在袁唯的血液裡。

「袁唯老闆，三、三哥他……」李家賓急急地說：「三哥他想……」

轟——

李家賓還沒說完，神之音總部一處實驗室發出一聲巨響。

「怎麼回事？」李家賓瞪大眼睛。

「怎麼回事？」袁唯的聲音也跟著響起，視訊畫面裡的他睜開了眼睛。

此時的袁唯面無表情，刻意讓自己保持平靜，那些寄生蟲的活躍狀態會隨著他的情緒而改變。

袁燁瞪大眼睛，像是期待以久般地大喊：「我在這裡！快過來——」

七名女僕自那實驗室竄出——

那是大堂哥的愛寵們。

袁燁替大堂哥打造這批女僕時，自然顧慮到七名提婆級女僕，戰力可不容小覷，爲免大堂哥擁兵作亂，便在「女僕教育」過程中動了手腳，這情形與三號禁區衛隊類似，唯一不同之處，在於這批女僕們眞正效忠的對象，只有袁燁一人，而非大堂哥；她們跟隨大堂哥身邊時一切看似服從的舉動，只是在認眞地執行任務——袁燁的命令。

「從現在開始，我要妳們伺候袁正男，妳們得聽從他一切指示，直到我撤銷命令。」

這批女僕體內，裝有特殊通訊裝置，袁燁能夠透過特殊手機，直接聯繫這些女僕，也能直接監聽大堂哥身邊一切動靜。

剛才他倚靠在沙發側邊而不入坐，向吉米討來毛巾拭臉，爲的便是藉由沙發和毛巾的掩蔽，悄悄取出手機聯繫這批女僕。

女僕們本來跟隨大堂哥一路來到了海洋公園邊界，突破側門、劫來車輛，正要遠走高飛，但負責駕駛的女僕一接到袁燁命令，立刻調轉車頭，將載著大堂哥和眾女僕的運兵車一路開往袁氏博物館。

袁氏博物館前身，本是袁燁計畫作爲私人行宮之用，但袁唯看中周遭景色和地理位置，遊說袁燁將之改造成博物館，用以展示袁家豐功偉業，進一步在其中設立神之音總部，成爲袁唯聖地。

袁氏博物館內設有專屬實驗室，不時需要載運特殊儀器或是巨大生物往返樓層各處，因此造有數條大型升降設備，連接地底實驗室和一樓某處供大型車輛載運儀器、實驗生物進出的大型庫房。

這庫房戒備森嚴，平時進出需要數道特殊密碼，密碼除了袁唯及神之音高層之外，便只有袁燁擁有。

袁燁對這袁氏博物館內外設施的了解，自然遠遠超過李家賓，他指示女僕將運兵車開往庫房，不理庫房守衛關切，強行在電子門鎖操作面板上鍵入密碼。

那些守衛尚不清楚館內變動，更不知袁家兄弟反目，見女僕們舉止自若，輸入的密碼又準確無誤，只當她們是袁燁愛寵，也未多加干涉。

女僕駕駛運兵車進入庫房內的大型升降梯，再次輸入專屬密碼，直達神之音附設實驗室，這段路程所經通道裡，自然架設著許多監視攝影機，但以往負責監看的神之音人員早被殺盡，臨時接任的人員經驗不足，全心放在入侵的狄念祖等人和外圍戰況上；其中有人察覺異狀，打算向李家賓回報，但李家賓全心放在袁安平身上，可無法對此起彼落的戰情回報一一做出指示。

此時七名女僕手持利刃，行動如疾風般迅捷，轉眼間便割開幾名研究員的頸子，來到袁燁身邊，將袁燁和袁齊天團團圍住。

袁齊天瞇起眼睛，一手還握著袁燁胳臂，微微彎腰弓背，做出迎戰準備。

「別對這老人動手，他是我爸爸，妳們去把我大哥搶回來。」袁燁指著袁安平，對七名女僕下令：「就是那個眼耳被蒙著的人，把他搶回來！」

七名女僕再次行動，飛快竄向袁安平，袁安平身邊的醫療人員們首當其衝，一下子便被竄來的女僕們殺倒一片。

前來接戰的，是一群自外被鳥人提上樓的夜叉們。

「擋下他們、擋下他們！」李家賓指揮著神之音成員，拉著袁安平不停往後退，此時袁安平已經甦醒，他頭上被捆著厚重布巾，雙手雙腳都遭到綑綁，不時掙扎著。

李家賓一面望著螢幕牆上的袁唯面容，一面轉身望向窗外，像是在猶豫該指揮夜叉擊退這些女僕、守住神之音總部，還是該保護袁安平撤離總部。他見威坎等衛隊成員將吉米團團圍住，像是在等待自己下一道命令，怒氣沖沖地罵：「你們圍著那條狗幹嘛？還不來幫忙，快攔下這些女僕！」

螢幕牆上的袁唯抿著嘴，像是勉強壓抑著情緒，一旁的醫療小組成員早已經準備好麻醉工作，但袁唯掛念著戰局，遲遲不肯接受麻醉。

「守著窗子！」袁燁大叫：「別讓他們從窗子逃跑！」

三名女僕立時自兩側繞開，強攻猶自不停運入夜叉的幾扇大窗，另外四名女僕，則正面迎戰夜叉和趕來接戰的威坎衛隊成員。

「怎麼回事？這裡是哪裡？」大堂哥尖叫著奔出實驗室，左顧右盼，一副還沒搞清楚究竟發生了什麼事的模樣。

他前一晚和狄念祖對峙時喝下太多紅酒，身子裡的酒氣尚未散盡，當負責駕駛的女僕收到袁燁指示，調轉車頭時，他正全心放鬆，枕著其他女僕雪白大腿閉目養神，幻想脫逃之後，該藏匿何處、如何東山再起等等瑣事；想著想著，只覺得睏倦難耐，迷迷糊糊地打起瞌睡。

當大型升降梯升至實驗室卸貨區，負責駕駛的女僕不等柵欄完全揭開，便踩足了油門，直接衝破柵欄，撞進實驗室中，女僕們紛紛躍出車外，殺出大廳。

大堂哥半夢半醒間讓枕著大腿的女僕推下地，驚駭之餘撐身坐起，只見到女僕掀開帆布竄出車外的背影。他不明白發生了什麼事，還以爲半路遭遇追兵，嚇得來到車尾，揭開帆布，見到外頭竟是室內，可大感詫異，他猶豫半晌，見無人進來這房間，鼓起勇氣才下了車，左顧右盼，猛然驚覺這地方竟然是聖泉實驗室。

「這裡到底是什麼地方？」大堂哥連連大吼，見他那些女僕們和夜叉戰成一團，可駭然大驚，幾名夜叉將他團團包圍，他連忙揮甩雙臂，抵擋來襲夜叉；他體內海怪基因持續恢復著，雖然無法快速擊殺夜叉，卻也足以自保。他一面後退，一面驚吼求援，但袁燁已經撤回女僕們對他的效忠命令，此時此刻，大堂哥在那七名女僕心中，價值與路人無異。

「啊！妳們、妳們……」大堂哥且戰且退，一面觀察周遭環境，經過一根根巨大梁柱，見到寬闊指揮台，來到一處落地窗邊，往外瞥了幾眼，驚覺自己竟然身處在袁氏博物館中，可暗暗叫苦，他不時呼喚他那些女僕，卻完全得不到回應，反倒吸引更多夜叉圍攻。

轟──

又是一聲爆破巨響，自神之音總部玄關大廳竄出。

「水？有水？」神之音成員大喊：「李長官，敵人攻進大門，水淹進來了！」

「什麼？」李家賓駭然大驚，抬頭望向螢幕牆，只見神之音總部玄關大廳那寬闊電梯門被硬生生扳開，滾滾大水從那破口灌入。

幾個身影乘著大水，自電梯破口鑽出，與接待廳裡的守衛夜叉大戰起來，其中一個身影快如鬼魅，張著一雙駭人利爪，幾記飛旋扒抓，殺倒一片夜叉，是貓兒。

磅、磅！緊跟在後的酒老頭，左一肘右一膝，將幾個夜叉轟倒在地，跟著是豪強、黑風、鬼蜥、小次郎，以及一票持著尖叉的蝦兵，蜂擁殺進接待廳裡，與守備夜叉展開大戰。

跟著進來的，是包括強邦在內的幾名寧靜基地成員，其中一人自防水行囊中取出對講機，向猶在地底的田綾香報告戰況：「田姊，我們進來了，這裡應該就是神之音總部，我們正要開始找袁安平……」

「等等！」田綾香的聲音自對講機響起，跟著又說：「狄念祖在九樓被大軍圍攻，你們想辦法接他們上來，我們在底下已經準備好了，隨後就到──」

「我不是已經下令關閉入口電梯嗎？爲什麼會……」李家賓見玄關被敵人攻入，驚訝莫名，連忙望向螢幕牆，只見玄關接待廳的監視畫面中，電梯門給揭開，洩出滾滾大水，而電梯梯廂內的監視畫面，卻全無動靜——爲了避免寧靜基地搭乘電梯攻上，李家賓早指示將電梯關閉，將梯廂停佇在最頂樓。

他猛然醒悟，深海神宮那些傢伙不知用了什麼辦法，將大量海水灌入電梯井，循著井道一路往上淹來。

「把其他樓層的電梯門打開，放光他們的水！」李家賓大聲下令，神之音成員立時照做，快速按著控制面板上的數枚按鈕。

「咦？」李家賓眼睛瞪得更大，他見到幾處監視畫面裡，電梯門緩緩開啓，卻未流出一滴水——

在數處敞開的電梯門後，擋著一堵牆。

是深海神宮的軟體動物牆。

不久之前，寧靜基地與深海神宮聯軍、酒老頭等人循著地底實驗室通道，抵達位於袁氏博物館下方，能夠直達神之音總部的電梯入口；鯨艦扳開電梯大門，十幾隻打水海葵就定位，全力抽水，將大水往電梯井裡灌。

但電梯井並非全然密閉，大水灌至一樓電梯大門，便自某些管線通道向外洩出，在大龍蝦王爺催促下，深海神宮那大批軟體動物牆終於趕到支援，抹水泥似地向上鋪蓋，遇門封門、遇縫堵縫，使海水無法外洩，加速水位升高，酒老頭等人便這麼乘著大水，一下子浮上神之音總部，揭開電梯大門，衝殺出去。

「嘩！怎麼回事？他們自個兒打起來啦？」豪強跟著酒老頭、貓兒殺出玄關接待廳，進入總部大廳，只見那寬闊會議大廳裡正騷亂大戰著，遍地殘屍斷骸，雪白光潔的牆壁、地板及一柱柱大梁都染著觸目血跡。

在那戰圈最中心的總指揮台前，擠滿了鳥人和夜叉，數名女僕四處游擊亂戰，追擊她們的還包括了三號禁區的威坎等人，酒老頭等人一下子可都傻了眼，搞不清楚當前情況。

「咦？那是月光小姐？狄念祖他們已經來了？」豪強指著前方一處戰局叫嚷起來，原來他將其中那與月光樣貌相同的女僕，當成是月光本人。

「不是吧！那只是長得像……耶？也太像了！」小次郎瞪大眼睛、探長脖子，又見到那貌似月光的女僕不遠處，還有兩個面貌和月光十分相似的女僕。「哇！有好幾個月光小姐！」

「不太對勁呀，怎麼回事？田小姐要我們上來搶袁安平，袁安平人呢？那些女人又是誰啊？」豪強扭著鼻子、哇哇大叫：「酒老，我們現在到底要打誰呀？」

「管那麼多，誰打你，你打回去就是了！」小次郎嘿嘿一聲，拔出短刀，正要衝鋒，卻讓貓兒揪住後領，扔回玄關廳裡，可氣得暴跳如雷。

「田小姐要炸九樓電梯門，把狄念祖接上來，底下還有其他援軍要上來，我們得守住這地方。」貓兒扒倒兩隻近逼的鳥人，說：「現在就讓他們自相殘殺，不是正好嗎。」

「別讓夜叉靠近電梯！」酒老頭領著鬼蜥和黑風，守在玄關接待廳出口前後，將靠近的夜叉和鳥人一一擊退；豪強也跟在酒老頭身邊，見酒老頭打誰就打誰，小次郎數次往前，都讓貓兒扔回，本要發飆造反，但見酒老頭也垮下臉瞪他，只好怒氣沖沖地回頭奔。「狄大哥動作也太慢，我去催他！」

貓兒在玄關前守了一陣，見來襲敵人並不多，大部分的鳥人和夜叉都集中在指揮台附近與女僕大戰，她心中好奇，便高高蹦起，攀上一只華美玻璃櫃頂端，居高臨下望向指揮台，只見指揮台中央，有個傢伙氣急敗壞地比手畫腳，那是李家賓。

跟著，貓兒又見到李家賓身後，有個人被蒙眼蒙耳、綁手捆腳地讓兩名神之音成員架著、被夜叉團團守住，她心想那人或許就是袁安平，思索半晌，卻也想不出從人堆中劫出袁安平的方法。

「爸爸。」袁唯的聲音自擴音設備中發出，他一開口，袁齊天立時昂起頭來，東張西望半晌，最後將視線停在螢幕牆上，袁唯緩緩地說：「你別放開弟弟的手，他會惹麻煩，你牽著他，將他那些女僕殺光，別讓任何人搶走大哥。」

「是……」袁齊天點點頭，拉著袁燁陡然奔跑起來，老鷹抓小雞似地追殺那些女僕。

「哇——」袁燁霎時感到天旋地轉，他的眼睛看到的是地板和父親的腿，他的手臂痛得像是裂開一般。

「躲開呀！」袁燁見到前方一名女僕停下動作，似乎想要替自己解圍，他立時大聲吼叫。

袁齊天的拳頭以千鈞之勢擊去，那女僕飛蹦騰起，避開這記猛擊，在空中翻了個跟斗落地，順手切斷一名夜叉頸子。

「妳們小心，別讓我爸爸逮著，這是命令，我命令妳們離他遠點！」袁燁嘶啞大吼，他知道袁齊天此時行動粗魯凶暴，但只要他不反抗，便不會遭受攻擊，四周夜叉、鳥人自然也不會對他動手，反倒是這批女僕是他最後的幫手，可不能讓她們像先前那批女僕一樣全數犧牲。

「動作快呀……快叫鳥人送更多幫手上來！」李家賓在指揮台上來回踱步，用手重重拍打幾名神之音成員肩膀。

「最小那個……對！就是妳，小可愛、小寶貝……妳去殺光指揮台上那些人，砸爛所有螢幕——」袁燁突然朝著那貌如月光，但比月光年幼幾歲的女僕大聲下令。

「哇——」指揮台上的神之音成員一陣騷動，那領著命令的小女僕來勢洶洶，遠遠地便拋來一把圓椅，砸毀幾面螢幕，幾名夜叉奔向指揮台，卻阻不住這速度飛快的小女僕。

「快阻止她！別讓她破壞指揮台！」李家賓一面繃緊神經，指揮眾人護衛袁安平，偶爾瞥向螢幕，偷瞧袁唯的神情。

袁唯正接受著醫療人員的緊急治療，同時靜靜望著神之音成員捧著的筆記型電腦，螢幕上有數個總部大廳不同角度的監視畫面。

此時的他本應沉睡靜養，好讓醫療人員全力清除他體內寄生蟲，但敵軍兵分多路攻進他的聖地，弟弟臨陣叛變差點奪走大哥，他無論如何也無法放心。

總部大廳窗邊，三名女僕轉向攻往窗邊，一舉衝散聚在那兒的夜叉、鳥人和神之音成員，不時搶下鳥人手中尖叉，往窗外拋射，將那些忙碌提著夜叉飛來的鳥人射落下地。

「喂、喂喂！」大堂哥躲在一處不起眼的角落，朝著接近的女僕低喚。

女僕只是望了他一眼，全無反應。

「……」大堂哥心如死灰，漸漸明白這些女僕並不屬於自己所有，她們和他的「蘇菲亞」一樣，也要離他而去。

「嘶──」一名飛在天上的鳥人肩頭捱著女僕擲來的尖叉，憤怒嘶吼，這鳥人正與另兩隻鳥人共同提著一隻阿修羅朝著大窗飛來，中叉的鳥人咬牙死撐，努力振翅，但接著又飛來一叉，將他的翅膀和另一隻鳥人翅膀穿在一塊兒。

「嘎！」兩隻鳥人瞬間亂了陣腳，身體中叉還能硬撐，但翅膀給釘在一塊兒可嚴重妨礙飛天，剩餘那鳥人奮力振翅，還回頭呼救，想喚來其他鳥人支援，但沒叫上幾聲，臉上便捱了一叉，手一鬆，這差十餘公尺便要殺進總部大廳參戰的阿修羅便這麼向下墜去。

「底下守軍怎麼還沒上來？我們的阿修羅呢？天狗呢？羅剎呢？」李家賓激動大吼，這是他千載難逢的機會──由於袁燁反叛，神之音另兩位與他平起平坐的滄海大師、吳寶皆已喪命。袁唯正親眼瞧著他表現，若他能成功守下神之音總部、保住袁安平，那麼他在聖泉集團的地位，或許會拔升到難以想像的境界。

「大部分天使阿修羅聚集在袁唯老闆那兒，防止敵人干擾，舊型阿修羅則都在底下和康諾那海洋大軍作戰，阿修羅服從性不如夜叉，性情凶暴，一旦開戰，除非殲滅敵人，否則不會輕易停手，我們已經派出指揮官盡量調集不少人馬，回防總部，但……」神之音成員急急報告當前情勢：「他們上不來……」

「上不來？」李家賓揪著那神之音成員衣領大吼：「什麼叫作『上不來』？」

「剛剛九樓電梯出入口突然開啓，大水沖出……」神之音成員解釋，一面急急操作監視畫面，同時向李家賓說明情況。

李家賓這才想起九樓戰況，他見到九樓通道小廳中，已不見狄念祖等人身影，取而代之的，是天狗和鯨艦在激流不止的大水中的激戰。

天狗在設計上爲了能夠飛空，噸位和力量遠不如其他破壞神級怪物，加上室內可不是他擅長的作戰領域，一陣激鬥下來，天狗顯然落於下風。

儘管天狗奮力揮動鐵臂，一拳一爪地攻擊鯨艦襲來的巨臂，甚至張口啄下鯨艦黏臂肉塊後，吞下或是吐出，但鯨艦毫不畏懼這樣的攻擊，轟隆——

一柱巨臂再次轟來，將天狗轟捲上天花板，跟著撲通壓進水裡。

先前在通道中，天狗身上的戰甲、重靴，保護著他不受海蛇襲擊，但他被鯨艦壓入淺水數次，海蛇不停噬咬他的頭臉和頸子，幾度捱著毒液，即便是破壞神的天狗也漸漸感到不支，他的臉和上半身逐漸發麻，那些海蛇鑽入他的戰甲之中，噬咬他全身。

磅——

天狗巨大的身體再一次被鯨艦自水中提起，重重撞上天花板，這次與先前許多次撞擊略有不同，由於海蛇毒液的效用，天狗雙臂的力量削弱許多，這次他甚至無法將手抬起保護頭部，甚至不及扭轉身子低頭卸力，而是腦門直直轟在袁氏博物館這特殊構造的堅實天花板上。

這不知是第幾度撞擊，終於使天狗的頸子受到重創，腦袋歪斜地垂下。

鯨艦鬆開天狗，任由其掉落水中。

「糟糕……」李家賓哎喲一聲，大喊起來：「那些傢伙不見了，他們攻上來了……快追上去，要他們全部一起上，別擠在通道裡，不管是夜叉、羅剎、鳥人還是阿修羅，通通都給我上，快追、快……」

通道裡的擴音設備響起，李家賓的命令，被神之音成員精準地傳達給那些聖泉部隊，他們嘶吼著向前，目標是那條通往神之音總部的樓梯——

但要通過那裡，必須先通過鯨艦。

CH08 甦醒

「狄大哥，就是這裡，快點，裡面亂成一團吶！」小次郎領著狄念祖，奔入神之音總部玄關接待廳，駐守在那兒的蝦兵和寧靜基地成員立時上前接應，照料那兩名一路隨著狄念祖奔波至此的寧靜基地成員，以及幾近虛脫的老乖和傑克。

斐少強扶著斐漢隆來到一處角落，檢視著哥哥傷勢；他呆了呆，斐漢隆的傷勢比他想像中嚴重許多──在與天狗的短暫激鬥下，斐漢隆數次硬扛天狗攻勢，肋骨、胳臂多處骨折，儘管他的龍人形態強橫霸道，但仍捱不住破壞神級天狗的近距離暴擊。

「不要緊，坐一下就沒事了。」斐漢隆喘著氣、面色青白，喉間不時滾動；他肋處斷骨傷及內臟，數度欲嘔出血，都被他嚥回肚子。

「這是恢復體能的藥劑，能夠快速補充體力。」一名寧靜基地成員走向斐家兩兄弟，遞上兩管藥劑。

斐少強略顯遲疑，不知該不該伸手去接──第五研究部過去是聖泉集團裡追剿康諾勢力最主要的部門，儘管這一仗他們同爲盟友，但心中仍不免有些疙瘩，不知眼前這寧靜基地成員，是否曾有親友死在己方戰士手下。

「不管你們接下來要不要繼續作戰，維持一定體力，終究比較安全。」那寧靜基地成員面無表情地說。

「哼。」斐漢隆冷笑了笑，一把搶下那莫莉調配的體能強化劑，拋給斐少強一只，跟著二話不說將那金屬管往胳臂按下，將藥劑注入體內，望著天花板長長吁了一口氣。

斐少強見斐漢隆的神情淡然中帶著幾分堅毅，知道斐家這次精銳盡出，本便抱著玉碎決心，現在除了他兩兄弟外，所有部屬全數戰死；在這時刻，畏懼已毫無意義。斐少強一想至此，也淒然一笑，將體能強化劑注入胳臂，陪著哥哥默默靜養。

□

「哇！」狄念祖領著月光等人奔出玄關，來到總部大廳，見到四周亂戰景況，連忙趕至酒老頭身邊，問：「現在是怎麼回事？袁安平呢？」

「不知道。」酒老頭沒好氣地答，一肘將一名鳥人頂飛好遠。

「狄念祖——」貓兒在一處高聳大櫃上方叫喚，指著指揮台方向。「袁安平在那裡！這些女僕也要搶他，他們在內鬥！」

「什麼！」狄念祖警覺地東張西望，他知道擁有海怪基因的大堂哥，此時立場可是舉足輕重，倘若他站在袁唯那邊，率領七名女僕共同守護袁安平，那麼己方的搶人行動可絕難得手，但此時女僕和夜叉打成一團，卻又不知爲何。

跟著，狄念祖發現前方戰局當中有個瘦高老人，揪著個體態古怪的年輕人四處追打女僕，女僕們身手矯健，早在老人攻到前便早早躍開；狄念祖哎呀一聲認出那年輕人，便是以往時常出現在電視螢光幕上的袁家三少爺袁燁，他嚷嚷叫著：「那不是袁燁嗎！他怎麼會……」

袁燁的手腕被袁齊天握得疼痛難熬，不住嚷嚷大叫：「大哥——大哥！你快醒來，二哥他瘋了，他關著爸爸，他把爸爸洗腦了……」

「啊……」李家賓感到身後的袁安平開始掙扎，微微一驚，望向螢幕牆，袁唯的面容依舊平靜，看不出情緒。

「爸爸……」袁唯緩緩開口，神之音成員爲了讓袁唯能夠自由下令，特地調高擴音音量，袁唯的聲音迴盪在整個神之音總部。「讓弟弟閉嘴。」

「是。」袁齊天回頭，一巴掌摑在袁燁嘴上。

袁燁瞪大眼睛摀著嘴，彎下了腰，指間淌下鮮血，和幾顆牙齒。

袁齊天揚高手臂，將袁燁再次拉直身子，又一巴掌摑在他嘴上。

「……」袁唯看著視訊畫面，淡淡地說：「弟弟，別怪哥哥……哥哥是爲了你好，捱過這次，等待我們家的，就是美好的國度，爲什麼……爲什麼你們總是不能了解呢？」

袁唯說到這裡，露出哀怨神情，他的額頭突然隆起一個腫包，那腫包顫動幾秒，裂開一道口，鑽出一條詭怪長蟲，激烈擺動著，探長身子噬咬袁唯臉面。

袁唯閉起雙眼，長長吁了一口氣，試圖平靜情緒，一旁的醫療人員立時以箝子挾住那怪蟲，對其注射藥液，將蟲取出，在毗濕奴基因作用下，那傷口迅速復元。

「主人！」兩名離袁燁較近的女僕撲向袁齊天，其中一名女僕胳臂被袁齊天抓個正著，袁齊天揪著那女僕像是揪著小雞小鴨般，高高舉起再重重砸下。

磅地一聲，女僕被砸在地上，鎖骨、肩骨都給砸裂了，但她一手緊緊扣住袁齊天手腕，雙腳夾住他胳臂，怎麼也不讓他再搧袁燁耳光。

袁齊天彎腰，再次將女僕提起砸下，喀啦啦——這次女僕背面著地，她右背肩胛骨、肋骨，也發出碎裂的聲音。

另一名女僕一手架住袁齊天左臂，一手高舉利刃，就要往袁齊天眼睛刺去。

「不……他……」袁燁揚起手，喝止那女僕，他情急之下，嘴巴一張，碎齒、鮮血一齊噴了出來，他沒能說完，只感到手腕一痛、身子騰起，轟隆撞上一團軟物——那是女僕的身體，袁齊天以袁燁作爲武器，撞擊纏著他右手的女僕。

那女僕終於鬆開了手，落下地，被袁齊天一腳踩透胸膛。

另一個架著袁齊天胳臂的女僕則在混亂中被甩下地，袁齊天抬腳一踢，磅地將那女僕踢飛好遠。

「哇！」李家賓驚吼一聲，他的目光僅剛從袁齊天身上轉開，便見到狄念祖等人已經攻至指揮台右側數公尺處——本來守在實驗室接應狄念祖的酒老頭等人，在與狄念祖會合後，終於發動攻擊，打算一鼓作氣搶下袁安平。

「擋下他們、擋下他們！」「快叫鳥人運更多夜叉上來。」「窗邊有女僕游擊搗亂，快趕走她們。」

一時間，神之音總部殺聲震天，三號禁區的左哥、右哥一左一右地與酒老頭惡鬥；鬼蜥盯上白髮四手少年古奇，不停朝他噴灑毒液；豪強伸出鈍刺，與小次郎聯手遊鬥持著拐杖刀的威坎；黑風化為犬樣，狂追淌著舌頭哀號奔逃的吉米。

狄念祖領著月光，突破其餘三號禁區衛隊成員與鳥人夜叉結成的重圍，繞過強敵袁齊天，直攻李家賓；一個巨大身影揮動大手、撥開夜叉，往狄念祖大步走來，那是被鳥人提入支援的阿修羅。

後方，果果指揮著阿嘉，連同神宮蝦兵和強邦等寧靜基地成員，在玄關接待廳前建立起防線，不論他們能否搶下袁安平，這條注滿海水的筆直通道，可是重要撤退路線。

二度注射低劑量體能強化劑的傑克，又興致勃勃地來到防線最前頭，蹦蹦跳跳地替狄念祖吶喊助威：「小狄，加油呀小狄，對，就是這樣打他，打！我好興奮吶——」

阿修羅下巴捱著狄念祖一記卡達砲，腦袋大幅度向後翻仰，後退幾步，彎腰垂臂，大力搖了搖頭，像是想將暈眩甩出腦後，隨即吼叫地撲向狄念祖——但後背立刻多出三個血洞，他止住腳步，反手一拳，只揮著一陣風，月光早在他扭身前便躍開老遠。

狄念祖見阿修羅轉身，立刻迫上前，左刺拳連擊，然後是右卡達砲，再度擊中阿修羅腦袋。他有多次對陣阿修羅的經驗，知道阿修羅力量強大但腦筋不好，且不懂迎敵詭計，他與月光前後夾攻，一個正面硬扛、一個飛梭遊擊，阿修羅若全力迎戰狄念祖，後背便會遭到月光以米米劍突擊，若要去捉月光，狄念祖的重拳可又拳拳朝著他腦袋打。

磅地一聲，阿修羅腦袋又一次捱中卡達砲，搖晃兩步，跪倒在地，月光晃了晃手上的米米劍盾，將之變化成一柄大斧，轟隆斬進阿修羅後頸裡。

「唔！」月光見自己大斧竟嵌在阿修羅頸骨中，而不是一口氣斬下他的頭，不禁對阿修羅的骨肉強悍感到詫異，但即便是阿修羅，頸骨受到這樣的傷害，也無法起身了。

「小心，又來一個！」狄念祖往前大步一蹦，自月光身邊竄過，右拳直直擊出，和那來到月光身後的第二隻阿修羅大拳互擊。

月光轉身，見到眼前站著兩隻阿修羅，他們都是讓鳥人提上來的支援部隊，這些阿修羅身上帶著些許傷跡，是神之音成員從底下的戰場上臨時拉來的幫手。

「用我教妳那招！」狄念祖向月光使了個眼色，跟著彎膝輕跳，左右亂蹦游擊，右刺拳連擊，同時攻擊兩隻阿修羅。

兩隻阿修羅都張著六臂，一個追擊狄念祖、一個撲向月光，月光將米米斧變化成一柄大鎚，以快打慢，耐心閃避阿修羅連環猛擊，逮著空檔，便以大鎚突撞敲擊，阿修羅骨骼堅如鋼鐵、皮肉極韌，見到大鎚襲來，便隨手格擋，毫不將月光的鎚擊放在眼裡。

月光接連砸擊數次都被阿修羅擋下，突然高高舉起大鎚，直上直下地往阿修羅腦袋轟去。

阿修羅揚手一把抓住米米大鎚的鎚柄，幾乎同時，他的右眼濺出鮮血。

原來月光手上那米米大鎚，在砸下的瞬間變化成鐮刀狀，阿修羅接住鎚柄的同時，鎚頭化出的鐮刀刀刃也同時斬進阿修羅眼中——月光先前數次鎚擊，便是讓阿修羅習慣大鎚重量和攻擊距離，阿修羅自然料不到月光手上的大鎚能夠自在變形。

「米米，回來。」月光猛地向後躍開，同時拉動長柄，米米再次變形，將身子化爲利刃，順勢讓月光一拉，將阿修羅雙掌割出兩條巨大血口。

「吼！」阿修羅發狂猛衝，月光卻不再和他近距離搏鬥，而是將米米化成長矛，遠遠地突刺，一下子在阿修羅身上刺出好幾枚血洞——阿修羅瞎了一眼，難以判斷距離，米米矛卻是忽長忽短，甚至還會轉彎，阿修羅避無可避，抬起六臂護住頭臉，往月光的方向暴衝而去。

月光抓準了阿修羅胳臂與胳臂間縫隙，刺出長矛，一擊正中阿修羅心窩。

「吼吼吼——」但阿修羅奔勢不但未減，反而更急，原來米米化作的長矛刺不透阿修羅胸前肋骨，阿修羅六臂同時抓住長矛，往前猛衝，眼看就要撞上一柱大梁。

月光在後背撞上梁柱前一刻拉著米米矛縱身躍起，長矛則化成液狀，猶如一條銀鞭，繞過阿修羅六臂捲上他頸子。

月光躍過阿修羅頭頂，落在他身後，往反方向奔衝，想揪著阿修羅頸子將他往後拉倒，豈知那阿修羅力大無窮，扭動脖子將月光甩上半空，轉身揚拳就要往月光身子打去。

一道身影迅雷般竄下，將月光攔腰抱開、安穩落地，是貓兒。她輕拍了拍月光臉蛋，嘿嘿一笑，兩人一左一右倏地躍開，避開阿修羅轟來那記粗暴狂擊之後，同時發動反擊。

月光以長矛飛快突刺，貓兒則是虛揮數爪，突然從腰際小包摸出一只十餘公分長的錐狀海螺，湊近嘴巴，含著海螺頭端，鼓嘴一吹，自螺尾吹出一柱筆直黑色汁液，射在阿修羅額上。

那是鬼蜥的毒液。

毒液迅速向下滑落，流經之處，發出淡淡焦煙，滲進阿修羅沒瞎的那隻眼睛。

「吼——」阿修羅彎下腰，摀住了雙眼。

貓兒手上這海螺，來自於小次郎的創意，由深海神宮成員提供螺殼、鬼蜥提供毒液，將海螺尾端切出開口，連同頭端以海草封死，殼裡裝著鬼蜥的毒液，臨戰時取出使用，含著頭端吹氣，便能從尾端噴出細柱毒液，反之含著尾端吹氣，則能從殼口噴出散射毒霧。

他們一共造出十幾只小螺，除了能夠自行噴毒的鬼蜥以外，酒老頭等華江賓館成員，每人身上都帶著兩、三只這樣的小螺。

月光趁著阿修羅讓毒液滲入眼中之際，挺著長矛朝阿修羅猛力刺去，這一次，她的長矛不是刺向顏面也不是心窩，而是刺進沒有鋼筋鐵骨保護的腹部。

「呀！」阿修羅一手仍摀著眼，餘下五手，同時抓緊長矛，像先前那般試圖推動月光。但這次他只推動兩步，便停下腳步——米米將矛尖化爲利爪，在阿修羅腹腔中抓扒探找起來。

阿修羅發出長嘯，奮力重新跨步、推動月光，他兩手抓著長矛，騰出三手揮拳亂打，像是一頭發瘋的惡獸。

「挺住！」貓兒竄至月光身邊，替她清開來襲夜叉和鳥人，且也伸出一手握住矛柄，協助月光阻擋阿修羅推進。

「吼……」阿修羅腳步漸緩，終於跪倒在地，他的五臟六腑都讓米米斬碎。

□

另一邊，狄念祖重施故技，在一連串刺拳之後，突然變化拳槍，化出第二階段大螯，攻其不備，如此反覆數次，成功將那阿修羅擊斃。

「呼……」狄念祖扭扭脖子，吁了口氣，轉頭迎向李家賓，只見袁齊天拉著袁燁大步朝他走來，心中一凜，他剛剛聽袁唯喊這老人「爸爸」，知道眼前這老人便是聖泉集團創始人袁齊天。

他曉得袁齊天必定極難對付，可不知剛才用來對付阿修羅的招數，用在袁齊天身上管不管用，他搖搖拳槍，擺出拳擊架勢，四周鳥人和夜叉見識過袁齊天那不講理的蠻力，且比阿修羅更加敵我不分，見他要對付狄念祖，便不插手，而是通通往李家賓的方向靠去，將袁安平周邊圍得猶如銅牆鐵壁一般。

「你是袁燁，對吧……」狄念祖見袁燁表情痛苦且驚恐，又見到幾名女僕緩緩圍來卻又不敢靠近，不禁覺得奇怪，問：「她們不是袁正男的手下嗎？怎麼……」

「你……」袁燁喘著氣，苦笑著說：「你……就是狄念祖，我知道你……你爸爸……給我們聖泉集團……惹……」

他還沒說完，陡然被袁齊天提起，又賞了他一巴掌。

袁齊天的掌擊力道極大，若非袁燁此時也擁有改造後的強悍肉體，腦袋早給打飛了。

「……」狄念祖不明白袁燁為何淪落如此慘狀，但見螢幕上的袁唯一臉冷酷模樣，心想袁燁必定和袁唯鬧翻了。他冷笑幾聲，指著螢幕牆上那面無表情的袁唯，說：「你剛剛想說，我爸爸給你們聖泉惹了麻煩是吧，我得反問，有比你哥哥給整個世界惹出的麻煩更大嗎？無論如何，我爸爸可沒把你打成這副模樣吧。」

「嘿……嘿嘿、呼呼……」袁燁摀著臉，只是喘氣，不敢再說什麼。

「我明白了。」狄念祖瞥了瞥後方被蒙著臉的袁安平，猜測袁燁或許是因為也打算搶袁安平，才和袁唯鬧翻，他想了想，指著某個女僕，說：「她們現在都歸你管，對吧？你不能說話，是因為這老頭子會打你，且是你那神經病哥哥的命令，對吧？」

「你對她們下令，讓我指揮她們，我有辦法救你，還替你搶回大哥，如何？」狄念祖這麼說。

「爸爸……」袁唯的聲音再次響起。「殺掉現在站你眼前那個人。」

袁齊天甚至還沒應答，拳頭便直取狄念祖腦袋。

狄念祖沒料到袁齊天的攻勢來得如此之快，狼狽低頭避開，隱約又見到一個大影橫橫掠來，竟是被當成武器揮來的袁燁。

磅！狄念祖被袁燁撞得飛出數公尺遠，翻了好幾個滾，附近鳥人一擁而上，舉著尖叉往狄念祖身上刺，狄念祖勉強發動卡達蹦，斜斜地撞出包圍圈，趕緊撐身站起，只見袁齊天已經衝到了他面前，抬腳就往他臉上踢。

狄念祖連忙撲倒閃避，滾了一圈再彈起，飛躍遠離、站定身子，只覺得背後出了一陣冷汗；袁齊天的壓迫感遠超過阿修羅，若是他捱上那一腳，鼻子必定要被踢扁了，即使他有長生基因，恐怕也得躺上好一陣子。

這樣的壓迫感令他有些熟悉，但在這一刻，他腦袋一片空白，沒時間思索上一次類似的壓迫感從何而來，是第一次碰見夜叉或是阿修羅時？

狄念祖的卡達蹦彈速雖快，但只適合長距離衝刺，論近身戰的靈活和反應，他可不如那些女僕，無法像月光對付阿修羅那樣以快制慢，他的動作並不比袁齊天快上多少，力量卻大輸許多。

「老頭，你兒子手要被你扯斷啦……」狄念祖見袁齊天毫不講理地拔足往他衝，左手拉著的袁燁被揪在後頭，像是風箏般騰空起來，連忙彎膝弓腰，碰地彈遠，他停下，回頭，袁齊天仍然緊追在後。

月光和貓兒左右包抄來援，她們一近身，袁齊天便掄甩袁燁打人，月光心地善良，見袁燁痛苦哀號，便立時退開，貓兒察覺到周圍女僕都將這袁燁當成主人，她若對袁燁動手，可能要遭到女僕圍攻，因此也不敢強逼。

「媽的……」狄念祖接連幾蹦，都無法擺脫袁齊天狂追，四顧一番，見自己竟沿著指揮台繞了大半圈，眼見袁齊天又要追來，他索性往指揮台奔去，還轉頭朝著袁齊天臭罵：「臭老頭，你有種追上來——」

「哇！」李家賓見狄念祖竟朝這頭衝來，嚇得大叫起來：「他想幹嘛？擋著他，別讓他過來！」

一名阿修羅從陣中竄起，轟隆落在狄念祖正前方。

七、八名夜叉結成陣勢，擄在阿修羅身後，就要攔下狄念祖。

狄念祖盯著僅離他十餘公尺的阿修羅和夜叉們，背後幾乎能夠感應到袁齊天那濃厚奔騰的殺氣，在這瞬間，他也無暇多想，僅能發足狂奔，不停彎膝上膛、扣下扳機，上膛、扣扳機。

磅磅磅磅——他的卡達奔跑在雪白磁磚上踏出一團團碎痕，扭腰揚臂拉弓，對準阿修羅胸膛，揮出一記強力重拳。

阿修羅六臂齊伸，轟隆擋住狄念祖這記右卡達砲，即便是阿修羅，硬扛狄念祖全力發動的卡達砲，也不禁向後連退好幾步。

狄念祖在拳頭轟到阿修羅大掌上時，已經做好下一步準備，他將拳槍變化成大螯，喀嚓一剪，雖然沒能一口氣剪斷阿修羅手掌，卻成功鉗住他四隻大掌。

阿修羅雖比狄念祖高大許多，但狄念祖那呈大螯形態的拳槍手臂伸直時，卻比阿修羅胳臂還來得更長一些，狄念祖鉗著阿修羅四手，仍持續發動卡達奔跑，以雙膝、腳踝產生的強大衝力，壓著阿修羅快速推進——

衝上了指揮台。

「哇！」「他衝進來了！」「撤、快撤……保護大哥、保護大哥呀！」

指揮台中一片混亂，李家賓見狄念祖竟一瞬間突破重圍，衝上指揮台，還將袁齊天和阿修羅都引了上來，知道要是這些力量強大的傢伙們要是在指揮台上打鬥起來，肯定要波及到自己和袁安平，急急轉向後退。「快逃啊——」

大批夜叉、鳥人，將李家賓和袁安平團團包圍，開始往台下撤，猶如一座移動堡壘。

女僕、酒老頭等人，則一面與外圍威坎等人作戰，一面往那銅牆鐵壁、裡頭囚著袁安平的移動城堡逼近。

一個身影竄到這移動城堡上方，哈哈笑了起來。「原來神之音總部這麼大，怎麼不早點告訴我！」

是斐少強。

斐少強幾分鐘前與斐漢隆待在玄關小廳裡喘氣，一面自憐手下全滅，聽著外頭殺聲愈加旺盛，剛注入的體力強化劑隱隱生效，體力恢復幾分，便步出玄關、進入大廳，準備再戰，他見這神之音總部挑高竟超過十公尺，先感到微微震撼，跟著興奮大喜——比起其他人，他可擁有絕佳地利。

在驚呼聲中，斐少強落在李家賓身旁。

揚起手，神之音成員倒下一片。

李家賓由於顧慮阿修羅霸道，將幾名阿修羅分派在這堡壘外圍，此時讓斐少強空降至這銅牆核心，一下子嚇得三魂七魄都飛了，嘴巴大張卻發不出聲音，眼見斐少強瞬間殺倒一票神之音成員，還托住袁安平胳臂，一下子腦袋裡嗡嗡作響，袁唯先前的吩咐陡然乍響在腦中——

「我不清楚袁先生的底線，我是指……允許我使用哪些方法？」

「任何方法。包括讓大哥，永遠別醒過來。」

李家賓抽出插在腰後的消防斧頭，朝著被蒙著雙眼的袁安平腦門劈下。

被斐少強抓住手腕。

空氣結凍一般，包括周遭的神之音成員和部分醫療小組成員，都瞪大眼睛望著距離袁安平腦門上方僅數公分的那消防斧頭。

斐少強似乎也讓李家賓突如其來的動作嚇了一跳，他抓著李家賓的手，問：「我以爲你會砍我，你把袁大哥當成我了嗎？」

「我……這……」李家賓渾身顫抖起來，一下子竟不知該如何辯答，他抬起頭望向螢幕牆。

袁唯面無表情的臉上，爬出了一條又一條寄生蟲。

「我、我、我……」李家賓喘著氣，大口呼救起來：「快救大哥！他是斐家殺手，要來殺大哥，快救大哥，這、這是命令，快——」

銅牆推擠起來，外圍的夜叉、阿修羅和鳥人轉向往中心攻來，離得近的神之音人員和醫療人員，紛紛被揪住頸子或衣領，往外摔去。

條——裴少強提著袁安平，高高飛蹦到空中，盯著螢幕牆上的袁唯，跟著左顧右盼，隨手打落來襲的鳥人，像是想要找出袁唯正在注視的那台監視器。

袁唯自低溫艙中坐了起來，伸手抹了抹臉，抹去那些寄生蟲。

圍在他四周的醫護人員儘管惶恐，卻都不敢作聲，生怕一句話不討喜，腦袋就要飛離身子。

螢幕牆上的畫面微微顫抖起來。

那是捧著裝有視訊設備電腦的神之音成員，忍不住發抖的緣故。

「李家賓，我將總部交給你……」袁唯像是仍然努力試圖壓抑心中怒氣，緩緩地深長呼吸，一字一句地說：「這麼點小事，你都搞砸了。」

「不……不……老闆，我……」李家賓渾身顫抖地跪了下來，突然又站起，指著空中的裴少強，說：「所有人聽好，立刻給我殺掉空中那個裴家少爺，連他手中那假人一併除去，那人不是大哥，他是假的，他是……是我們故意製造出來欺敵的假貨，目的……目的是爲了引出敵人，引出裴家敵人……看，我們成功了，這裴家少爺被我們騙來了，快、快殺掉他！殺光他們！這是命令！」

「啥？」裴少強聽李家賓這麼說，先是振翅飛高，躲開幾柄鳥人射來的尖叉，順手接下一柄，磅磅地敲落幾隻來襲鳥人；他望了望提在手上的袁安平，扯開蒙在袁安平頭臉上那些布巾，端詳他半晌，對著底下的李家賓說：「這人長得跟袁大哥一模一樣呀，你說他是假的？」

「是呀，他是假的，你上當啦、上當啦！」李家賓指著天上的斐少強吼：「你逃不出這裡了，這是偉大的神所設下的陷阱，爲的就是剷除你們整個斐家。」

「是嗎？既然是假的，那我帶走囉。」斐少強哈哈一聲，提著袁安平就往窗戶方向飛。

「啊！攔下他、攔下他，別讓他把人帶走——」李家賓驚駭尖叫。

所有鳥人們紛紛升空，持著尖叉四面包抄斐少強。

□

指揮台上則亂戰成一片，狄念祖按著阿修羅衝上指揮台後，立時鬆手，用拳槍護頭，發動卡達蹦，撞進人堆之中，後頭袁齊天和阿修羅爭先追來，將攔在他們面前的聖泉人員、夜叉鳥人全打飛，狄念祖卻早已再次蹦遠，撞翻一堆桌椅設備，又滾下指揮台；他這麼亂衝，本只爲了甩脫袁齊天，起身見到斐少強竟已將袁安平搶到手，不禁驚喜之至，朝著天空大喊：「斐老弟，快下來，你一人打不了那麼多鳥人！」

「狄老兄，顧好你自己！老頭追上來啦。」斐少強一手提著袁安平，一手持著尖叉，大戰圍攻鳥人。

「呃，這老傢伙……」狄念祖聽斐少強這麼說，轉頭見袁齊天又追到身後，只好趕緊再逃。

「讓我……下去……」袁安平突然開口。

「嗯？」斐少強呆了呆，望了袁安平一眼，見他神情黯然，便問：「你到底是袁安平本人，還是袁唯造出來的活公仔？」

「讓我下去，我有話……要和袁唯講……」袁安平聲音沙啞，像是太久未語，一時之間不習慣說話一般。

「哈哈。」斐少強搖搖頭，說：「袁大哥，你睡太久，不知道這段時間發生了什麼事，但有一件事我要先跟你講。」他一面說，一面揮挺尖叉，將一隻隻來襲鳥人盡數刺落。

儘管他體內擁有鳳凰基因，但先前漫長的游擊作戰，消耗他過多體力，注入體內的體能強化劑也只讓他恢復部分力量，此時光是提著袁安平飛天與鳥人作戰，便讓他略感吃力。

「整個斐家除了我和我哥哥之外，全讓你弟弟殺了。」斐少強一叉刺透一隻鳥人胸膛，順手搶下那鳥人手上尖叉。「你說，這筆帳我該怎麼跟你算……啊！」斐少強說到一半，激動加上疲累，沒留意有個自背後竄來的鳥人，朝著他大腿刺了一叉。

他恨恨地轉身一腳踹退那鳥人，將剛搶到手的尖叉，擲射進鳥人心窩，再將刺在腿上的尖叉拔出再戰。

「……」袁安平訝然望著斐少強，一時無語，他低頭望向下方戰場、望向指揮台前那巨大螢幕牆上袁唯冷然的面孔，又見到底下追著狄念祖的袁齊天，見他還拖著袁燁，突然掙扎叫嚷起來：「斐少強，放我下去——」

「喲，大老闆記得我叫什麼名字，我大姊、二姊呢？你記得嗎……」斐少強嘿嘿笑著，正想多調侃袁安平幾句，一柄尖叉自他身旁射過，差點便要射中他，四周鳥人群擁而上，他不敢再分心，持著尖叉左右掄打，打落一批鳥人，第二批又來。

這第二批鳥人，有的舉著桌板、有的抬著座椅，有的甚至提著其他鳥人屍身，緩緩逼近斐少強。

「好樣的！」斐少強見這些鳥人竟拿著桌椅屍體作盾，像是網魚般團團圍來，覺得滑稽之餘，也不禁感到難以應付；他突然發現自己在這裡擁有的空中優勢並不如預期般大，儘管神之音總部已極其寬闊，但與真實天空相較，這地方仍嫌太過狹窄。

他瞥了窗外一眼，心想若在戶外，他大可縱身飛出數十公尺，再回頭將這些鳥人各個擊破，但在這兒，上有天花板、下有夜叉阿修羅、鳥人的後頭還是鳥人，他的鳳凰基因再怎麼敏捷，在敵人密度如此高的情況下根本退無可退。

「少強，下來！」斐漢隆撫著胸肋斷骨處，蹣跚奔出玄關，他奔出幾步，轟隆隆轉化身形，變成龍人形態，幾拳將圍上他的夜叉打飛。

磅！斐漢隆的一拳，被個大傢伙接下。

又是阿修羅。

幾名女僕已經努力在窗邊游擊，盡力阻擋援軍飛入，但總部大廳窗邊寬闊綿長，外頭的鳥人仍然不斷將夜叉和底下的夜叉和阿修羅送上。

斐少強提著袁安平飛竄亂打，鳥人以桌椅格擋，也不猛衝，而是緩緩圍上，他的飛旋範圍逐漸縮減，想拉高飛勢，卻發現已經貼近天花板，想下降，底下卻也擋著鳥人。

一名鳥人逮著機會，射出一叉，正中斐少強肩頭。

又來一叉，射中斐少強翅膀。

「哇！」斐少強終於向下墜去，下方聚著滿滿的夜叉，狄念祖、斐漢隆等人全被擋在夜叉外圍。原來斐少強在空中得意游擊時，李家賓儘管焦急慌亂，卻還是想出這捕魚戰術，成功扳回一城。

斐少強拎著袁安平磅啷一聲摔進夜叉堆裡，一隻夜叉上前揮爪就要往斐少強臉上抓。

夜叉突然停下動作，呆愣愣地望著那撲在斐少強身上，揚手阻止他攻擊的袁安平。

「誰准你動手，退下！」袁安平厲聲大喝。

「嘩——」本來團團圍上的夜叉們，立時向後退開一大步。

一隻隻挺著尖叉，自空竄下的鳥人們也騷動地散開老遠。

CH09 神之怒

「……」袁安平雙手發顫、心中紛亂，站起身來，轉頭四顧那一個個夜叉，沉聲說：「不認得我了嗎？」

夜叉們呆然站著，露出不知所措的模樣。

聖泉這些生物兵器，和女僕一樣，腦袋裡有著設定好的服從對象，最高層級那人自然是聖泉集團領導人袁安平，其次才是袁唯。

這也是無論如何袁唯在成就大業之前，不能讓袁安平醒來的緣故——他將會失去許多權力。

自然，在軟禁袁安平後，袁唯替自己打造了大量直屬戰士，那些直屬戰士們，不論是夜叉還是天使阿修羅，都要比聖泉舊型兵器好看許多，身穿雪白戰袍，腰繫銀色長劍。

然而這些只聽從袁唯命令的直屬戰士們，此時都圍繞在袁唯身邊，護衛他接受緊急治療。

此時神之音總部裡的夜叉、鳥人和阿修羅，都是從各處緊急調來的舊型兵器，負責海洋公園各地安全，腦袋裡服從對象中的最高階級，還是袁安平。

「通通住手！」袁安平吸足了氣，大吼起來：「我命令你們，給我住手——」

霎時間，本來戰得天昏地暗的神之音總部，一下子平靜下來，即便是不受袁安平命令的威坎等衛隊、女僕們、酒老頭等人，在感受到突然變化的局勢後也紛紛停下動作，拉開距離，都想弄清楚當前究竟發生了什麼事。

「哇！」狄念祖氣呼呼地蹦上一只大櫃，見到袁齊天仍緊追不捨，氣得大罵：「喂，你兒子醒了，所有人都不打了，就剩你這死老傢伙……」

「袁唯——」袁安平大步走向指揮台，望著螢幕牆上的袁唯，大喊：「聽得見我說話嗎？」

「……」袁唯仍然端坐低溫艙中，任由身旁醫療人員，七手八腳地替他清除鑽出體外的寄生蟲。「我聽得見。」

「你把爸爸怎麼了？」袁安平指著那仍窮追狄念祖的袁齊天。

「爸爸。」袁唯緩緩地說：「您先歇歇，放下弟弟吧……」

袁齊天站定不動，終於鬆開抓著袁燁的手，像是什麼事也沒發生過。

袁燁癱倒在袁齊天腳邊，他的手腕骨已給袁齊天握斷，一陣追逐之下，體力衰竭，痛得面如死灰。狄念祖則像隻被狗追怕的野貓般，還蹲在那高聳大櫃子上，不敢下地，他見月光朝他奔來，連忙揮手阻止，就怕袁唯突然反悔，下令袁齊天大開殺戒。

「大哥，我，再問你最後一次……」袁唯本來冰冷的臉龐露出笑容。「你支不支持我？」

「弟弟……」袁安平望著螢幕牆上的袁唯半晌，對周遭人員下令：「把我說話的畫面，傳到他那邊。」

幾名神之音成員雖是袁唯直屬部下，但袁安平終究是聖泉集團最高領導人，且在總部生物士兵全數倒戈的情形下，沒人膽敢忤逆袁安平的命令，立刻將指揮台上一處視訊鏡頭對準袁安平，將畫面傳至袁唯那端電腦螢幕上。

「大哥，你氣我……那麼多天沒去看你？」袁唯見到袁安平的特寫畫面，笑著說：「從上次之後，我的計畫，又增色許多……我希望，你再給我一次機會，聽聽我的想法。」

「……」袁安平望向如同傀儡的袁齊天和虛脫狼狽的袁燁，袁燁呆然地望向袁安平，被打得瘀腫發紫的嘴巴微微張著，像是有千言萬語卻說不出口。

袁安平嘆了口氣，說：「你把我關在睡眠艙裡，隔一天看我，和隔一年看我，又有什麼分別？你既然對我下手，爲何又來看我，你怎麼不殺了我，造個替代品，不就稱心如意了……」

「這何須原因，因爲，你是我親大哥呀。」袁唯語帶哽咽。「我知道，你對我的想法有許多成見，但是、但是…… 我所做的一切，都是爲了我們袁家啊。聖泉集團在大哥你的帶領下，成爲世界最強盛的商業帝國，而我，只是想……更上一層樓，成爲……」

「成爲神是嗎？」袁安平搖搖頭。「我曾幾何時說過想當神？我與其他人的意願，你完全不當一回事？」

「我知道，大哥，你氣我舉動冒失，我不應該在說服你之前，就使用……非常手段。」袁唯悲傷地說：「但是，我知道總有一天，大哥你和爸爸、弟弟，會支持我的決定。」

「在那一天沒到來之前，你便一直關著我？」袁安平問。

「不……」袁唯落下淚來。「就差一步了……幾乎，就要完成了，我打算今晚就讓你醒來，今天晚上，就是我們盼望多年、父子四人，同桌晚餐的日子。」

「今天。」袁安平吸了口氣，望向窗外，環顧四周，顫抖地說：「就是你說的殺戮日計畫？」

「不。」袁唯搖頭，說：「那早已過去了，我已經在世人面前，成功擊敗邪惡的康諾魔王。現在全世界，都將我當作神。我成功了，大哥，現在……就差你的支持，只要你點頭，這世上，所有一切黑暗，將一掃而空，我們可以安安穩穩當神……」

「然後就可以統治世界啦！」狄念祖陡然插嘴大叫：「就可以想殺誰就殺誰，把世人當成奴隸啦，這就是你這隻『神』一直想幹的事，對吧！」

所有人望向那蹲在一處高聳櫃子上的狄念祖。

狄念祖在櫃子上聽他們兩兄弟對話至此，猜出袁唯在軟禁袁安平後，或許出於自信、或許出於心虛、又或許獨自創作神話世界感到孤高寂寞，而數次喚醒哥哥，向他闡述心中大計，想獲得他的認同和支持，但每次都讓袁安平否決。

袁安平有著數次甦醒經驗，約略知道弟弟袁唯心中大計，也因此再次醒轉時，對於當下身處情境、局勢，並未顯露太多惶恐，反倒有種「這一天終於到來」的無奈。

「袁家大哥，你弟弟肯定沒有告訴你，他在你睡著的時候，幹下多少壞事。」狄念祖知道袁唯對袁安平述說他那造神大計時，必然隱去諸多醜惡行徑，在此時刻，無論如何也不能讓袁安平倒向袁唯，他大聲說：「你知道爲什麼袁唯不殺你？因爲你能指揮這些夜叉呀，他殺了你，夜叉和阿修羅又不認得你的分身，他怎麼自圓其說？」

狄念祖自然不明白聖泉士兵的服從機制其運作原理，但他也不在意自己說對或是說錯，反正隨口胡謅。

「你錯了……」袁唯垮下臉，像是對於狄念祖插嘴感到不悅：「只要有大哥的DNA，我當然能造出能夠令士兵服從的分身。」

「是嗎？難怪你剛剛命令你手下殺掉你大哥！」狄念祖在衝進指揮台，抱頭鼠竄之際，可沒漏看李家賓舉起斧頭往袁安平頭上砸這一幕。

這情景當下大家都瞧在眼裡，即便不明前因始末，但後續李家賓聲稱袁安平是假人，下令格殺的那番話，所有人都聽見了。

狄念祖居高臨下，瞧見六神無主的李家賓，指著他大喊：「袁大老闆，你看，就是那傢伙。他身邊那些穿袍子的怪胎，就是你弟弟那邪教組織裡的教徒，他可以出面作證！證明你弟弟想殺你！你弟弟根本喪心病狂，把你爸爸搞成了殭屍，還差點打死你另一個弟弟！他們全都在這，每個人都可以作證！」

「不……不不，這……」李家賓冷汗直流，連連搖頭，見到袁安平望向他，又見到螢幕牆上袁唯面容愈漸冷峻難看，不禁雙腿一軟，癱坐在地，喃喃求饒：「我……我根本不知道發生什麼事，我、這……我完全奉命行事，袁老闆……」

「你說哪個袁老闆？這裡有五個袁老闆，呃……」狄念祖說到這裡，東張西望，一時沒瞧見大堂哥，心想他應該也勉強算是個「袁老闆」，卻不知道他究竟在不在這裡，便繼續說：「你快誠實招供，袁唯命令你對袁大哥做什麼？他要你殺死袁大哥，對不對？你還不承認！」

狄念祖雖沒親耳聽見袁唯在隱密通道裡下達的命令，但早在先前無數次作戰會議中，他與寧靜基地等人便討論過袁唯極有可能為了不讓袁安平落入敵人手中，而痛下殺手，當他見到李家賓當時動作和後續命令，自然明白當中原由。他此時存心挑撥，也無須顧慮細節正確與否，而是口無遮攔地想到什麼講什麼，除此之外，他這番言論還有另一個目的。

「我不知道、我什麼都不知道……」李家賓大聲哀號：「我只是執行命令，老闆叫我做什麼我就做什麼，我我我……」

螢幕牆上，袁唯青白的臉龐和赤裸的上身，同時隆起數十處腫包。

腫包一一破裂，有的流膿、有的鑽出蜈蚣狀異蟲、有的攀出半截迷你小人身、有的探出怪異小人頭、有的伸出手或腳……

袁唯四周的醫療人員也被這情景嚇退一大步，他們彼此四顧，都不知該如何處理這情形。

袁唯體內三種超級基因力量深不可測，其中毗濕奴基因提供了其他基因的驅動能量以及肉體恢復力，這讓袁唯看起來有如擁有無窮無盡的能量，但即便深如大海，也有觸底之處，毗濕奴基因終究有其極限，消耗的力量也需仰賴時間恢復。

溫妮一手打造的這寄生蟲，能夠與袁唯共享其體內那些異質基因一切力量，包括梵天基因的金身巨體和超級力量、毗濕奴基因的動力和恢復力、濕婆基因的各種變形武器，甚至是阿耆尼基因的火焰。

這些寄生蟲的作用不是傷害袁唯，而是瓜分袁唯的力量，寄生蟲越是活躍，袁唯的力量便消耗得更快。

狄念祖早從螢幕牆上袁唯神情變化，和其臉上寄生蟲的模樣，猜出這些寄生蟲的活躍程度會隨著袁唯情緒變化而起伏。

他想要激怒袁唯。

「袁唯！你這個說謊的騙子，剛剛我已經把你的醜態傳送到全世界，你嚇得尿褲子，趕緊切斷全球連線，你害怕讓世人看你這副醜樣子。」狄念祖自櫃子上站起，大聲叱罵：「你想當神，等下輩子吧，這輩子你註定當一隻下流醜陋、殘害手足的骯髒魔鬼——」

「嘩——」擴音設備傳出一陣醫護人員驚恐尖呼，畫面那端袁唯後背濺出一片黑液，數條醜陋觸手和人手自他背後探出，凶惡地四處鞭打扒抓。

一隻沾染著黑汁紅血的細白長手，伸繞至袁唯正面，利爪在袁唯胸膛上扒出五道血痕。

袁唯雙手捏按著低溫艙邊緣，艙體上一道道裂痕自袁唯十指指尖處向外散開。

袁唯臉上浮突出青筋，左臉頰鑽出一隻半身小人，小人一會兒搥打袁唯嘴唇，一會兒抱頭嚎哭。

「大哥……」袁唯嘴角發顫，說：「你還沒……回答……我的問題，你到底，支不支持我？」

「我已經回答過許多次了。」袁安平長長一嘆。「我的答案，不會改變，也不會改變。」

「不……你會改變……只要、只要你再給我一次機會，大哥，好好聽我說一次……」袁唯深深吸氣，雙手將低溫艙體都掐裂散開。「大哥，我一直當你是我大哥……」

「弟弟，不論你當不當我是大哥，我都是你大哥。」袁安平嘆了口氣：「回頭吧，你不是神，我們都只是人。」

「……」袁唯緊閉雙眼，口唇發顫，內心似乎掙扎不休，他的額頭、頸子、臉頰都鼓出可怖的膿包，膿包顫動破裂，濺出濃稠汁液，鑽出醜惡小怪，噬咬著他。

袁安平望向兩名神之音成員，說：「立刻聯絡聖泉北美總部、歐洲總部，和東京、新加坡、首爾分部，我要知道……我們，究竟在這個世界幹下什麼好事。」

「這……」神之音成員面面相覷，一時間不知如何是好，紛紛望向李家賓，李家賓同樣慌亂地撇開目光，不發一語。

袁安平見到幾面螢幕上顯示著袁氏博物館周邊戰情，那花園廣場上幾乎被聖泉武裝部隊、夜叉和深海神宮大軍夷爲荒土，他高聲下令：「立刻叫他們停戰！」

袁安平連喊數次，見神之音成員遲遲沒有動作，氣得揪起一名人員領子，對他大吼：「你沒聽見我說話？」

一名女僕不知何時來到袁安平身旁，握住那神之音成員胳臂，輕輕一拗，將那神之音成員胳臂拗斷。

袁安平訝然回頭，見到幾名女僕攙扶著袁燁步來，袁燁拖著碎膝、撫著被爸爸打腫的臉頰，喘著氣說：「寶貝兒們，誰不聽大哥的話就宰誰……」

「阿燁……」袁安平這時才清楚看見弟弟袁燁的模樣，只見他身軀變形、鼻青臉腫，又見父親袁齊天面無表情站在遠處，像尊石雕般一動也不動，不禁悲悽之至。他在另一名神之音成員肩上重重一拍，大喊：「立刻叫他們停戰！」

那神之音成員見到一旁夥伴摀著斷臂哀號，又見女僕和夜叉將他團團包圍，嚇得連連點頭：「是、是是是……」他一面應聲，一面操作擴音系統，對著底下花園廣場發出停戰命令。

但底下殺紅了眼的戰士一時間可停不下動作，開槍的持續開槍、衝殺的仍然衝殺，堡壘和巨鯨大鯊撞在一塊，身上腳下的夜叉、提婆、阿修羅、武裝士兵與敵對的海洋大軍殺得難分難解。

「所有人聽好！」袁安平推開那神之音成員，搶過麥克風，厲聲大喊：「我是袁安平，我要你們立刻停下動作——」

袁安平怒吼之後，一隊隊聖泉武裝士兵仍不停開火，機槍、火箭彈持續掃射，但所有生物兵器，上至破壞神堡壘，下至夜叉、鳥人全部停下動作，不明所以地望向擴音來源，僅剩零星幾隻阿修羅仍亂戰不休。

接著，聖泉武裝部隊和指揮官們也察覺異狀，逐漸停火；騷動之餘，紛紛透過通訊向神之音總部詢問詳情。

白牙站在巨型大烏賊背上，一聲尖銳呼嘯，他身前身後那些遍體鱗傷的大鯨、巨鯊，大烏賊、大蟹、大卡達蝦，以及底下掩護衝殺的蝦兵魚將，也跟著停下動作。白牙知道當對方一旦莫名停下攻勢時，便極有可能是袁安平取回大權之時，接著任務便要進入第二階段——迎戰袁唯，或者掩護袁安平撤退。

兩方交會的前線戰士們緩緩地後退、拉開距離。

神之音總部一陣忙亂，數名神之音成員紛紛忙碌地開始聯絡聖泉全球部門，準備全球同步連線，讓袁安平一口氣對數十處聖泉部門最高主管發布命令。

「大哥……」袁唯的聲音突然響起，他睜開眼睛，淌下兩道血淚，緩緩站起，抬腳跨出低溫艙。「我希望你們明白，我，對你們的愛絲毫不減，但你們，卻不愛我……不過，不要緊，你們很快，就會明白我的苦心……」

袁唯說到這裡，肩上竄出一個小型半身人，臉孔是斐姊；斐姊模樣的半身人，忽而捧臉哭泣，忽而瘋暴搥打著袁唯。

此時的袁唯，面目和軀體猙獰恐怖得如同電影裡的惡魔厲鬼一般。

視訊畫面搖晃起來，是那持著視訊電腦的神之音成員恐懼發顫所致。

「你想做什麼？」袁安平瞪著螢幕牆上像是將要有所行動的袁唯，大聲喝問：「還不死心？」

袁唯沒有回答，而是唸出一段夾雜英文字母與數字，猶如密碼般的語句。

喀喀喀、隆隆隆，一陣陣古怪震動聲自神之音總部四周響起。

指揮台上則是響起一片莫名訊號聲，大大小小數百面螢幕右下角，同時出現閃爍著一個紅色符號。

「啊呀！」指揮台上的神之音成員紛紛發出驚呼，四顧相望，本來連接上的十數處聖泉部門視訊畫面陡然消失，只剩下右下角閃爍不停的紅色符號。

「我的眾子民呀，你們……聽見神說話的聲音嗎？」袁唯背後那雙巨大雪白羽翼緩緩張揚開來。「你們，仍效忠我嗎？」

「是是是，神！」吉米繞著圈圈，不停吠叫：「神對我說話，我聽見了、聽見了汪噢！」

威坎等人也紛紛應答：「我們當然效忠您。」

「我……」李家賓則是惶恐不安，一時間不知如何回應。

「我的子民呀，你們，要站在神這邊，抑或是，站在魔王腳下……自己決定吧。」袁唯抬起手朝著前方一指，他背後那大隊天使阿修羅紛紛升空，四周護衛夜叉則拔出長劍往前衝鋒。

「關窗，快關窗，別讓那些阿修羅飛進來！」狄念祖躍下大櫃，奔向指揮台，對著袁安平大喊：「袁老闆，快下令關窗，你弟弟瘋了，他想殺光這裡所有人！」

「你說什麼？」袁安平一時間聽不明白狄念祖嚷嚷些什麼，他更不知道袁唯在杜恩幫助下，打造出一批膚色如雪的天使阿修羅，不僅力量更強，還能飛天，甚至連外貌都更加俊美，他們身披白袍、手持大劍，只聽從袁唯指揮。

狄念祖說的「關窗」，是要指揮台上的人，立刻降下窗邊攔阻牆，以防那群天使阿修羅飛襲攻入。

「大哥，等我，我現在去見你。」袁唯的聲音此時冷酷異常。「爸爸，抓住大哥，別讓他離開、別讓他說話，等我過去——」

「是……」袁齊天望向指揮台上的袁安平，大步走去。

指揮台上一片譁然，台下的夜叉和鳥人雖未得到袁安平的命令，但他們都感受得出袁齊天渾身散發出的殺氣，他們紛紛向前，張臂揚手，攔在袁齊天面前，阻止他繼續接近袁安平。

然後，他們一個個胸穿腦裂地飛騰上半空。

螢幕牆的畫面裡，袁唯撲拍大翅，緩緩升起，但下一刻，他那雙巨大雪白的羽翼骨架竟竄出各種古怪觸手，將他雙翼上的白羽一片片摘下，不過幾秒，他便歪歪斜斜地墜地。

畫面一震，是那持著視訊設備的神之音成員被嚇得向後摔倒，電腦橫落在地，鏡頭仍朝著袁唯落地之處。

一批醫療人員急急擁上前，想要扶起袁唯，但紛紛發出尖叫，袁唯胸前背後，以及那雙大翼，竄出各式各樣的尖長怪手，穿透或者扒裂四周醫療人員的身軀——

袁唯的怒氣達到頂峰。

「喝——」袁唯憤恨大吼，身體激烈變形，一身梵天金銀骨節穿體透出，快速架起巨大人形、長出堅韌皮肉，濕婆基因同時發動，銀白戰甲快速覆上全身。

「弟弟，停下，別再執迷不悟！」袁安平也對著麥克風大喊，但此時那通訊筆電落在離袁唯甚遠之處，也不知袁唯能否聽見，他緊抓著麥克風，還想說些什麼，卻被袁燁拉住胳臂，在女僕攙扶下急急後退。「哥，快逃啊。」

三名女僕飛身上前，攔阻那大步踏上指揮台的袁齊天。

夜叉和鳥人圍擁上去，一個個被踢飛、被擊倒、被搧倒、被撕裂，袁齊天此時下手，可要比捉拿袁燁時粗暴剽悍太多。

「爸爸到底怎麼了？」袁安平不可置信地望著眼前魔神一般的父親。

「二哥改造了爸爸，把他變成了……」袁燁哭喪著臉說：「一台殺人機器。」

CH10 最後的冰壁

「這些電腦怎麼回事？」另一頭，狄念祖趁亂奔上指揮台，試圖操作電腦，降下窗外攔阻牆，但他連換數台電腦、摸索半晌，所有設備卻全無反應，螢幕上全是那不斷閃爍的紅色奇異符號。

他猛然醒悟，神之音總部電腦系統設有緊急時刻的鎖定機制，剛才袁唯念出那段莫名密碼，便是啓動這鎖定機制的語音命令，目的是關閉電腦系統，切斷袁安平對外聯繫，讓他無法向全球聖泉部門下令。

「果果、傑克！」狄念祖轉頭，對著玄關處大喊：「老乖情況如何？我需要他的幫忙！」

由於夜叉和鳥人轉向保護袁安平，玄關接待廳未受攻擊，在那待命的寧靜基地成員、果果和傑克，早已準備妥當、蓄勢待發，就等狄念祖指示下一步。

傑克喵喵幾聲，轉頭大喊：「老狗，準備好沒？小狄他要行動了！」

「哼。」老乖扭扭屁股，搖搖擺擺地走至傑克身後，被果果一把抱起，帶著阿嘉一同往狄念祖那兒跑去，強邦等寧靜基地成員也同時跟上護衛。

「啊！他們想幹嘛？是那臭小子，他是狄國平兒子，他又想入侵總部電腦系統！」李家賓趁著袁齊天大開殺戒時，領著一票神之音成員退下指揮台，躲至遠處，遠遠見到狄念祖摸上指揮台，知道他打著重啓電腦的主意，立時急急對著威坎、吉米等三號禁區衛隊成員高聲下令。

「你們快去阻止他們，他們企圖對神不利！」

他知道袁齊天剽悍無匹，總部大廳中無人能敵，也知道袁唯將大軍壓境，他得在神的怒火燒來之前，選定立場。

威坎、左哥、右哥、古奇等三號禁區十幾名悍將，立時攻向指揮台，吉米淌著舌頭，汪汪吠叫地衝向果果，再次被黑風攔腰撲倒，兩隻大狗咬成一團。

「咦？」果果遠遠地瞧著吉米，只覺得這怪模怪樣的人形犬可越看越眼熟，突然呀地尖叫一聲：「那條狗是吉米耶！」

「什麼？」本來持刀衝向古奇的小次郎，一聽身後果果叫嚷，立刻回頭奔來：「吉米？他在哪？」

同時，鬼蜥、豪強、貓兒的目光，全自果果的指尖，集中在吉米身上。

他們在三號禁區一戰中爲吉米擄獲，受盡酷刑凌辱，各個都和吉米有著血海深仇。當中貓兒並未與其他人一起進入黑雨機構接受殘暴實驗，而是被安排在吉米身邊，供其享樂洩慾，處境更是淒慘數倍。

大夥兒衝進大廳時，正逢混亂大戰，吉米模樣改變甚多，混在三號禁區成員之中，一時沒被發現，此時被果果認出，大夥這才知道日也想殺、夜也想宰的仇人，竟以一條狗的模樣在他們眼前吠叫。

「哇！」小次郎吼叫著，衝向吉米，舉刀就斬，吉米嚇得扭頭閃避，小次郎一刀斬在地上，竟將武士刀打斷，他身上帶著不止一柄刀，立刻抽出新刀，追著吉米亂砍。

鬼蜥、豪強左右包抄，一時竟都不能攔住吉米，吉米接受改造手術，除了擁有一副人體狗貌外，也兼得了猛虎般的力量和獵豹的敏捷。

「貓兒姊，來幫忙，這王八蛋跑好快！」小次郎一手新刀、一手斷刀，怎麼也追不上吉米，氣憤大叫。

「沉著氣——」酒老頭見威坎等人浩蕩攻來，己方卻追著條狗跑，連忙出聲提醒。

另一邊，威坎攻到指揮台前，被月光和貓兒攔下，貓兒雖也恨極吉米，但比起小次郎等，終究沉穩許多，知道當前可不能不顧大局去追死敵，她與月光一人守著一邊，與殺來的三號禁區成員展開大戰。

「狄大哥。」果果抱著老乖，領著傑克和阿嘉，來到狄念祖身旁，她見狄念祖狐疑地四處張望、打量指揮台上近百台電腦，便問：「你在看什麼？」

「冰壁，我在找冰壁……這裡所有電腦都被鎖定了，我剛剛試過，重新開機也沒用，我猜現在神之音總部整個電腦系統都在冰壁控制中，這裡的冰壁系統和地底實驗室的冰壁不同，不只是防火牆，還有實際處理能力和系統最高權限。」狄念祖一面解釋，一面摸索著幾處設備上的儀表板，他東張西望、暗叫不妙，心想要這如此寬闊的神之音總部，不知藏著多少祕密研究室，一時間要找出冰壁機房，可不是一件容易的事，只見窗外天際遠遠飛來兩支部隊，那是奈落羅剎空軍和數十隻天使阿修羅。

那些奈落羅剎本來佯作敗軍，四處逃竄供聖泉大軍追擊，途中收到神之音命令，飛回支援，卻得不到進一步指示，在空中撞見天使阿修羅，便迎去與他們糾纏起來。

然而羅剎空軍在沒有古魔天狗壓陣之下，全然不是阿修羅的對手，被持著大劍的阿修羅一陣斬殺，支離破碎地墜落。

狄念祖知道要是讓數十隻阿修羅同時攻入總部，無需袁唯親征，都能將此處夷為平地，他正焦急之際，陡然聽見李家賓的連番大喊。

「快呀、快呀，別讓他們碰電腦，快阻止他們啊，全是飯桶！」李家賓氣急敗壞地指著鬼吼鬼叫。「那麼多人闖不過兩個女僕，你們幹什麼吃的？」

他甚至奔到窗邊，試圖指揮近窗處的鳥，猜想或許有些鳥人沒聽見袁安平的命令，還能夠供己驅使，突然他感到背後一陣騷動，回頭，見到狄念祖怒氣沖沖地朝他衝來，可嚇得轉頭就跑。

「你這傢伙！」狄念祖彎膝弓背，碰隆隆發動卡達砲奔跑，瞬間撞翻一票神之音成員，衝到李家賓背後，一把揪住他頭髮，將他轉至正面，喝問：「冰壁藏在哪？」

「我不知道、我不知道……」李家賓搖頭擺手，突然感到腳尖發出劇痛，失聲尖叫，低頭一看，狄念祖踩著他左腳鞋尖一側，至少踩扁了他兩根腳趾。

「快告訴我冰壁在哪裡？」狄念祖轉動腳掌，磨蹭著李家賓斷趾。

「啊！我……我不知道呀！」李家賓連連慘叫：「威坎！快來救我……」

「救你個大頭！」狄念祖抬起腳，轟隆又踏在李家賓左腳尖上，這次他踏得中間些，將李家賓四根腳趾都踏扁了，只留下大拇趾完好，狄念祖怒視躲在四周的神之音成員，凶狠地說：「你們想起冰壁藏在哪了嗎？想不起來沒關係，你們全部加起來有很多腳趾，夠我慢慢問。」

「呀——」一票神之音嚇得哆嗦地連連後退，他們忍不住全望向同一個方向。

狄念祖順著他們視線望去，是指揮台正中央，他氣呼呼地拉著李家賓往指揮台走去，一面催促：「快說，我沒時間跟你耗……」還沒說完，便停下腳步，揪著李家賓衣領，抬腳又要發動卡達踩。

「哇！」李家賓見狄念祖又要踩他腳，連忙哀號求饒：「我說、我說了，冰壁……在那個小櫃子裡……」

狄念祖提著李家賓，來到指揮台中央一處不起眼的小資料櫃前，將李家賓順手推給兩名寧靜基地成員，讓他們架著李家賓，對傑克說：「傑克，如果他說謊，你看著辦吧。」

「喵吼——」傑克翻了個跟斗攀上李家賓腦袋，揮動小爪，拍打他腦袋，在他耳邊說：「要是你騙人，我要把你肚子剖開，把你心臟、肝臟、腎臟全部挖出來……吃掉喵！」傑克說到這裡，躍到李家賓腳邊，抬起小腳爪往他左腳尖亂踏一陣。「聽見沒有、聽見沒有！」

傑克的貓踩之力，自然遠比不上狄念祖的重踏，但踩在李家賓血肉模糊的扁趾上，也足夠讓他痛得連連哀號討饒：「哎呀，我沒騙你們……我不懂電腦，我只知道裡面有其他設備，平時有專人負責維護那些東西……」

狄念祖來到那小資料櫃前，化出拳槍堅爪，捏爛櫃門上的小鎖，拉開櫃門，見裡頭竟是幾箱模樣特殊的螺絲起子和潤滑機油等東西，不禁大罵起身，惡狠狠地瞪著李家賓，露出一副要將他其餘腳趾連同手指都一併踩爛的模樣。

「啊呀，不是櫃子裡，是在櫃子底下，櫃子只是標記位置，指揮台上的地板可以打開，要從旁邊電腦輸入密碼才能打開地板……」李家賓見狄念祖發怒，連忙說出一大串密碼。

狄念祖雖記下那組密碼，但見一旁電腦螢幕上同樣顯示著鎖定記號無法操作，索性蹲下，伸手在地板上四處敲了敲，將拳槍硬爪伸進櫃底，施力一扯，將整座小資料櫃掀翻，只見原本資料櫃與指揮台地板被他扯出一塊破口，依稀可見裡頭透出微微光線，果然另有空間。

狄念祖掀開那厚實地板，見裡頭有一處約莫一公尺見方的方形空間，那空間不僅有微弱燈光，甚至有特殊空調，散發出比室溫稍微冰涼和古怪味道的氣息，這小空間看上去，竟像是一處飼育活物的籠子。

數十公分高的冰壁便安放這小空間正中，周圍還擺著數只小方塊，那是連接冰壁與外部電腦系統之間的「橋」。冰壁和橋，外皮看上去猶如活物皮膚，狄念祖伸手去摸，甚至感受得到溫度和血脈流動。

冰壁與橋之間由數條特殊管線連結，橋上則是連接著密密麻麻的線路，延伸至地板下方各處，這整棟袁氏博物館內的電腦設備，最終都連結至這小小的冰壁之中，受其保護。

果果將老乖放在狄念祖腳邊，狄念祖自背包的防水袋中取出筆記型電腦，將電腦和老乖、冰壁連結。

「……」老乖靜靜趴著，身子緩緩起伏，狄念祖揭開筆記型電腦螢幕，正準備開啓火犬入侵程式，便聽見窗邊一陣躁動，天使阿修羅大隊已殺到窗外，紛紛拔劍斬殺聚在外頭空中的鳥人們。

狄念祖見螢幕牆上幾處對著袁氏博物館外的監視畫面，遠遠可見袁唯緩緩步來，那金身巨體上攀著各式各樣的寄生怪物，那些寄生蟲隨著袁唯化出巨體，也隨之巨大化，他們使盡一切辦法妨礙他行動，或者咬他肩頸、或者襲他頭臉、或者催動阿耆尼基因放出沖天烈燄。

三名天使阿修羅飛入窗內，二話不說，見人就殺，那些退至窗邊的神之音成員和醫療人員首當其衝，不是被攔腰斬斷，就是被當頭劈死。

另一邊，袁家兄弟倆一個碎膝跛腳、一個凡人肉身，行動緩慢，怎麼也逃不出袁齊天的追擊範圍，在數名女僕和夜叉、鳥人掩護下，一路退到大廳某處死角，這些女僕本來七人，戰至此時，死去兩人、重傷兩人，只剩三人，各自持著殘刀鈍刃或是隨地撿拾的鳥人斷叉，死守在兩兄弟身前。

亂軍之中趁隙喘息的斐少強，攀在附近一處大柱上，與遠處斐漢隆不時相望，可也無能爲力，他倆都負傷，體力不濟，對底下袁齊天可是一籌莫展；這看來完全失去自主意識，猶如機器般的袁家大老闆，力量遠遠超乎他想像，他知道自己和哥哥斐漢隆，即便在體力充沛的狀態下聯手，應當也打不贏這老傢伙。

□

「來不及了……」狄念祖見四周戰情緊迫，指揮台附近酒老頭、貓兒、月光等正與威坎這些禁區衛隊打得難分難解，袁安平身邊的夜叉和鳥人逐漸減少，天使阿修羅已經殺到窗外，他望著執行中的火犬程式，腦袋霎時一片空白——若不將攔阻牆降下封住窗戶，外頭還有數十隻天使阿修羅等著進來，但要降下攔阻牆，卻得先破解冰壁，取得總部權限，這可也得花上一段時間。

「狄念祖，專心做你的事。」田綾香的聲音自他身後傳來。

狄念祖回頭，只見田綾香領著莫莉、高霑、林勝舟等一票寧靜基地成員浩蕩趕來，墨三被包紮成像是個木乃伊般的大粽子，被幾名蝦兵扛出玄關，搖搖晃晃地往這兒抬。

「主人——」傑克轉頭見到田綾香，高興得差點從狄念祖肩上暈倒摔下，他連連哀呼貓嗚，連滾帶爬地奔向田綾香，喵嗚一蹦，撲進田綾香懷裡。

「主人，我好想妳，嗚嗚，我……小狄他都欺負我……」傑克嚎啕大哭起來。「小狄他一點都不疼我……根本沒有人疼我……」

「這一路上辛苦你了。」田綾香抱起傑克，在他臉上親了一下。

「哇——」傑克眼淚如泉湧出，將兩頰貓毛都染得濕濕漉漉。

「啊，妳們來得正好，高霑！」狄念祖見寧靜基地中負責資訊工作的高霑也來到，立時喊他：「快來，我教你怎麼操作火犬，你來接手，我去幫忙……」

「不！」田綾香搖頭，說：「你不用擔心他們。」

「怎麼能不擔心……」狄念祖瞪大眼睛，正要反駁，突然聽見窗外一陣爆裂碎響。

幾扇落地窗外，沖下大量海水和玻璃碎片。

原來海水循著電梯井道淹入總部上方樓層，深海神宮的蝦兵們乘水來到上方樓層窗邊，破窗讓水洩下，在總部窗外，形成一道水牆。

近窗處被大水沖著的鳥人和天使阿修羅，紛紛搖搖晃晃地往下墜去。

「咦！」狄念祖仔細一看，只見那如瀑布般的水牆裡，還混雜著一條條海蛇，那些海蛇能夠分泌麻痺毒液，一被咬中，便會虛脫失力；若在平地，海蛇毒性可無法瞬間毒倒阿修羅，但阿修羅飛在空中，雙翅遭噬，麻痺無力，立時失速墜下。

另一邊，幾隻天使阿修羅做好準備，飛速竄來，想要硬衝過這瀑布水牆，其中一隻轟隆衝進半截身子，後頭下半身卻在水牆外被什麼東西捲住，嘩啦一聲給拉出窗，磅啷啷地在四周壁面亂撞一陣，然後給扔下樓——鯨艦。

原來田綾香在來援途中，自寧靜基地成員即時回報戰情得知袁安平已下達停戰命令，袁唯率領天使阿修羅進攻總部，便指示大龍蝦王爺帶領軟體動物牆繼續向上封路，讓大水淹入總部上方樓層，好讓鯨艦和深海戰士們前往高樓窗邊，配合水流阻擋天使阿修羅入侵。

「我要你用最快的速度破解冰壁，掌控系統權限，重啓聖泉全球通訊連線。」田綾香望著狄念祖。「讓袁安平在第一時間內向全球聖泉總部喊話，取回大權，別讓袁唯有機會重整旗鼓。」

「我認爲得先解決那幾個阿修羅。」狄念祖見衝殺進來的三隻天使阿修羅如入無人之境，所及之處的夜叉和鳥人瞬間成了屍塊。他這麼說，還掄起拳頭，準備化出拳槍參戰，才要轉身，卻聽見有人喊他。

「念祖，我們又見面了。」一個中年男人自田綾香身後走出，向狄念祖點頭一笑。

「你是……」狄念祖見那中年男人戴著細框眼鏡、面貌平凡，一時認不出他的身分，但聽他說話，似乎對自己十分熟稔，不免有些尷尬，但他隨即見到中年男人身後還跟著個熟悉的傢伙——向城。

「你是張經理！」狄念祖這才啊呀一聲，想起眼前這面貌平凡的中年男人，便是最初與他曾有一面之緣的聖泉前任重臣、袁安平的左右手，張經理。

「那幾個阿修羅是得先解決，但應該不用你出手……」張經理還沒說完，近窗處便響起一陣破水聲浪，十幾條鯨艦長臂自窗外水牆甩入總部，每條長臂上都捲著一、兩個古怪身影。

其中一個身影迅如閃電，甫落下便蹦地彈起，子彈般地竄向指揮台。

那身影是條豹，雲豹——三號禁區的飛雲。

飛雲頸子上還摟著個小女娃，是蛙娘。蛙娘一手揪著飛雲頸上黃毛，一手指向指揮台方向，尖喊：「威坎爺，總算找著你啦！」

威坎正領著幾名衛隊成員圍攻月光，聽見那熟悉的聲音喊他，轉頭見到飛雲竄來，登時駭然大驚，他怕的自然不是飛雲和蛙娘，而是與他們一同攻入的那高大身影，是三號禁區過往二當家——

麥二。

麥二臉上多了幾道傷疤、幾分滄桑，但壯碩如昔、爽朗依舊，他扭頭舒臂，大步朝著一個天使阿修羅走去。

那天使阿修羅揮劍斬死兩名夜叉，見麥二走來，惡狠狠地朝他咆嘯，跟著大劍狂斬。

麥二仰身閃避幾劍，逮不到空檔還擊，連連後退，身旁窗外那水牆長影一晃，鯨艦軟臂甩入一個大東西，麥二伸手接住，是一只海龜空殼。

這些海龜甲殼異常堅硬，大型的海龜都在底下花園廣場抵擋砲火，中型海龜便與海蛇、卡達蝦四處支援，必要的時候還能脫殼讓戰士持在手上當作盾用。

麥二雙手舉著這龜殼，噹噹擋下好幾劍，那天使阿修羅一劍凶過一劍，喀啦一聲，大劍斬進了龜殼裡。

「來得好！」麥二猛力一扳，硬生生奪下那大劍，將龜殼連同大劍隨手拋遠，跟著大步向前，一拳朝著天使阿修羅直直打去。

天使阿修羅伸手去接，卻沒料到麥二隨意一拳，威力可比他預期大上許多；一手接不住，便三手齊接，總算接住了，還緊緊握住麥二右拳，但下一刻，麥二的左拳轟隆襲來，磅地轟在阿修羅臉上。

另一邊，兩隻天使阿修羅，被鯨艦長臂甩進窗裡的援軍團團圍住，其中一隻阿修羅被鯨艦捲上腰際，倏地被抽出窗外，朝著牆壁一陣亂砸，然後拋遠墜地。

這批圍著天使阿修羅的援軍中，大多是三號禁區成員，包括狼女琅琅、麻子婆、小棕熊等。

當時三號禁區被聖泉第五研究部與吉米聯手策劃侵吞，袁家叔伯派出聖美前往禁區臥底，設計毒害麥老大、煽動威坎反叛，以致禁區成員分為兩派，彼此對立。

以麥二為首的一派敗戰之後，成員大都被吉米擄獲，在遭受囚禁那期間麥二成功脫逃，還救出琅琅和一批手下，在脫逃時的戰鬥中，大夥傷勢不輕；在接下來的一段時間中，他們潛伏於深山靜養，伺機復仇，直到被張經理找著。

張經理與吉米相爭失敗後，投靠寧靜基地低調度日，直到康諾博士展開誘敵反攻計畫，才開始參與前線任務，協助募集參戰人馬。他先是找到舊友酒老頭、壽爺等人，從他們口中得知當初三號禁區淪陷始末，便進一步尋得麥二；他一面協助麥二等人養傷，同時擴大找尋當初三號禁區大戰時逃竄躲藏的夥伴們。

當他們得知麻子婆、飛雲等夥伴與狄念祖一同被送往奈落，作爲袁唯大戰時的反派兵力時，便計畫潛入奈落，那時袁唯一面忙於策劃聖戰大計，一面進行超級基因轉殖工程，吉米則被第五研究部擄獲，奈落防備出現疏漏，張經理人馬成功滲透奈落，聯絡上麻子婆等禁區舊部。

大夥兒裡應外合耐心潛伏著，直到大戰這天，與奈落大軍一同出發，抵達海洋公園後才暗中脫隊，與張經理會合，聽從田綾香指示行動。

「袁老闆——」張經理領著向城和一群寧靜基地成員奔向袁安平，大聲喊著：「袁老闆，你醒來了！」

「張經理！」袁安平遠遠地見到既是重臣又是好友的張經理趕來支援，可是又驚又喜，但在這當下自然無暇敘舊，他爸爸袁齊天已經殺到眼前，將身邊最後幾個夜叉一拳拳打飛，大步攻來，袁安平可嚇得六神無主，和袁燁不住後退。

三名女僕誓死上前護衛，其中一個被袁齊天一掌打斷了頸子，登然倒下，另一個繞至背後，將手中短刃往袁齊天後背捅去，只捅進兩吋，便讓袁齊天迴身抓住手腕，舉掌往她腦袋上劈。

袁齊天的大掌並未劈開那女僕的頭。

而是被另一隻大掌接住。

那大掌的主人是自張經理身後奔出的麥老大。

麥老大當時乘坐石魚，與寧靜基地成員逃離海底之後，持續接受治療，神智恢復幾分後，便讓張經理和麥二等三號禁區成員照料看管。

他架著袁齊天劈下的手腕，直勾勾地看著那被袁齊天揪著的女僕，喃喃唸著：「聖……美？」

這女僕外貌與聖美一模一樣。

當時大堂哥在袁燁邀請下，前往參觀那專門打造女僕的實驗室，袁燁大方應允替大堂哥量身打造七名女僕。

大堂哥記恨他那心愛的蘇菲亞，在海底大戰時與狄念祖一同反他，特地以她原形造出三個女僕，分別是幼年、少年和成年的蘇菲亞，供他時時刻刻欺凌取樂，以洩心頭之恨。另外四名女僕的外貌，則以三位知名女星，和以往傾慕多時的聖美爲藍圖打造。

「聖美，妳在這呀……」麥老大瞪大眼睛，盯著眼前的「聖美」。

這女僕未曾見過麥老大，更不知麥老大與「聖美」過往恩怨糾葛，她以另一手握住刀柄，將刀拔出，往袁齊天胸口刺去。

她的刀刺進袁齊天胸口的同時，袁齊天的拳頭也打在她胸口上，但袁齊天這拳並未打實，而是讓麥老大一巴掌拍歪。

袁齊天的拳頭轟在麥老大臉上。

麥老大的巴掌摑在袁齊天耳際。

「聖美」夾在兩人之間，倒地嘔血。

接下來的十數秒間，是一場地動天驚的互毆，麥老大與袁齊天毫不防禦閃避，而是一拳接著一拳打在對方的臉上、胸膛上。

「你爲什麼打我女人？」麥老大怒眼圓瞪，兩條鋼鐵枯臂狂掄猛揮。

「殺、殺、殺——」袁齊天全無反應，認眞地執行兒子袁唯的命令。

大廳另一邊，天使阿修羅頸子歪斜、搖搖晃晃幾下之後，撲倒在地，口鼻淌出片片鮮艷紅血。

麥二踩過那灘染開的血，大步往指揮台方向走去，抹去嘴角被阿修羅打出的血跡，邊走邊盯著遠處遊鬥的威坎。

「啊呀！」麥二走到距離威坎十數公尺處，見他仍揮動拐杖刀，指揮幾名衛隊成員，與酒老頭、飛雲、蛙娘死命纏鬥，不禁嘿嘿冷笑。「好樣的威坎，你現在裝作不認得我？」

「麥二還不來拆了這老叛徒的骨！」蛙娘氣鼓鼓地嘟著嘴，攀在飛雲頸上，不時朝威坎吐出毒丸子。「這些傢伙真的好壞，完全不和我們說話，可惡極了！」

威坎臉色鐵青，冷汗直流，將手上拐杖刀舞得密不透風，彈開蛙娘射來的毒丸子，逼退來襲的酒老頭和小次郎，他聽麥二說話，目光與之交會，打了個大大的冷顫。

「你還要打？」麥二沉下臉，望向其他禁區成員，見他們同樣心神不定，卻仍死戰不退，不禁大怒，厲聲一吼：「你們不記得我沒關係，連老大都不記得了？」

威坎讓麥二這咆嘯嚇得瞬間恍神，臉上立時捱著蛙娘一記毒丸子，右半邊臉立時麻痺，且麻痺範圍快速擴大，一下子連頸際、肩頭都逐漸無力。

酒老頭趁勢來襲，鐵拳揮來，打中威坎左肋，發出兩聲喀啦骨斷聲，威坎後退同時轉身，以左手接下右手的拐杖刀，旋身往酒老頭斬去。

磅！酒老頭揚起肘上犀角，格開威坎斬來的拐杖刀，另一肘撞在威坎胸口上，但見酒老頭手肘在威坎胸口炸出一陣電光。

「你……」酒老頭向後彈開老遠，望著自己如遭火灼的胳臂，想起威坎能夠放電。

威坎則摀著心窩，面露痛苦，他捱著酒老頭一拳一肘，肋骨裂傷，劇痛難當，連連後退幾步，突然感到後背抵著個大物，駭然回頭，正是麥二。

「呀——」威坎反手朝麥二抓去，爪上還閃動電光，但那電爪才揮出一半，麥二已經一巴掌掄在威坎臉上，將他重重搧倒在地。

麥二瞪著歪歪扭扭倒在地上的威坎，見他身子癱軟、神情茫然，但雙手卻仍不住閃放電光，一副想盡辦法掙扎起身和自己拚命一般，本來醞釀已久的滿腔怒氣一下子倒也發洩不出來，反倒覺得有種說不出的古怪。

他抬頭見四周那些追隨威坎的衛隊成員，儘管人人臉上都浮現心虛和驚恐，卻死戰不退，他不解地喊：「你們還在打什麼？你們沒聽見我說麥老大來了嗎？你們連話都不會講了？」

「他們被洗腦啦。」酒老頭吁著氣說：「現在只懂聽命行事。」

「什麼?」麥二瞪大眼睛,問:「聽誰的命令?」

「他呀。」酒老頭指了指螢幕牆,麥二望去,螢幕牆上遠遠拍攝著袁唯的巨大身影,離袁氏博物館約莫還有數百公尺。

此時的袁唯看來殺氣騰騰,他原本那雙碩大雪白的美麗翅膀此時白羽盡落,只剩一副攀著各式各樣怪蟲的詭異骨架。

「麥二,你還愣著幹什麼!」蛙娘攀在飛雲頸子上呱呱怪叫:「一腳踏死他,踩死這個老叛徒!」蛙娘嚷嚷幾聲,見麥二沒理睬他,便扯著飛雲頸毛,說:「飛雲,麥二不理我,你去咬死他。」

「……」飛雲默然望著威坎半晌,舔舔爪子,忽地蹦起,躍過威坎身子,直竄遠處的古奇。

「你幹嘛?爲什麼不咬死他?」蛙娘氣呼呼地拍打飛雲腦袋。

「老大、麥二都在這裡,這些叛徒生死,應當讓他們決定。」飛雲這麼說,倏地繞到圍攻月光的古奇身後,拱起背,讓蛙娘吐毒丸子。

古奇本來便不擅打鬥,剛才遠遠見到了麥老大,早便嚇得魂飛魄散、手腳發軟。他追隨威坎造反至今,對於心中憧憬的美好國度早已不抱希望,始作俑者的煽動者吉米,如今變成一條狗，自己和威坎等人則全成了服從機器；夜深人靜半夢半醒時，他還會夢見以往大夥兒齊聚禁區，豪氣取樂的樣子，在夢中，他有時會流著淚向遭他背叛的夥伴們道歉，祈求大夥兒讓他重回禁區。

自然，天明清醒時，他的腦袋又逐漸被神的旨意充斥，無論如何也得聽從主人的吩咐行動，主人是袁燁，袁燁之上還有神，他日復一日地在夜夢中悔恨、白晝時擔任傀儡。

「哇！」古奇回頭，見到飛雲和蛙娘，竟哇地一聲哭出聲來。他哭歸哭，手腳卻未停歇，幾步撲向飛雲，揮拳亂打，他的速度遠不及飛雲，一拳揮空，頸子上被毒丸子射中，癱倒在地，動彈不得。

便這樣，飛雲載著蛙娘在總部大廳飛梭竄繞，逮著機會便吐射毒丸子，月光、酒老頭等趁勢反攻，將這些禁區衛隊成員一一撂倒，寧靜基地成員也沒閒著，趁機一擁而上，將他們五花大綁。

CH11 巨神之戰

兩雙枯瘦胳臂堅如鋼骨，四張老邁大手力大無窮，袁齊天和麥老大胳臂架著胳臂、大手抓著大手、腦袋頂著腦袋，連聲悶吼，怒眼互瞪。

袁齊天已算高大，麥老大又比袁齊天更高出一截，兩人雙手抓著雙手，使盡全身力氣想將對方壓倒。

僵持數十秒後，麥老大緩緩仰起頭，然後轟隆一聲，如同天雷落地，重重撞上袁齊天額頭。

袁齊天後退了半步、再後退半步。

麥老大長吁口氣，再次仰起頭，眼睛瞪得更大，牙齒咬得更緊——磅！第二記頭錘轟然撞下。

袁齊天晃了晃，與麥老大互抓的手掌微微鬆動。

麥老大陡然放開雙手，繞到袁齊天背後，雙臂一勾一架，絞住袁齊天頸子。

兩個老人力量相距不遠，但袁齊天全然不懂格鬥技術，麥老大卻是身經百戰，儘管他此時智能遠不及過往，但那些烙印在腦海深處中的戰鬥記憶，在此時此刻發揮了作用。

「嘎——」袁齊天一張臉脹得通紅、青筋畢露，雙手亂扒，也掙脫不了麥老大的絞頸。

「喂、喂喂喂……你們……」袁燁見父親處境不利，著急地想要上前插手，但麥二領著眾人圍擁上來，一把推開袁燁，朝飛雲和蛙娘使了個眼色。

攀在飛雲背上的蛙娘立時高高站起，朝著袁齊天敞著的胸口、臉頰吐出毒丸子，足足吐了十餘枚毒丸子，加上麥老大的絞頸，袁齊天這才漸漸虛脫無力，雙手攤下。

□

「袁老闆，別擔心，他們是我招募而來的夥伴，我和他們早有默契，他們自有分寸，不會危害到大老闆生命的……」另一邊，張經理拉著袁安平急急往指揮台走。「狄國平的兒子正在破解這總部裡的電腦系統，要恢復通訊連線，好讓你對全球部門下令，阻止這場浩劫！」

「袁唯雖然告訴過我他全盤計畫，但……這段時間他到底做了什麼事？這世界發生了什麼事？」袁安平急切地問。

「發生太多事，一時怎麼講得完……」張經理苦澀地望了袁安平一眼。「總之，二哥的計畫害死很多人，實際的數字已經無法估算……比起過去大多數戰爭都要嚴重太多，包括我們集團裡許多同仁和親友都因此罹難了……」

「……」袁安平感慨萬千、無言以對，默默跟在張經理身後，在張經理帶領下來到指揮台，走向狄念祖，望著狄念祖盤坐在地的背影，喃喃地說：「你就是狄國平的兒子？」

狄念祖直勾勾瞅著筆記型電腦螢幕，熟練地操作火犬程式，他聽見袁安平對他說話，隨口應了一聲：「是啊。」

「你……替寧靜基地做事……多久了？」袁安平這麼問。

「別問這些無聊的東西，你先想想接下來要講些什麼。」狄念祖敲著鍵盤，不耐地說：「你得讓聖泉各部門知道，你才是聖泉的老大，你得命令他們立刻把四處流竄的奈落羅刹和夜叉通通召回來、揭穿袁唯的陰謀……」

「袁唯正往這裡來，他現在的力量，遠超乎你的想像，你沒有太多時間，盡量長話短說，我們會想辦法替你擋一陣子。」狄念祖說到這裡，長長吁了一口氣，站起身來，對著田綾香比了個「ＯＫ」的手勢，然後大聲嚷嚷起來：「把神之音裡還沒死的傢伙通通押過來幫忙，我們沒時間慢慢學他們這鬼系統——」

巨大螢幕牆，以及指揮台上大大小小近百面螢幕的閃爍紅色標誌一個個消失。

「小狄，你好厲害！」傑克在田綾香懷中歡呼高叫。

在神宮蝦兵和寧靜基地成員押解下，十餘名倖存的神之音成員，狼狽地來到指揮台上，一一坐下，惶恐不安地彼此相望。

「我不喜歡濫用暴力，不過我也沒有心情對你們曉以大義，所以……哪個不聽話、哪個自作聰明企圖拖延時間，就請做好變成這張椅子的心理準備。」狄念祖拍著離他較近的兩名神之音成員肩膀說，同時化出拳槍蟹螯，將一張椅子的椅背、扶手喀啦喀啦地鉗得支離破碎。「繼續你們剛剛的工作，替袁老闆聯繫聖泉各地部門。」

「……」神之音成員們莫可奈何，只好再次開啓通訊裝置，聯繫全球聖泉部門。

「袁唯來了！」幾名寧靜基地成員大喊，狄念祖、田綾香等抬頭望向螢幕牆，只見畫面上，袁唯已經來到距離袁氏博物館兩百公尺處，他不停將漫出體外的寄生蟲撥甩下地，那些巨大的寄生蟲離體之後，猶自凶惡地彼此纏鬥一陣，跟著快速衰竭死去。

「所有夜叉、提婆、阿修羅，以及一切聖泉集團戰鬥人員，聽好我的命令——」袁安平雙手按著指揮台，對著廣場花園上的守軍下令。「我要你們擋下那些白色的夜叉和白色的阿修羅，他們才是敵人，盡一切的力量阻止他們，別讓他們接近這棟大樓。」

嘩——袁安平話剛說完，底下聖泉守軍隱隱騷動起來，那些舊型夜叉隊們紛紛探頭東張西望起來，像是在尋找袁安平口中的「白色的夜叉」究竟在哪。

突然之間，守軍正前方白牙一聲令下，所有大海龜、卡達蝦、大螃蟹，甚至是巨大的鯨魚鯊魚等神宮魚蝦大軍，紛紛以白牙為中心，向兩側散開。

聖泉守軍再次發出一陣陣騷動。

他們見到白牙身後數百公尺處那浩蕩殺來的白衣夜叉團。

處在各個守備崗位上的武裝士兵們交頭接耳、神之音指揮官面面相覷，一時間不知是該效忠身後樓中的「袁老闆」，還是應該上前恭迎那遠處殺氣騰騰、巨體金身的「袁老闆」。

人類士兵猶豫不決，一隊隊生物兵器已經展開行動，袁氏博物館幾處正門前那固若金湯的人牆堅壁開始鬆動，夜叉、提婆三頭佛、阿修羅，紛紛動身，自高空向下望，猶如數條黑流，自分成兩側的神宮海軍間穿出，迎向來襲的白衣夜叉團。

磅、磅唧、磅唧——

兩座還沒倒下的破壞神堡壘，也跟著己方夜叉，緩緩向前。

駐守在上頭的武裝士兵，騷動起來，他們見到前方如同魔神般的袁唯一步步走來，嚇得持槍大聲呼救，或是試圖往下攀逃，想要撤離堡壘。

白衣夜叉團距離花園廣場僅餘百公尺。

喀啦啦一陣聲響，數扇落地大窗外，降下一道道攔阻外牆。神之音成員在狄念祖的威嚇下，啓動袁氏博物館每層樓窗外及一樓正門的攔阻外牆，以防天使阿修羅破窗攻入。

一道道堅固攔阻牆蓋下，將整棟袁氏博物館，裹得如同銅牆鐵壁一般，數十名天使阿修羅在大樓周遭飛繞，遍尋不著攻打入口，紛紛落地，揮動大劍，斬殺起深海大軍以及尚未攻遠的聖泉夜叉。

「全球兩百四十七個一級部門，只聯絡上五十幾個？」袁安平望著巨大螢幕牆，螢幕牆上分割畫面越分越細，一個個聖泉各地部門最高主管的視訊畫面排上螢幕牆。

這五十幾名高階主管人人臉色惶恐，不知所措，有些還不停與身邊幕僚交頭接耳。

「不要等了，直接宣布。」田綾香來到袁安平身旁，大聲說：「很多人知道你們總部內部有變，他們在觀望，不敢露面，以免事後被袁唯追究責任。」

袁安平挑了挑眉不表示反對，盯著視訊攝影鏡頭，對那五十幾名聖泉各地高階主管沉聲發言：「我是袁安平，你們沒忘記吧——」

□

「嘎！」花園廣場外，袁唯白衣夜叉隊與博物館守軍短兵交接，激戰瞬間展開，利爪長劍相格互鬥，一條條白袖胳臂或是黑袖臂膀、一顆顆腦袋紛紛與身體分離，騰飛上天。

血花在花園廣場數十公尺外的戰線交會點濺開。

袁氏博物館聖泉守軍陣中有提婆級別的三頭佛，以及舊型阿修羅等強勢生物兵器，不論質和量都佔有優勢，但這優勢僅維持數分鐘，便在袁唯踏進戰線後瞬間消失。

轟隆——

數層樓高的袁唯巨體，抬腳一踏，便踏死一片夜叉，自袁唯身上落下的寄生巨獸，摔落下地後敵我不分，攻擊一切會動的東西，然後衰竭死去。

袁唯的雙腳踏在地上濺炸出火焰，那是袁唯巨體足部寄生蟲隨興發動的阿耆尼基因之力。

「滾開……」袁唯咬牙切齒，在他身上各處鑽爬的寄生蟲令他痛苦煩躁，他腳步逐漸加快，一步步往袁氏博物館踏去，然後緩緩停下腳步，怒瞪著眼前那與他巨體高度相當的破壞神堡壘。

這本來守護著神之音總部的堡壘，由於模樣與袁唯白衣天使部隊格格不入，並未被規劃在這場造神大戲裡，而是按照舊型兵器規格打造，因此仍以袁安平爲最高服從對象，此時領了命令，前來阻擋袁唯的白衣夜叉團。

「你們這些蟲子……」袁唯焦躁難耐，揚了揚手，掌心竄出銀泥，銀泥瞬間凝聚成一柄大劍——這是濕婆基因的力量。

「別企圖，阻擋神！」袁唯憤然一吼，一劍劈向堡壘，將那彷如一棟公寓樓房高闊的堡壘，斬下一塊足有小貨車大小的軀體肉塊。

黑血自那堡壘軀體切口炸出。

身體被斬去一大塊的堡壘，揮動剩餘三條粗長觸手捲向袁唯，分別纏住袁唯雙腿、腰際和握劍右臂。

「滾開！」袁唯怒吼，左手也發動濕婆基因之力，化出銀亮大戟，正高高舉起要刺那纏著他的堡壘，突然迎面又竄來四條巨大觸手，將他左臂也緊緊捲住。

是第二隻堡壘。

「煩人的蟲子……」袁唯憤怒低吼，邁開大步持續向前，兩隻堡壘的觸手儘管纏著袁唯雙臂，卻無法阻止他向前，反倒讓袁唯一步步拖往袁氏博物館。

□

「那些破壞神擋不住袁唯……」「力量差距太大了。」「斐家的寄生蟲對他沒效呀！」神之音總部裡，透過螢幕牆觀看戰情的眾人紛紛發出驚呼。

「立刻準備撤離方案。」田綾香向身邊寧靜基地手下囑咐幾聲，跟著對著一旁負責操作監視系統的神之音成員說：「調出你們用來存放破壞神的庫房裡的監視畫面。」她一面說，一面取出簡易地圖，指著袁氏博物館花園廣場下那堡壘升起之處。

由於這批人員並非原本專職監視人員，對這指揮台上的系統操作不夠熟稔，那人員一面探看田綾香掌中地圖，一面手忙腳亂地調動監視器畫面，一連調出十餘處畫面，全都昏暗一片，難以辨別內部情形。

「田姊，應該是水淹進去了。」一名寧靜基地成員低聲提醒。

那用以存放堡壘的地下庫房，連接著海洋公園地底實驗室，此時也淹滿大水，昏暗一片，隱約只見有些小魚小蝦不時游過監視鏡頭。

「來了，他來了！」寧靜基地成員指著螢幕牆大叫。

袁唯拖著兩隻堡壘，轟隆踏進花園廣場，在他身後，猶自跟著大批白衣夜叉，以及緊追不捨的舊型夜叉，雙方在袁唯巨體和堡壘腳下游擊亂戰，深海神宮海洋大軍也穿插其中，同時抵擋四處游竄的天使阿修羅和白衣夜叉。

「大哥、弟弟，我不明白……」袁唯像是壓根不將四周戰情當一回事，彷彿腳下那激戰與他完全無關。「我就差一步，就能夠完成，心目中的完美世界了……爲什麼，你們不和我站在一起，爲什麼，要和那些蟲子聯手……扯我後腿？」

□

「我要你們照我的話去做——」袁安平額上青筋浮突，瞪大雙眼望著螢幕牆上五十餘名聖泉分布在全球的高階主管的視訊畫面上。

各式各樣的訊息交雜傳遞著，畫面上有些人猶豫不決，有些人張口欲言又止，也有些人堆著笑臉講得滔滔不絕，但聲音卻沒有傳到總部大廳。這視訊會議上五十餘名主管得依序發言，聲音才會傳回總部大廳。

包括狄念祖在內的許多人，將大多心思放在袁唯的逼近上，並沒有清楚聽進袁安平與各國主管們交談時的每一字每一句，但大夥兒隱隱察覺這場會議進行得並不如預期般順利。

「抱歉，袁老闆……」一名位在地球另一端的高層主管，臉上堆著僵硬笑容，說：「我不清楚其他同仁的決定，但我們這段期間一切行動，都是聽從袁唯老闆的命令，就算要停止，也得……我想也得徵詢袁唯老闆的意見……」

「我是聖泉集團最高負責人。」袁安平重重一拳搥在桌上，怒吼：「你要抗命？」

十餘處視訊畫面一一關閉。

五十幾人的會議一下子縮減至剩下三十餘人。

方才發言那主管，儘管臉色慘白，但仍然咧嘴微笑，說著一長串不著邊際的話，含糊解釋自己並非不服從袁安平的命令，而是必須尊重同爲聖泉高層的袁唯云云。

「你說什麼？」袁安平攤手瞪眼，滿臉怒容。

「各位，我們該做好長期抗戰的準備了。」田綾香高聲這麼說，跟著朝張經理使了個眼色。

張經理立時來到袁安平身旁，低聲對他耳語：「袁老闆，不急於一時，別和他們撕破臉，他們只是恐懼袁唯的力量……我們可以從長計議。」他挽住袁安平胳臂，想將他帶離指揮台。

「不。」袁安平甩開張經理的手，說：「我還有話要對這些傢伙說、對我弟弟說！」

「哇——」在眾人驚呼聲中，袁唯終於踏入博物館前花園廣場。

「通知白牙，別跟袁唯硬碰硬，要大夥準備撤退——」田綾香厲聲大喊，身邊寧靜基地成員立時將命令傳往廣場上的神宮海軍。

但此時白牙身邊幾名通訊將士在天使阿修羅來回突襲，早已分散流落到不知何處，一時之間，田綾香與白牙之間失去聯繫，底下大亂。

袁唯的力量超乎眾人想像，數條大鯨、巨鯊圍擁上來，或撞或推，都阻擋不了袁唯繼續向前。

「哇呀——」眾人再次驚呼，有些人望向窗外、有些人望著螢幕牆，只見本來拖著袁唯的一隻堡壘，竟被袁唯拋鉛球似地高高拋起。

那碩大無匹的堡壘翻滾掠過空中，轟隆砸撞上袁氏博物館大樓。

巨大聲響加上震動，窗外許多處攔阻牆被巨大的堡壘撞得碎裂落下。

堅如鐵壁的博物館終於出現破綻。

「！」不停在周邊飛繞的天使阿修羅們，紛紛發現那些碎落攔阻牆後的落地大窗，他們尖聲長嗥，竄入裡頭。

「阿修羅攻進來了，大家準備撤退！」田綾香一面大喊，一面上前伸手握住袁安平手腕。

「袁老闆，別說了，留得青山在……」

袁安平一把推開田綾香，厲聲說：「如果我的聲音沒辦法在這個地方發揮作用，那麼更不可能在其他地方產生作用了，你們要走可以走，我留下來。讓我和他說話，我可以替你們爭取逃走的時間……」

「袁安平，你搞清楚，現在不是讓你賣弄贖罪姿態的時候，你是我們的人質，不是我們的長官。」田綾香怒叱，同時回頭催促：「準備好了沒？」

幾名寧靜基地成員，與田綾香一同望向玄關方向。

駐守在玄關接待廳裡，負責撤退計畫的寧靜基地成員，卻無人出聲回應。

在詭異寧靜的數秒之後，兩名寧靜基地成員急急趕去玄關查看，然後發出驚吼：「田姊——」

「出事了！」

「水退了！」

「什麼？」田綾香愕然大驚，領著身邊夥伴，急急奔入玄關廳，只見幾名寧靜基地成員慘死四周。

電梯井裡的滿滿大水此時早已退盡。

「田姊……底下的神宮朋友說……」寧靜基地成員急急轉述此時底下深海神宮夥伴們傳來的訊息：「有敵人從上面殺下來，沿途破壞我們的軟體動物牆，還把打水海葵都打死了！」

「敵人？什麼敵人？」田綾香大惑不解。

「神、神宮朋友說……」寧靜基地成員瞪大眼睛說：「那人力大無窮，身上有……海怪基因的特徵。」

「袁正男——」狄念祖聽寧靜基地成員這麼說，猛然想起大堂哥。

原來大堂哥在混亂中躲藏在這寬闊大廳的隱密處，見狄念祖一方的夥伴紛紛到來，本來愈漸恐慌，但見袁唯發動攻勢時，所有人的注意力都被釘在指揮台那巨大螢幕牆上，便大著膽子，趁亂轉進玄關，殺死幾名寧靜基地成員，打進那封著軟體動物牆的電梯入口，自灌滿海水的電梯井脫逃，沿路破壞那封阻海水的軟體動物牆，一路游至地底，將通道中十數隻打水海葵盡數擊斃，電梯井內那滿滿水位因此迅速消退。

大堂哥體內海怪基因力量雖未全然恢復，但海怪基因本便善於水下活動，他一入水，如入無人之境，沿途那些蝦兵魚將一來不知他是敵人、二來全然不是對手，不是被他快速竄過防線，就是被他殺得措手不及。

等此時眾人發現大水退去時，大堂哥早已溜得不見影蹤。

「袁正男——」本來因傷退至角落的斐家兄弟齊聲發出怒吼，先後奔入玄關接待廳，不顧電梯井無水、更不顧眾人攔阻，縱身便往底下躍，說什麼也要去追殺那害死他們兩個姊姊的仇人。

「田姊，王爺正指揮軟體動物牆修補破洞，也緊急調動其他打水海葵趕來支援，但需要一些時間。」寧靜基地成員報告。

「想想其他逃生路線，把戰鬥夥伴聚集在入口處，防止阿修羅攻進來……」田綾香急急下令，神之音總部雖然有數條對外通道，但此時外頭部分天使阿修羅已經攻入大樓，己方雖有麥老大、麥二等強力好手，但麥二此時似乎不願拋下威坎這批傢伙，加上張經理、袁安平，以及諸多負傷夥伴，若不走這直通地底的水路，改走迂迴通道，途中碰到大量阿修羅，那損傷可難以估計。

田綾香正猶豫間，突然感到一陣天驚地動的巨震和震耳欲聾的爆破碎響，轉頭一看，大廳窗外本來降下的攔阻牆，竟被卸下整排。

十餘公尺高的袁唯巨大金銀軀體，攀在十來層樓高的袁氏博物館外，巨大臉孔湊近神之音總部落地大窗，以往始終維持優雅神態的袁唯，此時模樣古怪而滑稽，但神之音總部大廳可無一人笑得出來，指揮台上張經理、袁安平、李家賓等所有人，都讓窗外那張巨臉嚇得魂飛魄散。

總部大廳騷亂連連，就連狄念祖、貓兒、月光，甚至是麥二等戰鬥好手，也讓袁唯此時散發出的恐怖殺氣所震懾，連連後退，只想儘可能遠離貼近窗外那張巨臉。

「大哥……」袁唯微微喘息，似乎瞧見了眾人之中的袁安平，他說：「你看看，我現在的力量，不足以當神嗎？」

「整個世界，有誰能夠和我匹敵？整個世界，有誰和我平起平坐？」袁唯認眞地說：「只有你們，大哥，只有你們……你、弟弟、爸爸……只有你們，能夠和我平起平坐……你想想，我們一家人，坐在白色的長桌邊、坐在高聳的大窗下，看著夕陽西下、看著燦爛星光，我們，位居整個世界、數十億人的頂點，不論是過去還是未來，我們的地位將永垂不朽，如此偉大的成果，千百年來，沒人能夠完成，萬古以來，沒有一位傳說中的神祇踏上這個位置，但我做到了……我成功了，大哥！現在，就等你和弟弟點頭，大哥，過來……回到我身邊，你身前身後那些蟲子，沒有資格和你站在一起……過來，大哥、阿燁，和我站在一起，讓我殺了這些蟲子。你放心，這裡發生的事，外頭沒有一個人知道……」

「弟弟……」袁安平長長嘆了一口氣，他轉頭望向張經理以及總部大廳所有人，又嘆了一口氣。「這些人是無辜的，讓他們走，我留下來。」

「讓他們走？大哥，你知道這些蟲子……給我造成多大的麻煩嗎？」袁唯巨臉瞪大眼睛，幾條詭異寄生蟲自他那巨大而俊美的臉龐鑽出爬竄，他銳利的目光快速掃視眾人。「是啊，全都到齊了……康諾叛軍、狄國平的兒子、三號禁區古怪物……好，這樣也好……」

「大哥，我問你最後一次……」袁唯微微一笑，望著人群中的袁安平，說：「你站在我這邊，還是站在他們那邊？」

袁唯這麼說的同時，雙目流露出濃濃殺氣，巨大的右手緩緩伸進窗。

「哇！」「後退、後退——」所有人連連後退，只見袁唯巨大右臂轟隆隆撞倒各種擺設、推翻桌椅，探至總部大廳正中央處，胳臂上還不停鑽出古怪寄生蟲。

大夥兒退到角落，見到袁唯胳臂無法繼續伸入，又見那些寄生蟲離開袁唯胳臂便衰竭虛脫，這才鬆了一口氣，但只放鬆數秒，立時又驚呼起來。

袁唯巨大的右掌，燃動起熊熊烈焰，紅色橙色青色藍色的火，在他五指繚繞、在他掌心盤旋，這是火神阿耆尼基因的力量。

「大哥、阿燁，來，來我這邊。」袁唯緩緩地說：「跟我在站一起。」

「二……二哥！你想做什麼？」袁燁失聲尖叫，他指著不遠處那被三號禁區成員架著的袁齊天，叫著：「爸爸還在他們手上，你別亂來……」

「袁唯，不要執迷不悟！」袁安平也大喊：「你想殺了我們所有人？」

「爸爸……」袁唯望著中了麻醉毒液而動也不動的袁齊天，漠然地說：「爸爸和你們不一樣，現在的爸爸……再造就行了，研究室還有他的基因樣本，但你們不一樣，你們……」

「你們……」袁唯說到這裡，雙眼陡然銳利駭人，沙啞地嘶吼：「你們到底站在哪一邊——」

袁唯巨手上的火焰轟隆炸開，席捲整片總部大廳。

所有人驚叫地竄逃或是撲倒，總部大廳地板上淺及腳板的積水成了救命利器，大夥兒在戰鬥中沾濕的衣物，令他們不致於在第一時間被火捲上，而來得及往各實驗室奔、有些轉進玄關廳、有些躲在桌椅梁柱後頭。

「蟲子，你們怕火？」袁唯此時說話聲調駭人，他望著熊熊火光，大笑起來：「狄國平的兒子、我曾經屬意的奈落王，你爸爸給我惹出那麼大的麻煩，你繼承了他的遺志，再一次地和我作對，你躲去那兒了？我現在就在你的眼前，你怎麼躲著不出來了？」

「你在找飯啊？他躲起來了嗎？」

一個沙啞而尖銳的怪聲音，自袁唯身後響起。

袁唯愕然，回過頭，只見到一片巨大而漆黑，好似土堆、又像黑泥的怪東西，聳立在自己的背後。

倏——兩柱黑泥捲上袁唯左右雙肩，力量巨大得和他旗鼓相當。

「這……是什麼東西？」袁唯瞪大眼睛望著身後那黑色怪山，低下頭，只見怪山長直得猶如一柱巨樹，延伸自花園廣場地部一處堡壘出入口。

「我是巨無霸鐵金剛。」黑色大山嘿嘿一笑，捲著袁唯雙肩的巨大黑色泥柱，向後一拉，將袁唯拉離了袁氏博物館外牆。

總部大廳裡，所有人目瞪口呆地自桌椅下探頭、自梁柱後探頭、自房間裡探頭，望向窗外那緩緩遠離大窗的袁唯。

月光和狄念祖瞪大眼睛地往窗邊奔去，不約而同地喊叫出來：「糰糊——」

「公主！」黑色大山開心尖叫著，兩條巨大泥柱將袁唯高高舉起，往後方一拋，轟隆砸在花園廣場上，砸得火焰土石齊飛，寄生蟲和夜叉翻騰。

「那是糰糊？」「是那小侍衛？」「是那小王八蛋？」傑克、小次郎等一干與狄念祖熟稔，知道糰糊爲何物的傢伙，紛紛驚呼起來。

「這是怎麼回事？」狄念祖回頭，望向田綾香，他本知道糰糊與田綾香等人同行，適才場面動亂，他全心破解冰壁，只當糰糊隨著田綾香一同上來，回到月光身邊，豈知糰糊竟變成這副古怪而巨大的模樣。

「沒有人會用濕婆裝置。」田綾香苦笑回答：「只有他會。」

「那是……濕婆備料？」狄念祖呆了呆，回望窗外。

「公主，不要怕，我來保護妳——」那黑色泥山甩甩雙臂、踢踢雙腿、扭扭屁股，化爲一座數層樓高的巨型黑色麵包海星。

糨糊便藏在這黑色巨體之中，而這黑色巨體，便是地底庫房裡那二十八座備料塔中的濕婆備料。

戴上微型濕婆裝置的糨糊，操使起這些濕婆備料，便如同操縱自己的黏臂般順暢自然，甚至比袁唯更加自在。

「你是什麼怪物？」被翻摔落在花園廣場另一端的袁唯，怒火沖天地重新站起，巨手一揮，發動濕婆基因力量，化出一柄銀光大劍，凶猛走向糨糊。

「你這醜八怪才是怪物！」糨糊豈會示弱，見袁唯拿大劍，他甩甩胳臂，也拿出一柄大劍，再加一柄大刀。

磅！巨大的黑刀銀劍在空中交撞，袁唯的銀劍深深斬入糨糊黑刀之中，濕婆備料的力量終究不如正牌濕婆基因，糨糊也不具備梵天神力，他此時的力量全來自於二十八座備料塔那濕婆備料其本身的能量。

「啊呀——」糨糊見袁唯的劍斬壞了自己的刀，趕忙舉起大劍抵上，被袁唯壓得連連後退。

「你這醜陋的怪物，不要阻礙我！」袁唯憤怒大吼，後背那焦黑翅骨陡然炸出紅色烈火，一隻隻燃著火焰的寄生巨獸透體穿出、摔落下地。

「你才是醜怪物，你不照照鏡子！」糨糊感到袁唯的力氣莫名減弱，立時甩出兩條黏臂、化出兩柄大鎚，轟隆隆往袁唯身上砸。

袁唯在因盛怒而造成體內寄生蟲異常活躍的時候，梵天力量便會被瓜分。

「糨糊！盡量罵他、盡量惹他生氣，他生氣就會變弱。」狄念祖與月光站在窗邊，朝著糨糊叫嚷助威。

「哇！」糨糊也不知道有沒有將狄念祖的話聽進去，他盯著袁唯身上不停冒出的寄生怪物，尖聲叫嚷：「石頭，你看，他身體有好多小怪物！」糨糊一面尖叫，一面揮動黑色大鎚，打地鼠似地轟打那些自袁唯身上冒出的寄生怪物。

「不要打那些東西，你不要玩，這不是遊戲，你朝頭打，打他的頭啊！」狄念祖大罵。

「哇，怎麼回事？好痛！」糨糊陡然收回雙鎚，身子亂擺起來，在他身邊四周空中，圍來一群天使阿修羅，阿修羅們持著大劍揮斬糨糊此時碩大的身軀。

微型濕婆裝置嵌在糨糊本體上，濕婆備料和糨糊原本的黏體融合爲一，不僅能夠自由伸展，甚至能夠令糨糊感到疼痛觸感。

「哎喲！不公平！」糨糊怪叫著，又甩出兩條黏臂化成短斧，使著一刀一劍雙鎚雙斧，胡亂大戰眼前的袁唯和四周天使阿修羅；袁唯有著梵天之力，每一劍重若千鈞，甚至能將糨糊化出的黑色刀劍斬斷，但糨糊總能接著那斷刀殘劍，像是玩黏土般揉一揉，又揉回原狀，再次攻來。

袁唯沒有受過格鬥訓練，戰鬥時全憑體內那超級基因的力量，此時碰到同樣擁有濕婆之力的糨糊，儘管力量仍佔優勢，但一時間卻不知如何儘快取勝。

「滾開，你這怪物，擋著我幹嘛——」袁唯大吼，一劍當頭斬下，一舉劈斷糨糊四柄刀劍。

還劈進糨糊那碩大星型身軀之中。

「你才是怪物，我爲什麼不能擋著你？我就是要擋著你！」糨糊痛得尖叫著甩出黏臂，捧著他那斷刀斷劍，旋動化出更多黏臂，一舉捲上袁唯右臂，揪著袁唯胳臂與他拉扯。「你想害公主，我要揍扁你！」

「滾開——」袁唯暴怒嘶吼，糨糊的本體藏在角落，袁唯那記重劈像是砍進泥團中一般，大劍被糨糊黑色巨體牢牢嵌住，胳臂也讓糨糊黏臂捲著，他激怒之下，喉間竄出一顆大瘤，大瘤啪啦裂開，竄出一隻生翼怪鳥，怪鳥振翅疾飛兩下，立時衰竭墜地。

「啊！那是什麼？」糨糊倒是看傻了眼，突然靜止不動，咕嚕嚕地和躲在他體內的石頭、湯圓說起話來，跟著朝著袁唯大喊：「袁唯，我們剛剛沒看清楚，你再噴隻鳥出來，不要那麼醜的，要好看一點，快！」

「喝！」袁唯大喝一聲，紅色的烈炎自胳臂捲動至銀劍，燒得糨糊尖叫起來。

「哇，他會吐火！」糨糊立時鬆開袁唯胳臂，任他拔出大劍，銀劍拉過糨糊巨體時的疼痛，讓糨糊哇哇哭叫出聲，轟隆隆地向後坐倒在地又氣憤蹦起。

「別怕，吐火有什麼了不起，打他頭，他比不上你！」狄念祖握拳大嚷，恨不得趕去他身邊指揮作戰。

「小狄！」傑克飛奔竄來，朝著狄念祖大嚷：「主人要你撤退——」

「什麼？」狄念祖連忙回頭，只見田綾香指揮著眾人撤往玄關處，他說：「現在撤退？」

「是呀。」傑克見四周吵雜，便順著狄念祖褲管攀上他肩頭，在他耳邊喊：「王爺調來新的打水海葵，再五分鐘就能將水重新抽上電梯井，走水路安全多……啊，你後面！」

隨著傑克尖叫，狄念祖感到背後風聲大作，猛一回頭。

是天使阿修羅。

阿修羅高舉大劍，正要劈向狄念祖。

月光早一步，挺起米米劍直取阿修羅太陽穴，這才逼得阿修羅轉劍格擋。

阿修羅力大無窮，隨手一格，便將月光手中的米米劍打離脫手，他正要追擊，狄念祖已經大步邁來，一記卡達砲重重擊在阿修羅下巴上。

阿修羅向後方窗外飛退的同時，竟伸手抓住了狄念祖手腕，蹦地一躍，竟將狄念祖拉出窗外。

「喵哇——」傑克攀在狄念祖胸前，見自己和狄念祖竟讓阿修羅拉出窗外，飛騰在數十公尺高的上空，駭然尖叫起來。

CH012 超越神的力量

漆黑深邃的水中激流亂捲，雜物、金屬桌椅迎面沖來。

儘管伸手難見五指，但大堂哥仍敏銳地揮動化爲蟒狀的雙臂，將那些撞來的雜物一一格開，他在水中竄游的速度幾乎可比擬大型魚類；他身上那抑制海怪基因的藥劑效力，在入水之後更快速地消退，他感到此時自己全身充滿力量。

倏——一個縱身，大堂哥竄過幾名攔路蝦兵，還順手扭斷他們的腦袋。

他不清楚這地底實驗室的構造，但他能夠感受到水流湧來的方向，他朝著大海游去。

緊緊跟在他身後的那身影是斐漢隆，斐漢隆在第一時間就發現了逃往玄關的大堂哥，他立時追進水裡；他與斐少強都經過半魚基因改造，在水中動作迅捷，他一路緊追至此，從地底實驗室廊道追到了排水系統管線之中。

他望著大堂哥的背影，胸中是滿滿恨意，使他幾乎忘記身上幾處骨裂劇痛。

倏——大堂哥連連揮動觸手，擊斃十數名蝦兵，終於竄出排水系統，進入大海。他見到周遭讓他嚇得四散開來的蝦兵、見到水中漂游的魚群、見到遼闊深海，重壓在心頭的恐懼再次卸下，他知道他終於逃離這夢魘般的海洋公園了。

然後他轉身。

望著追來的斐漢隆。

「小舅子，你追我追得夠久了吧……」大堂哥冷冷地說：「你眞以爲我怕你？」

「廢話……少說。」斐漢隆探出排水洞孔，咬牙切齒，身子喀啦啦地變形，化出龍形大爪，猛地向前一竄。「我要殺了你！」

大堂哥甩出觸手，牢牢捲住斐漢隆胳臂，猛力往旁邊壁面甩撞，跟著再以另一觸手，掐住大堂哥頸子，將他按在壁面上，惡狠狠地說：「你以爲你本事很大？其實你根本不是我的對手！」大堂哥這麼說，雙眼分別閃爍著青橙光芒，他的海怪基因在水中力量得以徹底發揮。

若在陸上，無病無傷的斐漢隆，化成龍人形態，尚能與大堂哥戰得勢均力敵，但斐漢隆本已身負重傷，剛才注射的體能強化劑而恢復的體力，也在這段水下追逐中幾乎耗盡；他在水中必須使用半魚基因的力量，便無法變化成百分之百的龍人形態，諸多因素相加，此時的他完全不是擁有海怪基因的大堂哥的對手。

咕嚕、咕嚕嚕嚕——

斐漢隆身子激烈變形，他的胸膛隆起、骨節變形，體型陡然變大，他想中斷半魚基因的效用，改爲變化成百分之百的龍人狀態。

他想與大堂哥玉石俱焚。

「嘎——」大堂哥讓眼前斐漢隆的凶暴模樣嚇得正要鬆手脫逃，頸子卻被斐漢隆大手掐住。

四周蝦兵們騷動起來，紛紛近逼圍上，望著這在水下彼此掐著對方頸子的兩隻人形凶獸。

大堂哥體力雖遠勝斐漢隆，但他的戰鬥意志和格鬥經驗與從小被當成士兵訓練的斐漢隆可是天差地別，他既懊悔又恐慌，心想剛才何苦與這傢伙糾纏，若是一口氣游遠，此時已經重獲自由了。

「這兩個是怎麼回事？」一個聲音自上方傳來。

大堂哥猛然一驚，死命仰起頭，想看看那聲音又是何方人馬，倘若斐家還有援軍，那自己便插翅難飛了，他讓斐漢隆全力掐著頸子，腦袋僅能微仰吋許，模模糊糊地見到頭頂上方，有數個身影竄來。

「咦？這不是海怪基因嗎？」那聲音這麼說。

「海怪基因？就是你的得意作品之一？」另一個聲音不屑地響起。「看起來不怎麼樣。」

「別小看我的海怪。」前一個聲音回：「在陸上是打不贏聖泉那些怪物，但在水底可不一樣。」

「哪裡不一樣？」後一個聲音問。

「哇！」大堂哥駭然瞪大眼睛，感到說話那兩人來到了他背後，一雙怪手搭上他的雙肩，手指緊緊扣住他肩頭，那雙手的力量巨大得幾乎要捏碎了他肩骨，劇痛令他鬆開了斐漢隆的頸子。

斐漢隆巨大的龍人體型緩慢消退，他耗盡了全部的體力，緩緩地往自壁面往下飄滑，讓幾名蝦兵接個正著。

□

「哇！他力氣好大，快幫忙，別讓他跑啦——」

豪強憤怒吼叫著，半蹲在B7手術室中那暗門前，雙手死命拉著一條狗尾巴。

那是吉米的尾巴。

B7手術室裡那僅約一百三十公分高的暗門，此時降下五分之四。

原來吉米讓小次郎、鬼蜥、豪強一陣追殺，慌亂之中想起那條通往袁氏舊宅的暗道，便一路逃進附屬實驗室中的B7手術室，竄進暗門按下關門鍵，一條尾巴卻讓緊追在後的豪強牢牢揪住，想將他硬拖回來。

吉米趕忙按停關門鍵，死命攀爬，豪強扯著吉米尾巴，怎麼也不放手。

小次郎胡亂按著暗門前數只儀表面板，卻不知開門方法；鬼蜥暴跳如雷，伏在那門縫旁朝裡頭猛吐毒汁。

「讓開、讓開！」小次郎放棄研究那儀表板，持著刀來到暗門旁，擠開鬼蜥，揮刀朝著門縫裡亂刺。

「汪、汪汪！混蛋，你這混蛋，我想起你了，你是那混蛋松鼠！」吉米屁股、後腿被小次郎連刺數刀，痛得尖吼大罵：「當時在黑雨機構，怎麼、怎麼沒搞死你？爲什麼？汪！」

「去你的松鼠！我明明是野鼠……我這條松鼠尾巴，是你們硬給我安上去的……不、不，我根本不應該是鼠，我本來應當是個人類孩子，應當跟其他孩子一樣上學讀書，是你們……你們這些可惡的傢伙……尤其是你，吉米，你壞透了！」小次郎伏在地上，將持刀胳臂探進門縫，想刺爛吉米咽喉。「你把我們害得好慘，我要你償命……啊呀、啊呀！」

「你竟敢咬我！」小次郎陡然尖叫一聲，原來吉米竟然回頭，咬著小次郎胳臂不放。

「小次郎！」豪強見小次郎被門後的吉米攻擊，驚訝叫嚷，卻不敢放開吉米尾巴，他知道自己若是放手，讓吉米全身退入暗道，轉過身來，便更能有恃無恐地噬咬小次郎，豪強猛吼一聲，讓右手竄出一柄鈍刃，猛地往吉米屁股刺去。

「噢嗚——」吉米發出痛苦哀號，但仍狠狠咬著小次郎胳臂，死也不鬆口。

「哇、哇！」小次郎肩膀卡在暗門縫處，強忍劇痛，自地上拾起另一柄斷刀伸進門縫亂斬。

鬼蜥又怒又急地往豪強和小次郎之間擠，再次朝著門縫裡吐毒汁，他的毒汁濺上吉米臂腿上的傷口，痛得吉米鼻孔連連噴氣，喉間滾動著沙啞怒嗚，但就是不鬆口。

磅、磅、磅……

一陣沉重的腳步聲，在這騷動對峙之中、在暗道深處響起。

「嘎？」鬼蜥停止噴吐毒汁，他伏在地上，瞪大眼睛盯著門縫深處。

「怎麼了？」豪強察覺到擠在腳邊的鬼蜥異狀，連連催促：「鬼蜥，快幫忙把小次郎的手弄出來，用你的毒汁噴他眼睛……」豪強還沒說完，也聽見了那沉重的步伐聲。

磅、磅、磅……

「汪——」吉米的慘號尖銳響起。

「哇！」小次郎終於抽回胳臂，在地上打了個滾，撞上矮櫃，他的右前臂骨在吉米狠咬之下裂成數截。

「哇！」豪強只覺得雙手感到一股怪力，吉米的尾巴倏地自他手中抽走。

鬼蜥伏在地上，雙目怒瞪、後背弓起，如臨大敵般地緩緩遠離門邊。

「怎麼回事？是誰來了？」豪強訝然大驚，急急忙忙地也想將腦袋湊上門縫去瞧。

轟隆——暗門凸起一個大坑。

吉米的身子落在暗門後方，恰好擋住了門縫、擋住了豪強的視線，鮮血自吉米身下淌開，那暗門凸起處，顯然是讓吉米的身軀撞出來的。

「快……快逃！」小次郎掙扎站起，朝著仍然好奇的豪強大喊：「是阿修羅，阿修羅來了，好多阿修羅……」

□

天旋地轉間，狄念祖只感到風聲倏倏飆過耳際，袁氏博物館大落地窗已離他有數公尺遠，傑克攀在他胸膛上喵嗚怪叫。

一條銀鞭捲來，緊緊纏住他的腳踝。

是米米。

月光一手緊握米米化成的長鞭，一手抓著窗框，用盡全身力氣不讓阿修羅將狄念祖提遠。

狄念祖望著地面，腦袋嗡嗡作響，這兒距離地面約莫數十公尺高，以他此時的身體強度，即使墜落地面，也不致喪命，但天使阿修羅卻能將他提至更高空。他心想倘若自己被提至數百公尺處拋下，即便是長生基因，恐怕也難以救活肉泥了；一想至此，狄念祖掙扎起來，他得在阿修羅繼續飛升之前，將他擊斃或者掙脫墜下。

「放手、放開我！」狄念祖讓右臂拳槍上膛，然後擊發，接連幾發卡達砲，並未產生作用，像是對著棉團出拳一般，原來此時他與阿修羅身處空中，阿修羅以數隻大手緊緊扣住他拳槍胳臂，少了地板支撐，也無衝擊距離，狄念祖幾發卡達砲，僅是讓他和阿修羅推遠又拉近而已。

「吼！」天使阿修羅大力振翅、扭腰揮臂，拖著狄念祖猛力一扯。

「啊……」月光感到一股巨力拉扯，將她的身子也拉離窗沿，盪出了窗外。

「公主！」米米化成的長鞭纏著狄念祖的腳踝和月光手腕，在空中擺盪，尖叫起來：「糨糊、糨糊——快救我們！」

「喝。」阿修羅騰出一拳，往狄念祖臉上打去，狄念祖仰頭避開，他的右臂化成拳槍形態時，略長於阿修羅手臂，阿修羅抓著他拳槍，受限於臂長，便難以攻擊他頭臉。

磅！天使阿修羅另一拳，索性打在狄念祖拳槍胳臂上。

「啊！」狄念祖感到右臂一陣劇痛，心想他拳槍胳臂雖然包覆著厚甲，但若讓阿修羅一拳接著一拳打，不但蟹甲會裂，連臂骨也要斷了；他趕緊揚起左拳，對著阿修羅抓住他拳槍的大手一陣亂擊，接連打斷阿修羅大手數根指骨，跟著，他猛然想起什麼，大罵一聲：「我真是個白痴！」跟著低頭大喊：「米米，滑翔翼——」

狄念祖這麼喊的同時，突然扭動身子，弓起一腳，同時將拳槍還原成人臂，趁著阿修羅抓空那瞬間，朝著阿修羅腹部蹬出一記卡達蹬，藉機彈開老遠。

「喵哇——」傑克緊緊攀在狄念祖胸口上，根本搞不清楚發生什麼事，天旋地轉之際，只感到飛勢突然緩下，睜眼一看，見到月光和狄念祖抱在一塊兒，抬頭，上方是一張閃耀銀色的滑翔翼。

原來狄念祖借那一蹦之力，彈開老遠，米米立時縮動身子，將兩人拉在一塊兒，同時變化身形，化成巨大滑翔翼，讓兩人乘風而飛，不致於重墜落地。

「喝——」那天使阿修羅見獵物脫逃，憤怒俯衝來追，還吸引附近幾隻天使阿修羅一同幫忙，瞬間追至狄念祖和月光身後。

「小狄，他們來啦！」傑克嚇得尖叫，卻見到身旁竄起數條黑色巨柱，轟隆將那追得最急的阿修羅當胸撞飛。

狄念祖和月光落在伸至他們腳下的一條黑色大臂上，那大臂上有一片平台，石頭摟著皮皮、頂著湯圓，搖搖晃晃地站在那平台上，一與月光會合，立時拉著月光的手，高興地跳著。

「想妳……」

「公主——」糨糊的聲音響起：「妳看我好厲害、我變得好大，我是巨無霸鐵金剛……哎喲！」糨糊還沒說完，巨大的濕婆備料身體突然震動起來。

袁唯已經殺到糨糊面前，結結實實打了他一拳，同時，再次將大劍刺進糨糊巨體內。

「喝！」袁唯怒吼一聲，阿耆尼基因再次發動，熊熊烈燄自他手臂、濕婆大劍中竄開。

「哇！你又作弊，好燙、好燙啊——」糨糊被袁唯發出的巨燄燒得哀號蹦跳起來。

「別慌、別慌！」狄念祖和月光在糨糊伸出的巨臂平台上，隨著糨糊蹦跳不停被拋起又落下，狄念祖趕忙扯著喉嚨試圖安撫糨糊。

「啊！」袁唯本要趁勝追擊，但眼前突然亮紅一片，原來他狂暴發動阿耆尼基因，惹得全身寄生蟲也有樣學樣，不但四肢、前胸後背上的寄生蟲紛紛吐火，便連臉上鑽出的寄生蟲，也張口噴火，燒得袁唯目難視物，滿臉刺疼。

「嗚啊啊……」糨糊趁機將身子抽離袁唯大劍，甩動黏臂，撲拍身上餘火，他一面哀號，一面後退，轟隆踩進一個水坑，那巨大水坑是堡壘出動時的地底庫房通道，先前糨糊自地底通道轉進堡壘庫房，弄壞這平台殺出，此時庫房裡淹滿大水，糨糊陷入那水坑，反倒熄了身上殘火。

「別哭了，笨蛋，起來跟他拚了，我教你怎麼打他！」狄念祖自水裡拉起月光，攀回糨糊黑色巨臂上，傑克緊抓著狄念祖胳臂，只見四周仍在大戰，袁唯麾下的白衣夜叉正與深海大軍作戰，大批天使阿修羅往下俯衝，白牙挺著長叉，站在大烏賊背上，與自空殺下的天使阿修羅惡戰，各守備據點的人類士兵，反倒一個個愣然觀望，甚至緩緩退遠，像是尚未決定究竟該聽從袁安平的命令，還是站在神的腳下。

「嗚，他好可惡，一直作弊，我都不能噴火……」糨糊一面向月光訴苦，一面自水坑掬水往被火焰燒灼的巨體沖淋。

袁唯抹著臉，卻抹不去臉上不停鑽出的寄生蟲，寄生蟲不住噴著火，惹得袁唯焦躁憤怒到了極點，他越是焦躁憤怒，身上的寄生蟲也愈加活躍。

一座重傷堡壘並未死去，心中還記得袁安平的命令，蹣跚地來到袁唯前方，左邊兩隻大鯊通體血痕，右邊一條大鯨身上插滿尖叉，左右圍住了袁唯。

「糨糊，站起來，我教你怎麼打死這個混蛋！」狄念祖和月光及眾小侍衛站在糨糊伸出的巨大黑臂上，不停替糨糊打氣。

「袁唯先生是我們的敵人，我們要在這裡打敗他。」月光蹲下，輕輕拍著糨糊這巨大黑臂，說：「然後，我們就回我們的王國，開開心心過每一天。」

「真的嗎？公主，我們要回王國了？」糨糊聽月光那麼說，想起山水宿舍那時的快樂時光，一下子鬥志高漲，晃動身體，自水坑攀回地面，抖抖濕婆備料巨體，又變回那巨大麵包海星體態，且將狄念祖等人轉移至他頭頂前方一處特製座艙中。

那座艙約莫兩坪大，前方有個寬闊星形觀景開口，四周伸出橫桿供狄念祖等人抓握。

「好高啊！」傑克一直緊緊攀在狄念祖身上，直到來到糨糊頭頂，見這座艙造得安穩堅實，這才鬆了口氣，自狄念祖身上躍至星形觀景口處，攀著觀景口邊緣上的小欄杆，向外眺望。

「公主，這是巨無霸鐵金剛的駕駛艙，請妳指揮我，我們一起打爛這壞蛋大便！」糨糊吆喝起來，揚起兩只壯碩海星短臂，搖一搖，化出四柄巨大武器，分別是大刀、大斧、大劍和大鎚子。

□

「田姊，王爺說新一批打水海葵就定位了，立刻就將水往上抽！」一名寧靜基地成員急急奔往窗邊，向田綾香回報底下深海神宮傳來的訊息。

田綾香等人聚在窗邊盯著花園廣場上動亂戰情，田綾香焦慮望著那巨大糢糊身影，按著窗框的手因爲激動而發顫，像是完全沒聽見身後寧靜基地成員喊話。

「田姊、田姊！」那寧靜基地成員忍不住搖了搖田綾香肩頭。「王爺準備好了，我們要不要撤？」

「我們得帶狄念祖一起走……」田綾香深深吸了口氣，神情略顯慌亂。「他畢竟是……國平唯一的兒子……」

「這……」一旁的林勝舟連連抹汗，苦笑說：「現在這樣子，怎麼帶他走？」

「妳怕狄國平絕後？」高霑攤著手，沒好氣地說：「再不走，我們就可以下去和國平團聚了，說不定還狄念祖也一起來！」

「別吵了。」莫莉指著花園廣場上那幾處巨大水坑，大聲說：「從那邊不也能進地底實驗室嗎？我們先撤，分一部分人從那破壞神庫房出口接應狄念祖，附近都是深海神宮魚蝦兄弟，還有白牙坐鎮呢。」

「你們要撤退？那找我們來幹啥？」三號禁區成員擠在田綾香身後，那棕熊小棕揚起兩隻小熊爪，齜牙咧嘴、裝腔作勢地說：「我還沒殺夠呢！」麻子婆也指著遠處袁唯說：「不把那傢伙宰了，走個屁！」便連果果也跟著幫腔：「狄大哥說不定眞能打敗袁唯呀，我覺得袁唯不會贏。」

田綾香一時之間似乎拿不定主意，她望向指揮台螢幕牆，此時尙保持連線的聖泉外地主管，僅剩十餘人，他們多半是爲了第一時間得知這場戰鬥結果，好決定該效忠哪邊。

田綾香自然明白若能在此一舉擊敗袁唯，整個袁唯勢力便即刻瓦解，但單憑糨糊操縱的濕婆備料，究竟能將袁唯逼至何種境界，卻全然無法預料；此時此刻，帶著袁安平撤出海洋公園、從長計議，似乎是相對保險的方法，她緩緩地說：「一部分人先撤，帶袁安平離開……」

她話未說完，後方陡然騷動起來，小次郎尖聲喊著：「大家小心啊，阿修羅殺進來了——」

「什麼？」眾人連忙回頭，只見小次郎、豪強和鬼蜥自實驗室逃出。

磅、磅磅磅——六、七名天使阿修羅踏出附屬實驗室，其中一名阿修羅手上還拎著吉米屍身。

「怎麼會從那裡出來？」「那裡有其他通道？」總部大廳霎時騷亂起來，本來田綾香爲防阿修羅自下方樓層攻上總部，將鯨艦調回九樓袁氏家族館梯間鎭守，再將麥二等強力好手派往玄關廳，豈知部分天使阿修羅自博物館上方攻入袁氏舊宅，尋找向下通路；由於先前袁燁與袁齊天一路追逐，許多閘門不是被開啓便是遭到破壞，這批阿修羅便這麼自上攻下。

□

「你們這些蟲子、老鼠——」

袁唯當頭一劍，劈進攔在他面前的堡壘腦袋、斬過身軀，直直劈入地面。

堡壘數條粗重巨腿登時無力，轟隆坐倒，巨大的屍身卻仍擋在袁唯身前。

「滾開、滾開，爲什麼不停妨礙我——」袁唯憤恨大吼，他像是不願繞過堡壘屍體，對他而言，巨大的蟲子仍是蟲子，他一點也不想因蟲子而繞路；他揮動大劍，胡亂劈斬堡壘，像是切削麵糰般地自堡壘身上斬下一塊塊軀體，跟著大步踏上被他斬矮了的堡壘屍塊，繼續往前，他的雙腿冒出烈火，被他踏過的堡壘屍塊立時燃燒起來。

「飯，他神經病發作啊？」糨糊見袁唯那瘋暴模樣，一時不知所措。

「別怕，噴火有什麼了不起，準備好了沒？」狄念祖在座艙中安撫著糨糊。

「你，是你呀……」袁唯一步步逼近糨糊巨體，他遠遠便見到站在糨糊腦袋上那星形觀景窗後的狄念祖，他恨恨地說：「狄國平的兒子，你這小奈落王……你想說，我小看了你，是吧。」

「我什麼也沒說呀。」狄念祖遠遠聽見袁唯說話，知道袁唯在強大基因加持下，不但視力絕佳，連聽力也好，便朝他喊：「你沒小看我，我一點也比不上你。」

「哈哈。」袁唯像是想不到狄念祖會這麼答他，他怪笑拖著大劍，轟隆隆地踏過夜叉和神宮海軍戰圈，大步走向糨糊巨體，跟著高高舉劍，朝著糨糊腦袋就劈。

「呀！」糨糊立時舉起一刀一劍，呈交叉狀，磅啷接下這記劈砍。

烈火再次自袁唯大劍上竄開。

瞬間被莫名湧出的大水澆熄。

「你會吐火，我會噴水，我噴死你！」糨糊呀呀尖叫，另外兩條化成大斧和鎚子的黑臂，攔腰朝袁唯打去，還噴出如同消防水柱般的大水，噴了袁唯一頭一臉。

原來糨糊聽了狄念祖的建議，背後伸出管子，鑽進身後堡壘出入口那淹滿海水的庫房裡，抽取大量海水到肚子裡，且在巨體內造出管路，一等袁唯施展阿耆尼火焰，便噴水滅火，同時展開反擊。

「打死你、打死你、打死你！」糨糊怒吼，大斧鎚子轟隆隆地往袁唯腰間軀體一陣亂雜亂砍，他那化成刀和劍的黑臂，也順勢捲上袁唯持劍胳臂，同時不斷自水坑抽水亂噴，以防袁唯再施火攻。

「吼——」袁唯左手高揚，掌心竄出銀流，快速結出另一柄大劍樣貌——數條黑流纏上銀流，與之交纏互繞，數秒之間，大劍沒有造成，反倒繞成一團銀黑交雜的古怪大棒。

「就是現在，揍他！」狄念祖大叫。

「卡達砲、卡達砲、卡達砲！」糨糊不像袁唯只有雙手，他要有幾柄刀就有幾柄刀、要有幾個拳頭就有幾個拳頭，他一雙刀劍纏著袁唯右臂，大斧鎚子敲砸袁唯身軀，多冒出一臂干擾袁唯左手造劍，再冒出一臂變化成像是狄念祖的拳槍大拳頭，照著袁唯那俊俏大臉狂搥猛揍。

「我也會卡達砲——」

「好呀，打死他，打得連他大哥都認不出他！」傑克狂叫助威，突然讓掠在眼前的巨大身影嚇得向後翻了個滾，撞在月光腳上。

是天使阿修羅。

「喝！」狄念祖化出拳槍，格開阿修羅揮來的拳頭，月光左甩米米成劍、右揚石頭作斧，轟隆隆地朝著試圖攀入星形觀景窗的阿修羅一陣猛攻。

兩隻、三隻，越來越多天使阿修羅往糨糊腦袋那星形觀景窗聚去，然後被十餘柱自觀景窗邊竄出的黑臂撞飛或者擊落。

「討厭耶你們！」糨糊怒罵，又甩出一臂，打蚊子似地揮打那些在他身邊飛繞的阿修羅。

「別小看我——」袁唯暴怒大吼，渾身炸出烈火，拋下大劍，發狂扯碎糨糊死纏爛打的數條黑臂，像是發怒的孩童般撲上糨糊，掄拳狂毆。

「哇——」狄念祖等人只感到一陣天翻地覆，隱約透過觀景窗，見到袁唯大臉在前頭晃過。

「呀！」糨糊對這頑童打架可不陌生，儘管被扯斷不少濕婆備料，但一個翻身，順勢拉倒袁唯，且跨上袁唯腰際，將他按在地上，揚出數臂朝他俊臉狂毆，沒毆幾拳，又被對方扯倒，被反毆一陣。

「我是神，全世界幾十億人，都知道我是神，就你們這些蟲子，一直和我作對！」袁唯暴怒，一面揮拳亂擊糨糊，一面大吼：「就憑你們，想扳倒我？憑什麼？回答，狄國平的兒子，回答我！你們憑哪一點，自認可以扳倒我？」

「扳你個大便啦——」糨糊怒叫，被壓在袁唯身下的巨體陡然變形，化爲數柱黑流，向上捲動，在袁唯後背聚集，反跨在袁唯背上，兩隻巨大海星短臂高揚，唰地化出一支大榔頭，轟隆搥在袁唯天靈蓋上，糨糊正要打第二搥，突然覺得屁股熱燙，猛地警覺袁唯能夠噴火，趕緊一個翻滾輾過一批夜叉和海軍，退回水坑，伸出長管子吸水冷卻屁股，同時將水吸入肚子裡備戰。

「你早就輸了，袁唯……」狄念祖在座艙中穩住身子，深吸口氣，拍了拍糨糊，低聲對他說：「我的聲音還是不夠大，你照著我的話罵他。」

「袁唯，你早就輸了。」糨糊立時張開大嘴，用數十倍的音量轉述狄念祖的話：「你的陰謀已經被揭穿，現在全世界，都看見你的醜樣子了，沒有人再當你是神，大家都知道，你是個醜陋的魔鬼。」糨糊還加油添醋：「你是大便魔鬼，世界上最臭的魔鬼大便！」

「你說我輸了？」袁唯掙扎站起，怒極反笑，他的頭上臉上胸腹手腿紛紛隆起巨瘤，巨瘤一一炸裂，竄出各式各樣的古怪寄生蟲，有的噴火、有的流膿、有的哭號、有的反噬袁唯。

「哇，你本來就輸了！看你什麼鬼樣子，你醜得比大便還噁心、你醜八怪、你神經病、你長得比蜘蛛還醜，蜘蛛也不會像你全身流大便……」糨糊亂罵一通，被座艙內的狄念祖制止，這才再度轉述狄念祖的話：「你小看的不是我，是我們全部——和你戰鬥的，不只是我，是所有要生存下去的人！」

「閉嘴，蟲子！」袁唯再次撲來，揮拳亂打，拳上炸開烈火，全身都燃起烈火。

「你才閉嘴，你全身都是蟲子還一直叫別人蟲子！」糨糊揚起黑臂，噴水還擊，舉著七、八個拳頭與袁唯兩條金臂互擊亂毆。

狄念祖知道此時糨糊無心分神轉述說話，便自個湊到星形觀景台前，扯開喉嚨對袁唯叫陣：「我一個人的力量遠不如你，但現在和你作戰的，可不只糨糊一個——我爸爸造出能夠擊垮聖泉電腦系統的程式；我用這個程式，一路攻破你們每一座冰壁；深海神宮和寧靜基地長期跟你糾纏，知道你所有弱點；斐家全軍誓死和你戰鬥，溫妮犧牲生命讓寄生蟲蠶食你的無敵身體；杜恩博士出賣你，我們許多關鍵資料都是他提供的；就連你的哥哥和弟弟，都站在你面前反抗你！除了那些沒有靈魂和意識的生物兵器，世上根本沒有人將你當成神，根本沒有人願意跟你這個喪心病狂的怪物站在一起！」

「你這個自以爲是的神呀，我一個人扳不倒你，但是所有人的力量加在一起，就能夠打敗你！你一定會輸！」狄念祖指著袁唯大吼：「你一定會輸——」

「放、屁——」袁唯怒吼，眼耳口鼻都炸出火焰，竄出各式各樣的寄生蟲。

「揍扁你！」糨糊猛勾一拳，正中袁唯下巴，將袁唯腦袋擊得大幅度後仰。

這記勾拳似乎起了作用，袁唯巨大金身搖搖晃晃後退幾步，身上亂竄的寄生蟲密密麻麻多到幾乎覆蓋住他全身。

轟隆一聲，袁唯坐倒在地。

他顏面燃動著烈火，此時他那巨大金銀身軀像是一片奇異森林，萬頭鑽動的寄生蟲隨著他的憤怒而活躍到了最高點，呈現出各種詭怪樣貌，銀色骨節胡亂長、巨大的翅膀隨處張開、古怪的半身人抱頭慟哭、各種觸手互相糾結掃打，阿耆尼火焰四處燃燒。

糨糊舉著一堆大拳頭，正要往前追去，卻突然「唔」了一聲，站定不動。

「糨糊……」「你怎麼了？」狄念祖和月光互望一眼，他們對於糨糊一拳擊倒袁唯，卻搖搖晃晃地僵在原地，而沒有撲上去趁勝追擊感到有些不習慣。

「上啊，巨無霸鐵金剛，揍死他，別讓他喘氣，揍死他！」傑克喵喵大叫。

「飯……」糨糊的聲音自座艙中響起。「你用卡達砲打人之後，身體會痛嗎？」

「不會啊。」狄念祖一時不解糨糊爲何這麼問。

「是喔。」糨糊靜默幾秒，向前跨走幾步，甩出黑色巨臂，捲上袁唯肩頭，轟隆隆又給他兩拳，第三拳停在空中半晌，座艙中又傳出糨糊的聲音。「飯……你不要騙我喔，你不可以捉弄我……算了，我不用卡達砲了！」

「什麼意思？你怎麼了？」狄念祖攤著手，他見前方袁唯伸手抹了抹臉，抹去臉上的寄生蟲和火焰，睜開眼睛，眼神炸射出濃烈無比的殺氣，連忙驚叫：「快，繼續攻擊，別讓他休息！」

「我知道！」糨糊晃了晃高舉的黏臂，將拳頭化成大斧，轟隆劈進袁唯巨大腦袋。

「啊呀……」糨糊陡然哭嚎幾聲。

袁唯巨大腦袋，被糨糊這一斧硬生生劈開，袁唯的本體藏在胸腔之中，巨體腦袋裡光芒閃耀，是複雜綿密的金銀骨架，骨架上盤纏著各式各樣的寄生蟲。

「糨糊……」月光聽見糨糊的哀號，察覺到異狀，她伸出手輕按上座艙內壁，輕輕地問：「你怎麼了？」

「好痛……」糨糊抽噎幾聲：「公主……我身體好痛……」

「怎麼了？怎麼回事？」狄念祖不解地問。

「會不會是……」傑克喵嗚一聲，說：「因爲用那個什麼裝置……到達極限了？」

「到達極限會怎麼樣？」狄念祖一手拎起傑克，急急地問：「現在是什麼情形？」

「我怎麼會知道！」傑克大叫：「你把我關在海洋公園的冰壁庫房那麼久，我根本跟不上第一手資訊，我是剛剛才知道操縱那東西很費力，所以主人她們完全沒辦法使用，糨糊弟弟可以把袁唯打成這樣，已經很不簡單了……」

「很費力是多費力？」狄念祖愕然，仰頭問：「糨糊，你現在感覺怎樣？」

「飯……」糨糊像是想要說些什麼，突然停住。

袁唯巨大雙手，搭上糨糊兩隻海星粗臂，熊熊火焰捲上糨糊巨大濕婆軀體。

「哇——」糨糊尖叫起來，一面擠出體內存水滅火，一面對著袁唯揮拳亂打，每出一拳便哀號一聲，他猛出一拳打在袁唯心窩上，將呈坐姿的袁唯一擊打倒。

袁唯巨大的金銀身軀癱倒在地，他勉強抬起手，像是想要撐起巨大身體，但是轟隆一聲，右臂與身軀分離傾倒，跟著左臂、雙腿、胸腹，以及那裂成兩半的腦袋，喀啦啦地碎裂崩落。

「小狄，你看！」傑克興奮尖叫：「袁唯四分五裂了！」

這頭，糨糊搖搖晃晃後退兩步，也陡然坐倒在地。

「糨糊、糨糊……」月光和狄念祖慌亂地拍著座艙內部，只覺得座艙壁面觸感怪異，不似起初那樣柔軟，反而有些地方粗糙、有些地方黏滑，那星形觀景窗口也微微變形，成了歪曲扭八的怪洞。

「飯……」糨糊撲地自座艙某處鑽了出來，不是撲向月光，而是撲向狄念祖，一把揪著他大腿褲子，仰起頭來。

月光見糨糊體型比正常時小了許多，不禁訝然，連忙上前輕輕撫了撫他腦袋，陡然縮回手來，糨糊的身體熱燙黏滑。

「我突然想起一件事，一定要跟你說！」糨糊大力搖晃狄念祖大腿，瞪大眼睛望著狄念祖。「說，你……你是不是欠我很多很多小汽車！」

「是啊，怎麼了……」狄念祖連忙蹲下，用手指戳了戳糨糊臉孔，急忙地說：「你把微型濕婆裝置裝在哪裡？快拿下來，你打贏袁唯了……」

「那是我的手錶……」糨糊突然揚起短臂，揍了狄念祖胸口一拳，氣憤大罵：「我話還沒說完你不要打斷我說話！」

「……」狄念祖張大嘴巴，糨糊這拳猶如嬰兒一般毫無力氣，還在他胸口沾上一團黏液，狄念祖喃喃地說：「你要說什麼？」

「你說，你欠我很多小汽車！」糨糊揪著狄念祖領口。

「我……欠你很多小汽車。」狄念祖連連點頭。「還有許多玩具、糖果。」

「還有坦克車，你說要給我坦克車！」

「對對對……坦克，我……我會想辦法跟斐家兄弟商量看看，弄台坦克車給你……」

「不要了。」

「什麼？」狄念祖一時像是不敢相信自己的耳朵。

「不要了……」糨糊說：「小汽車不要了、飛機、坦克車、糖果、汽水、船……通通都不要了，我拿它們，跟你換其他東西……」

「什麼？你說什麼？」狄念祖和月光見糨糊身體變得更加軟黏，像是一團融化中的冰淇淋，狄念祖呆然問著：「你……你想換什麼？」

「你答應我……」糨糊嘴巴也變軟了，聲音變得含糊不清：「你會永遠保護公主，不讓任何人欺負她……」

「什麼……」狄念祖深吸口氣，意識到糨糊身體狀況或許比他想像中更糟，他輕輕扶住持續軟化的糨糊，說：「你這笨蛋，快把微型濕婆裝置拿出來……我一個人保護不了你的公主，我們一起保護她，怎麼樣？」

「一起保護公主啊，好啊……好棒，我想跟公主回我們的王國，每天……」糨糊搖搖晃晃笑了幾聲，又回過神再揍狄念祖一拳，突然露出哭喪表情。「可是我……我的身體好痛，我……」他說到這裡，淌下大顆、大顆的眼淚。「飯，總之你要答應我就對啦！」

跟著，糨糊眼神瞥向觀景窗外，大叫一聲，身子往座艙地面猛地一撞，再次鑽入濕婆備料巨體裡。

「小狄——」傑克尖叫。

米米甩出銀臂、石頭竄出石柱、皮皮和湯圓像顆彈力球般彈起，全往歪七扭八的觀景窗口竄去——

打那攀上觀景窗、脫離巨大金身後的袁唯本尊。

袁唯揮手，劈斷竄來的銀臂石柱，格開皮皮、湯圓，一拳打在回過身來的狄念祖右胸上，將狄念祖胸膛，硬生生打凹一個坑。

狄念祖瞪大眼睛，有些驚訝——他驚訝袁唯這拳力道，比他想像中小了許多，他捱拳瞬間，本以爲袁唯能一拳打穿他身體，但卻沒有，而只是打斷他幾根肋骨，袁唯被寄生蟲消耗了太多力量。

磅！狄念祖拳槍反擊在袁唯臉上，將袁唯打退幾步，跟著嘔出一口血，揚臂拉弓，轟出左卡達砲——被袁唯抬手接住，喀啦一聲捏碎他左手。

「哇……」狄念祖感到劇痛的同時，突然覺得腳下一緊，竟是兩股黑色黏團捲上他雙腿，陡然之間，他只覺得像是踩進流沙一般，身子飛快陷入了座艙地板。

「哇！咕嚕嚕！」狄念祖身子翻騰滾動，被捏碎的左手劇痛難當、被打凹的右胸更令他窒悶難耐，他連連嘔血，不知翻了多少個滾，突然倏地飛騰起來，他感到自己像是飛上了天，但四周仍然一片漆黑，他像是被包裹在一個黑色大球中給拋得老遠——

「糨糊……」狄念祖隱約明白發生了什麼事，然後他身子一震，震得他眼冒金星，四周那黑色大黏球陡然破裂，海水立時包覆住他全身，他連忙使勁打水，讓身子浮上水面，他探頭出水，只見自己身處在那堡壘出口的大水坑中，一旁同樣落進水裡的月光也冒出頭來，石頭、米米、皮皮、湯圓則摔在水坑四周，傑克咕嚕嚕自他身旁浮起，攀上他腦袋，連連咳嗽著。

糨糊將他們拋離了濕婆巨體。

「糨糊、糨糊！」月光訝然尖叫，東張西望，只見到前方一處寬闊的黑色黏糊土堆。

像是融化將至盡頭的雪堆。

糨糊小小的灰白色身軀聳立在那黑色黏團堆上，搖搖欲墜，他此時的身體僅有三十餘公分高，聽了月光叫喚，歡欣地轉身，朝著月光聲音方向扭動身子，像是想要奔來迎接公主，但他每跨一步，便疼得滴下眼淚、哀鳴一聲。

「小狄呀——」傑克一聲尖叫，揪著狄念祖頭髮，指著天空。

一個人影飛快落下，落至水坑旁，是袁唯；袁唯雙眼猶自綻放騰騰殺氣，他低伏在水坑旁，望著狄念祖，恨恨地說：「你說，最後是誰贏了？」

「……」狄念祖一時無語，見袁唯雙手閃動火光，趕忙深吸口氣，拉著月光泅入水中。

「咕嚕嚕嚕……」傑克隨著狄念祖一同沒入水裡，揮爪亂扒，他那只特製呼吸口罩早已取下，此時瞪大眼睛，望著水面上熊熊火光，一時間慌亂無助。

「說話，是誰贏了？」袁唯憤恨怒吼，揮手一扒，火光炸射，掃倒好幾名深海蝦兵。

袁唯轉身，又揚起手，見到狄念祖和月光再次探頭出水，立時又大吼一聲，身上竄出一陣寄生蟲，伸手對準水坑，掌心火光再次燃動——

轟！袁唯被一股黑色軟柱轟捲上天。

「公主……」糢糊的聲音隱隱自空中透下。

袁唯的身子在數十公尺高的空中冒出火光，將他擊上天的那黑色巨柱，在空中散化成如漿如雨的液狀。

一只小小的、灰白色的五角型東西，隨著四周黑雨，一同墜落地面。

袁唯的身體重重砸在地上，搖搖晃晃地站起，他的身上再度竄出大量寄生蟲，左顧右盼，瞧見了水坑那端攀爬上岸的狄念祖與月光。

「回答我，是誰贏了！」袁唯暴吼一聲，身子激竄，幾步竄到甫爬上岸的狄念祖身前，揮出一拳，擊中狄念祖肩頭。

狄念祖向後翻倒，後腦撞地、眼冒金星，但他隨即向側一翻，躲開袁唯緊隨而來的一記重踏。

袁唯打在他身上的第二拳，比第一拳的力量更微弱許多。

現在的袁唯，並非不可擊敗了，但只憑他，仍然差距懸殊；他才站穩身子，尚未有機會還擊，腹間又捱上第三拳，整個人猶如脫線風箏般向後飛遠。

「說……」袁唯大步走向癱倒在地的狄念祖，咬牙切齒地說：「是誰贏了？蟲子，說話，你不是能言善道？你不是說我一定會輸？」

月光攔在狄念祖與袁唯之間，手上持著米米劍和皮皮盾，湯圓攀在石頭身上，石頭淚流滿面，捧著一只小小的五角小物，那是糨糊的本體。

微型濕婆裝置斜斜地綁在糨糊本體上。

「月光……不要跟他硬打……」狄念祖掙扎站起，彎著腰連連嘔血喘氣，望著月光的背影，還沒說完，月光已經飛快奔向袁唯。

「啊——」石頭發出狄念祖從未聽過的怒吼，飛揚起十數條石臂，緊跟在月光身後。

「蟲子！」袁唯大喝，揮臂想要放火，但一用力，掌心未見火光，只竄出幾條寄生蟲，連忙向後退開，避開月光一記重劈。

月光也不說話，只是將米米大劍揮得極快，一劍又一劍斬向袁唯身上各處，連續幾劍揮空，讓袁唯繞到她側面。月光連忙抬盾格檔，硬生生接下袁唯一記重擊，月光整個人翻騰老遠。

袁唯望了望手掌，像是氣憤自己為何無法使用阿耆尼之力，他猛然抬頭，竟見被打飛的月光，再次竄到他面前揮劍要斬他，不禁訝然，閃過那劍，揮臂一撂，再次將月光打倒在地。

他抬起腳就要往月光腦袋上踏，一道銀光倏地撲面竄來，纏在他臉上，是米米。

轟——自另一端發動卡達蹦的狄念祖，則是同時攔腰抱上袁唯腰際，抱著他衝飛老遠，撲通一聲，雙雙又落進那堡壘水坑中。

「咕嚕，爲什麼……咕嚕嚕，你們這麼纏人？」袁唯在水中憤怒大吼，扒抓著臉，試圖扒開裹在他臉上的米米金屬皮。

「咕嚕嚕……纏你？你哪一點值得我們纏著你？咕嚕嚕嚕……你一直搞錯一件事，我們不是要故意跟你作對……」狄念祖緊扣著袁唯，在水中載浮載沉。「你有錢有勢，有無與倫比的力量，對你而言，這一切只是遊戲，是一場老小孩想成神仙的家家酒；我們弱小得和蟲子一樣，我們遠比不上你，但是……我們不是在玩遊戲，我們付出鮮血、眼淚和痛苦……我們爲的是活下去！你在玩遊戲，我們在賭命，咕嚕嚕嚕……我們遠比你認眞，你一定會輸、你一定會輸！」

「我、不、會、輸！」袁唯揚起雙臂，朝著狄念祖後背狂搥。「我是神！」

「唔！啊啊！」狄念祖捱了袁唯數拳，只覺得五臟六腑都要給搥壞了，但他同時也感到袁唯的力量比起先前那幾拳，又更弱了。

袁唯再次揚起雙臂，要往狄念祖背上打，突然感到幾條身影自水中竄來，他的左臂被酒老頭和小次郎抱住、右臂被豪強和貓兒抱住，眾人一鼓作氣將他拖入水中。

「咕嚕嚕嚕，會，你會輸……」狄念祖奮力追泅入水，艱難地舉起右手，化出拳槍第二階段那蟹臂大螯，喀啦張開螯鉗，上膛，對準袁唯顏面，扣下扳機。

轟磅——

正宗水中卡達砲，朝著袁唯正臉炸出一記巨大氣穴爆炸。

這正宗卡達砲的威力，將袁唯轟得一陣暈眩；他昏沉之中，感到手腳被緊緊拉住，身子不住地往水下沉，趕緊甩手踢腿，將拉著他的酒老頭和貓兒等重重甩開。

他睜開眼，只想趕緊離開水面透氣，但他睜大眼睛，四周卻是昏黑一片。

「唔、唔唔唔！」袁唯駭然大驚，原來酒老頭和貓兒等，趁著袁唯暈眩那數十秒間，一口氣將他拉進堡壘庫房極深處的曲折廊道中，袁唯醒轉，一時間分不清東南西北前後左右，只急得想要趕緊要找著出路，但這庫房廊道漆黑昏暗，他胡亂游竄一番，連連撞上壁面。

酒老頭、貓兒、小次郎等退得老遠，卻不知該不該對袁唯繼續追擊，畢竟僅數十秒間的水程，距離水面不算太遠，袁唯不像蛇魔，他體內的毗濕奴基因能夠讓他在水底撐上極長時間，能否淹死他可是未知數，就在他們遠遠商量之際，突然感到袁唯那兒出現一陣水流竄動，嚇得趕緊散開退遠，袁唯儘管因體內寄生蟲和與糨糊一陣大戰，消耗了巨大體力，但此時要擊殺他們，仍然與捏死螞蟻沒有太大不同。

「啊，是……是你，咕嚕嚕嚕……」袁唯的驚恐尖叫響亮迴盪在水中廊道，像是碰見什麼可怕怪物一般。

酒老頭和貓兒、小次郎等訝然之餘，只見前方亮起點點螢光，是一條條發著光的小魚。螢光小魚群繞成圈圈，圍著兩人。

袁唯和杜恩。

「杜恩！你……你這叛徒，你背叛我！」袁唯見到杜恩，彷如見到惡仇，嘶吼一聲，揚開雙臂，就要往杜恩腦袋上砸。

八條黑色長手迅雷般捲來，纏住袁唯雙手雙腳，是杜恩身後那編號一二三四的貼身侍衛。若是力量巔峰之時的袁唯，這四名侍衛儘管力量強大，卻也絕難這麼制住袁唯，但袁唯已消耗太多力量，雙手雙腳讓四名侍衛牢牢捲住，一動也不能動。

「背叛？」杜恩搖搖頭。「小子，我不同意你使用這兩個字，我從來都不是你的臣子，我和你們聖泉，一直是地位對等的合作夥伴，而不是主從關係，你因爲仰慕我，一直稱呼我『老師』，你忘了嗎？」

杜恩一面說，一面抬起手，伸出食指和中指，按上袁唯心口。

「你……你！」袁唯感到胸口一陣劇痛，急急喝問：「你想做什麼？咳咳！咕嚕嚕嚕！」

杜恩的手指彷如銳刃，刺入袁唯胸口正中，直直劃下，將袁唯胸口切出一條裂口。

在毗濕奴基因作用下，袁唯胸前裂口快速癒合著，但杜恩已經將手探入袁唯胸腔之中。

「坦白說，你所作所爲，我一點興趣也沒有，我不介意你殺了多少人、不介意你幹下什麼事，你要當神還是當鬼，都與我無關，但如果我現在的合作對象，人人都討厭你、人人都視你爲敵，尤其有個不長眼的廢物糟老頭子，無時無刻在我耳邊說你的不是、說是我造就了你，要我負責、要我教訓你，我真是煩死了，我恨不得宰了他，但我不能。神宮與他交情好，我殺了那糟老頭，神宮便要自我了斷，他們時常這樣威脅我……你說，我該怎麼辦？」杜恩面無表情地望著袁唯，伸進他胸腔的手，緩緩探找摸索著。

「所以我只好取回我給你的東西了。」

杜恩這麼說時，還回頭瞪了康諾一眼。

康諾遠遠地用手枕著頭，嘿嘿笑地與魚群悠哉漂游。

「咕嚕嚕咕嚕……你要取回……什麼？」袁唯劇痛驚恐，身上、臉上寄生蟲亂竄。

「你的『永生核』，毗濕奴基因的觸發物。」杜恩的手停止不動，像是找到了他口中的東西。「沒有了『核』，你體內的毗濕奴基因就無法產生作用了。」

「不！」袁唯直到這時，才終於感受到失敗的真切感，恐懼撲天蓋地瀰漫包裹上他全身。

啪——

一聲微弱而清脆的聲響，自袁唯胸腔中隱隱透出，杜恩抽回了手，轉身，似漂似走地與康諾在四名侍衛護衛下離去。

「唔、咕嚕嚕、咕嚕……」袁唯瞪大眼睛，摀著胸口，螢光魚群離開之後，四周恢復黑暗，他什麼也看不到，只感到胸口湧出一股一股的暖流，胸口上那手腕寬的裂口無法癒合了。

□

田綾香等寧靜基地成員帶著袁安平和袁燁，終於步出袁氏博物館，來到花園廣場中央，只見此時花園廣場四周，大批神宮海軍仍然持續與零星的白衣夜叉，以及天使阿修羅游鬥亂戰。

方才總部大廳儘管遭到天使阿修羅攻入，但守軍之中有著麥二和麥老大坐鎮，加上自底下趕上支援的鯨艦，聯手將攻入總部的天使阿修羅殲滅，掩護眾人緩緩撤退。

酒老頭、貓兒等華江賓館成員，則是直接邊著鯨艦伸出的黏臂垂至地面，先行趕來救援狄念祖。

此時水坑撲通撲通數聲，酒老頭等人探頭浮起，游至坑邊，將袁唯的屍身拖上岸。

眾人目瞪口呆，似乎還不敢相信癱在小次郎腳邊那人，便是不久之前所向無敵的神——袁唯。

「傳令給全球。」田綾香望著雙眼大睜、猶不瞑目的袁唯，對身邊成員說：「告訴所有人，我們打贏袁唯了。」

「聽見沒？我們贏了——」白牙舉叉長嘯，廣場上深海大軍，通通用他們身上能夠發出聲音的部位，齊聲發出尖鳴。

嘩——

嘩——

響徹天際的歡呼聲自花園廣場中央暴起。

沒有人聽見在震耳歡呼中那聲聲哭喊。

石頭、米米、皮皮、湯圓圍在月光腳邊，嚎啕大哭，他們的眼淚彷如湧泉，怎麼也止不住。

月光捧著糨糊僵硬的本體，將頭臉埋在狄念祖胸中，不住地顫抖。

狄念祖緊緊抱著月光。

CH012 王國復興

冰冷艙箱中響起了清脆的樂曲。

儀表面板上倒數數字歸零。

狄念祖睜開眼睛。

他自艙箱中坐起身，環顧四周，莫莉拿著平板電腦走來，拋給狄念祖一張毯子，讓他裹著赤裸下身。墨三坐在遠處一排儀器前，他那不久前讓蛇女娃扯下的觸手已經重新長回。

「我睡了多久？」狄念祖揉了揉眼睛。

「五、六十個小時吧。」莫莉望著平板電腦上的數字，說：「算你運氣好，整個療程很順利喔，你身體裡的急速獸化基因已經成功被壓制住了，變異的長生基因也受到控制，以後你只要定時服藥，就能健健康康活下去。」

「狗屁，什麼運氣好！」墨三遠遠地轉過身來，大聲抗議：「我這幾天無時無刻看著他，幾乎沒有闔眼呀，小妞！妳直到昨晚才過來支援，什麼忙都沒幫上，現在說他運氣好，這是不把我當一回事的意思？」

「抱歉、抱歉……」莫莉輕咳幾聲，朗聲說：「狄念祖，整個療程很順利，但不是你運氣好，是那位大章魚醫術精湛、用心良苦、鞠躬盡瘁，才把你的身體治好，你得感謝他。」

「墨三……」狄念祖嘿嘿一笑，起身想要跨出醫療艙箱向墨三道謝，但只覺得手腳發軟，竟跌了個狗吃屎，正面撞在地板上，登時鼻血長流。

「哎喲、哎喲。」莫莉見狄念祖摔得見紅，連忙在他身邊蹲下，搶過他手中毯子，抹去他鼻血，捏了捏他鼻子，還伸指往狄念祖鼻孔摳挖一陣，這才露出欣喜笑容，說：「鼻血一下子不流了，墨三，他的長生基因效力應該是沒有消失，還需要進行原本的測試嗎？」

「隨妳高興。」墨三疲累不堪，沒好氣地回答。

「喂……」狄念祖搶回毯子，遮住腰際，說：「什麼是『原本的測試』？」

「你說呢？你自己試試吧。」莫莉自口袋取出一把小刀，拋給狄念祖，又瞅了他按在胯間的毯子，嘿嘿一笑說：「早就看過啦，你忘記了嗎？哈哈哈。」

狄念祖接過小刀，明白莫莉口中的「測試」，指的是他長生基因的癒合效力，他捂著毯子搖搖晃晃站起，突然想到了什麼，連忙問：「今天幾號？就是今天嗎？月光她們呢？已經出發了嗎？」

「小狄——」傑克的聲音自狄念祖身後發出，他揹著一只嶄新的小背包，小背包上還綁著一束白色的花，奔到狄念祖腳旁，縱身躍上狄念祖肩頭，扭身將小背包迎向狄念祖，炫耀地說：「主人做給我的新背包，漂不漂亮。」

「漂亮。」狄念祖抓抓頭，乾笑兩聲。

「花是給你的。」傑克這麼說。「主人還在忙著協助袁大哥整頓全球聖泉集團，袁唯死了，他的那些直屬夜叉團四處流竄，還有先前那一批又一批的奈落羅剎，唉，主人最近超忙的，她沒辦法來看你，要我送束鮮花給你……」

「……」狄念祖伸手取下那束雅緻白花，上頭有張小紙片，取下，上頭寫著幾個字——

感念勇敢的戰士們

「小狄……」傑克怯怯地問：「你不會怪主人吧……那個時候，沒有人會用濕婆裝置，只有糨糊弟弟他會，且他自己吵著要，主人才……」

「別傻了。」狄念祖淡淡一笑，說：「怎麼可能會怪她，那是明智的決定，否則……我們或許也沒辦法在這裡……」

「是呀。」傑克點點頭。「糨糊弟弟救了我們所有人。」

「喂，你們要出發，動作就得快點。」莫莉遠遠地提醒：「月光、酒老頭他們一大早就走囉。」

「什麼，現在幾點？」狄念祖呆了呆，東張西望，望著了時鐘，驚呼：「下午啦！」

「放心啦……」傑克說：「月光小姐身經百戰了，而且又有酒老頭那些高手幫忙，不會有事的，我們本來就不打算讓你今天跟人動手動腳，你才剛結束急速獸化基因的療程……」

「嘖……」狄念祖不耐煩地將傑克甩下肩，捧起放在治療艙箱旁小櫃上的服裝，進入廁所梳洗整裝。

□

「哇，小狄……原來你這麼帥呀！」傑克被狄念祖甩落地，本來想發怒，但見換裝走出的狄念祖，穿著合身西裝，臉蛋潔淨，一頭俐落短髮，和先前那漫長冒險過程中那時而粗魯凶暴、時而重傷狼狽、時而邋遢濃毛、時而舉著怪手相比，現在的狄念祖，模樣簡直不遜於電視上的影視男星。

「嘿，我眼光不錯吧，替你挑的衣服完全合身。」莫莉哈哈一笑，指著櫃旁一只小袋。

「那是我替月光挑的，別忘了帶去，否則你們很不搭。」

「什麼什麼什麼？」傑克搶先撲向小袋，揭開一看，裡頭是一套黑色雅緻小禮服，他說：

「莫莉姊，今天小狄他們是要去收復他的辦公室用地，不是參加婚禮耶。」

「你懂個屁！」莫莉瞪了傑克一眼，對狄念祖說：「其他你需要的東西，都幫你準備好了，一樣也沒少，向城在外頭等你，他會帶你過去。」

「謝謝。」狄念祖提起那小禮服，將田綾香的白花和紙片一同放入袋中，若有所思地在傑克帶領下，走出這豪華實驗室。

□

「所以，袁正男最後活著。」狄念祖望著傑克。

「放心，他不能和你搶月光小姐的。」傑克走在狄念祖前頭，他此時揹著田綾香親手做的小背包，像個人似地兩足步行，一面攤手說：「聖泉要掌控第五研究部，還是需要大堂哥的名號，現在他在聖泉總部接受嚴密保護，他的海怪基因已經被消除，他又回到以前那個手無縛雞之力的儒弱狀態了。」

「誰怕他跟我搶！」狄念祖沒好氣地說：「斐家兄弟沒意見嗎？」

「誰理他們啊。」傑克瞪大眼睛說：「雖然斐家在那場大戰裡出力很多，但袁大哥怎麼可能將自己堂哥交給斐家兄弟酷刑處死，小狄，我知道你跟他們有點交情，但站在我們寧靜基地的立場，當初打我們打最凶的，就是斐家姊妹主導的第五研究部了，我們多少夥伴都死在他們手上，那時候袁氏叔伯和吉米合資的那黑雨機構，背後技術就是斐家提供的，哼哼，比起來，大堂哥只是人品差了點，其實沒有太大危害的，站在我們的立場，這袁正男害死斐大姊，反倒是爲民除害呢喵。」

「……」狄念祖儘管不盡然同意傑克這番話，但也無從辯駁起，當初他雖然受制第五研究部，但溫妮和斐家人總算將他當成合作夥伴，而不是如吉米那黑雨機構般百般虐待，他與溫妮、斐家，總有著淡淡的夥伴情誼，但他也知道第五研究部與康諾、寧靜基地甚至三號禁區過往恩怨，這大堂哥如何處置，他可完全插不上話，且他與大堂哥，確然也沒有太大過節，大堂哥是生是死，他毫不在意，只是想起一心要替斐姊和斐霏復仇的溫妮，心中總是暗暗嘆息幾聲。

他們步出這棟大樓，大樓門外那豎直匾額，寫著：

聖泉集團第一研究部

第一研究部是聖泉集團總部，也是狄國平以及許多寧靜基地重要人員過去任職部門，在大戰結束之後，田綾香與袁安平達成協議，寧靜基地成員回歸聖泉集團，協助袁安平進行漫長的善後工作，但私下仍維持基地事務運作，以防聖泉又有動亂。

莫莉、高霑、林勝舟、田綾香等一批舊研究員，自然便返回曾經服務過的第一研究部，恢復原有職位。

「小狄。」傑克見狄念祖默默不語望著第一研究部那漂亮匾額，便對他說：「以後我們就是同事了。」

「是啊。」狄念祖不置可否，他在接受治療之前也答應了袁安平的邀請，進入聖泉集團工作，擔任最高資安總監。

他對聖泉集團絕無好感，比起資安總監這頭銜，他仍然憧憬自己以往那有著無限可能的小工作室，但無論如何，他太害怕同樣的惡夢再度重演，若是他能進入聖泉，以最高資安總監的身分掌控聖泉集團全球電腦系統，那麼他會心安許多。

「小狄，我知道你在想什麼。」傑克拍了拍狄念祖的褲管，說：「如果真有意外，如果袁安平學壞了、或是被袁唯鬼附身了、或是潛在的神經病基因發作了，突然也要當神了，那我一定支持你，弄壞聖泉全部的電腦。」

「只是弄壞電腦？你說笑嗎？我會一拳打死他！」狄念祖捏起拳頭，正想化出拳槍大臂，只聽袖口啪嘰一聲，連同裡頭襯衫都給變形中的拳槍胳臂撐裂，這才想起自己此時可是穿著西裝，不是在戰場上，連忙讓手臂恢復原形。

「小狄，你眞是的喵……」傑克見狄念祖神情黯然，本來想要嘲笑的話語一句也吐不出口，喵嗚幾聲說：「要不要叫莫莉姊再替你買一套？」

「不用啦。」狄念祖苦笑了笑。「不就是去參觀我新辦公室嘛，又不是去參加婚禮。」

□

園區停車場中，向城面無表情地站在一輛豪華黑色轎車旁，車門大敞，像是特意迎接狄念祖。

「哇，這陣仗規模太大了吧……」狄念祖見那豪華轎車後頭，還跟著好幾輛豪華黑色廂型車，外頭站著大批夜叉，不禁有些戒心。

「小狄，你別怕，這些夜叉不會害我們。」傑克這麼說，領著狄念祖和向城打了招呼，上車。

車隊浩蕩開動，離開總部園區、經過市區，往郊區前進，狄念祖望著街上人們辛勤重建社區的模樣，心中百感交集。

數十分鐘後，車隊進入那條他熟悉的產業道路。

通往山水宿舍的那條路。

沿路上可見那或是乾癟死去甚久、或是鼓脹新死的蜘蛛殘屍。

「先鋒部隊應該已經成功消滅那些蜘蛛了吧。」傑克攀在車窗旁，望著窗外道路上那些蜘蛛屍體。

狄念祖答應接任聖泉資安總監的其中一個條件，就是將聖泉新資安部門，設立在爸爸媽媽曾經工作過的舊園區裡，且要在山水宿舍擁有一間獨立的個人辦公室兼宿舍——

他與月光、糨糊和石頭曾經霸佔過的王國。

這樣的要求對聖泉集團而言自然不是問題，今日就是狄念祖前往探視他新辦公室的日子，自然，第一要務，就是將那些以山水宿舍爲巢的蜘蛛軍團一舉殲滅。

車隊經過那廢棄學校、經過廢棄小村，附近可見聖泉設立的哨站，四周有夜叉和武裝士兵巡邏把守。從數天前開始，張經理便規劃掃蕩這附近的蜘蛛和各種流竄羅剎，他們在山水宿舍底下建立封鎖防線，等著今日發動總攻擊。

「哇，小狄，你看！」傑克將臉貼著窗，尖叫起來，狄念祖順著傑克目光望去，也不禁訝然，只見到遠處那空曠土地，便是山水宿舍外的停車場，此時停車場其中半邊停滿各式車輛，大多是運兵車，也有工程車輛和大型貨櫃車。

停車場另一邊，則是五、六座矮山高的蜘蛛屍體堆，在蜘蛛屍體堆旁，則是幾名持著尖叉的蝦兵，蝦兵後頭，是一隻又一隻的大小螃蟹。

川流不息的大小螃蟹有如搬運工，大螯上都挾著一、兩隻大蜘蛛，往屍堆上扔，再回頭支援後方，這堆積如山的蜘蛛屍堆，便是這些螃蟹自周遭搬運而來。

「原來他們派螃蟹來打蜘蛛呀！」傑克恍然大悟。「我就說這整座山這麼多蜘蛛該怎麼對付，出動大量螃蟹就不是問題了，蜘蛛怎麼打得過螃蟹呢！」

由於山水宿舍裡頭數處廣場都停滿車輛，狄念祖這支車隊便在停車場外的道路邊停成一排，向城領著狄念祖和傑克下車，後方七輛黑色廂型車，也步下約莫四十餘名西裝筆挺的夜叉。

「哦。」狄念祖回頭望了望身後跟著的大隊人馬，不免感到有些莞爾，在先前冒險過程裡，他總是與大群夜叉搏鬥、逃亡，險中求生，此時卻領著優勢兵力來掃蕩蜘蛛大軍了，跟著，他們經過停車場，狄念祖望著一座座蜘蛛屍堆，微微出神。

「小狄，你在看裡面有沒有之前追殺過你的蜘蛛嗎？」傑克問。

「不……」狄念祖歪著頭說：「我只是突然覺得，這些蜘蛛不就和當初華江賓館裡的酒老頭、貓兒、小次郎，甚至和我一樣嗎？因聖泉而生，卻因爲『失敗』，而必須被殲滅……我在想我們這樣的舉動，會不會有些霸道？」

「小狄，你在想什麼呀喵？」傑克對於狄念祖此時突如其來的多愁善感十分不習慣，他說：「這有什麼辦法呢？這些笨蜘蛛又不會說話，牠們的智能就和一般蜘蛛沒有太大分別，但是殺傷力大得多。不儘快處理掉，跑進市區吃人怎麼辦，我們總不能一隻隻抓起來養吧……」

「你說得對……」狄念祖攤攤手，長長吁了一口氣。

他們有一搭沒一搭地閒聊，不一會兒便抵達了山水宿舍，此時宿舍四周倒是熱鬧，各種工作人員穿梭其中，或是清運雜物、或是丈量拍照，準備山水宿舍後續改建設計。

「這邊的蜘蛛幾乎清光了，戰鬥人員剛剛兵分幾路，進攻山上的蜘蛛老巢。」一名聖泉人員前來報告，還特別說明：「地下室也有武裝人員駐守，同時正在進行清潔作業。」

狄念祖知道先前這山水宿舍地下室中，有通道能夠一路通往山上被當作蜘蛛主巢的廢棄公寓群，那時他與月光便是在地下室遇伏受擄。

「狄——」月光的喊聲自上傳來，她笑著向底下揮手。「你好慢，我們等你好久，酒老頭他們都上山了！」

狄念祖笑著舉起手中那只裝著小禮服的提袋，向月光揚了揚，與傑克一齊上樓，往月光所在那樓層走。

「哇，哪些臭小鬼這麼頑皮在牆壁上畫畫呀。」傑克見到廊道有處牆面，有幾個不同顏色筆跡的小人塗鴉，那是狄念祖兒時與玩伴的傑作，在小超人和小勇士身旁，還有粉紅色的小公主和兩個小圓團，是當初月光和糨糊、石頭最初入住山水宿舍時玩的小遊戲。

狄念祖也懶得對傑克說明這塗鴉的演進過程，他倒是對前方幾處房舍更感興趣，他經過一兩間裡頭已被清空的空屋，探頭進去，裡頭有人正在進行粉刷作業。

他知道這幾處空屋，將會優先成爲他的個人辦公室和私人宿舍，往樓下望去，其中兩輛貨櫃車裡便載著家具和家電設備。還有一部卡車，上頭載著狄念祖以前那輛舊車，舊車裡裝著狄念祖舊家中的多台電腦主機。

「狄。」月光穿著運動服，托著一盤小餅乾，捧向狄念祖，說：「這是我做的，你吃看看。」

狄念祖捏起一塊吃下，由衷稱讚幾聲好吃，跟著咦了一聲，好奇地問：「這餅乾還是熱的，妳在裡面生火烤餅乾？」

「不是。」月光搖搖頭，領著狄念祖三度進入她的「王國」。

第一次是他們初相遇時，那時狄念祖被兩個小侍衛打得死去活來；第二次是逃離深海之後，返回山水宿舍，打掃布置一整天，度過美好的一夜，隔天卻在地下室裡遭到蜘蛛大軍襲擊。

自那之後，小侍衛們每每想起這件事，總是義憤填膺，聲稱將來有機會，定要奪回王國。

飯，我跟你說，總有一天我要回去殺死那些臭蜘蛛，哼，氣死我了！我跟公主那時候打掃了好——久喔，現在一定又被那些臭蜘蛛弄得亂七八糟，我要重新做一張小床鋪，擺在公主大床鋪旁邊，石頭、米米、皮皮、湯圓還有你，睡另一間房間，知道嗎？尤其是你，不可以過來跟我們睡，你一定會趁我睡著，偷吃公主嘴巴，你這個大便人。

「哇！」狄念祖步入再次新生的王國，不禁哇地叫喊出來，傑克跟進屋裡，左顧右看、東望西瞧，倒是皺起眉頭，說：「小狄……我不懂你驚訝什麼，這間房很平凡不是嗎？」

「你懂個屁！」狄念祖白了傑克一眼，指著懸在客廳牆上的平面電視和牆上的電燈，說：「電視、電燈、電冰箱……連烤箱都有，你們效率真好，已經把電都接上了。」

「小狄，別一直『你們、你們』，以後我們是同事了，要說『我們』。」傑克攤著爪子抗議。

狄念祖也不理傑克埋怨，他又探視了兩間房，一間是月光的臥房，一間作爲小侍衛的睡房和遊戲間，狄念祖站在小侍衛那房間中，盯著一只精心布置的玻璃櫃，那玻璃櫃裡擺著滿滿的小汽車和軍艦模型，還有一輛坦克車模型。

糨糊那小小的麵包海星形狀本體，就擺在坦克車模型上。

小怒和刺針的本體則分立在糨糊本體左右。

狄念祖望著櫃子角落一只鐵盒，將之取出揭開，啊了一聲，原來那是糨糊在與眾人潛入海洋公園之前，從肚子裡清出的收藏品。

狄念祖笑著翻了翻那些東西，都是些零碎小物，除了一些玩具小汽車外，也有圓規、特殊造型原子筆、沒電的手機、小刀、指甲剪，還有一大捆狄念祖的頭髮——在狄念祖被注入長生基因初期，頭髮長得飛快，不時得剪短，糨糊時常悄悄偷走那些頭髮，偶爾取出玩耍，插在臉上，向大家展示他的粗濃眉或是大鬍子。

「眞奇怪。」狄念祖哈哈笑了起來。「以前總覺得他一堆把戲煩死人了，一段時間沒見，倒是有點懷念……」

玻璃櫃子裡那站在坦克車上的五角海星，兩隻短短的觸手微微揚舉，顯得意氣風發。

傑克抬起頭，望了望狄念祖，從小背包裡取出兩張面紙遞給他，跟著聽見背後傳來月光的啜泣聲，便躍向月光，將整包面紙遞給她。

狄念祖長長呼了口氣，自提袋取出拿束白花和那張寫有「感念勇敢的戰士們」的紙條，放在糨糊本體腳邊，跟著轉身將提袋舉向月光。「莫莉挑給妳的，她眼光不錯，妳穿起來應該很美。」

「公主——」米米的聲音自窗外響起，狄念祖和月光望去，只見米米掛在窗外，對他們說：「東西準備好了，可以吃囉。」

□

空中一團團雲朵，被逐漸沒入山後的紅陽映得艷紅斑斕。

頂樓正中鋪著三張塑膠布，擺著一盤盤肉、香腸和蝦子，以及其他烤肉食材，正中那烤爐裡的炭燒得通紅。

石頭坐在爐前，伸出十餘隻小石臂，舉著各種食材、烤肉醬料及刷子，認真烤肉、不時翻面刷醬，皮皮和湯圓則安份地坐在石頭身邊，目不轉睛地盯著一串串肉瞧。

「哇——」狄念祖望向山水宿舍後方更高處山腰上那廢棄公寓群，儘管距離略遠，但他仍依稀可以見到牆面上爬滿著大小蜘蛛。

那兒正激戰著。

公寓群頂樓有著聖泉夜叉，空中盤旋著鳥人，甚至摻雜了幾隻天使阿修羅——自然是新一批的天使阿修羅。

狄念祖望著身邊不遠處幾只大垃圾桶，裡頭塞著大量紙盤、塑膠布，垃圾桶旁也擺著幾只空爐，他猜想酒老頭等夥伴，必定是在打完山水宿舍這兒的蜘蛛，大吃一頓烤肉，才又出發攻山。狄念祖見聖泉連阿修羅都出動了，便也毫不擔心酒老頭等人安危，放心地在石頭身邊坐下，接過他遞來的烤肉，大口吃起來。

他見石頭、湯圓和皮皮動也不動，而是望著他吃，連忙說：「你們也吃啊，還是你們已經吃飽了？」

三個小侍衛搖搖頭，當酒老頭等大口嚼肉時，小侍衛們正與月光辛勤地打掃王國，一點東西也沒吃。

「公主換好衣服，要上來了……」米米笑著走來，對著石頭等小侍衛說：「公主說你們可以先吃，不用等她。」

石頭等三個小侍衛聽米米這麼說，這才吃起烤肉。

「哇！」傑克瞪大眼睛，喵喵笑著說：「少了一個最吵的，我才發現原來其他小侍衛這麼安靜乖巧……」他剛說完，意識到狄念祖或許會不悅，怯怯地抬起頭，見狄念祖像是沒聽見他的話般，而是呆愣愣地望向頂樓出入口。

換上黑色小禮服的月光，迎著夕陽晚風緩步走來。

她像是有些不習慣這樣的穿著，一手微微掩著胸口——這套小禮服是極低胸。

「莫莉姊眞會挑。」傑克抓著兩塊甜不辣亂嚼。

「呃……」狄念祖連忙放下烤肉，取起腳邊一瓶香檳，揭開瓶蓋倒了兩杯，端去迎接月光。

「不急，他們還在烤。」狄念祖遞給月光一杯香檳，說：「喝點開胃酒。」

傑克見狄念祖將月光拉往遠處牆邊吹風聊天，見他西裝筆挺，一手輕托月光腰際，一手捏著酒杯，倒是有模有樣，便對米米說：「小狄以前還是長毛的時候，我還以爲他沒救了，一輩子只能當怪物了，現在他終於像個紳士了，看他這個樣子，我也替他開心喵。」

「不過比起追求異性，小狄還是差我太遠。」傑克對米米這麼說：「這兩天我只不過到處遛達一下，就惹得研究部外幾條街六、七隻母貓都愛上我，我好有罪惡感……畢竟我只效忠主人，其他貓姊姊貓妹妹，最多只能得到我的身體，而得不到我的心……妳有沒有聽我說呀喵？」傑克見米米對他的話題似乎提不起興趣，正想講些別的，便感到背包震動起來，連忙舔舔爪子，揭開背包，取出手機對話一番。

「小狄——」傑克站起，高舉手機，對著狄念祖大喊：「有人找你！」

傑克接連大喊數次，狄念祖這才臭臉走來，接過手機，一聽是果果，不耐地說：「妳也在山上！妳去湊什麼熱鬧？阿嘉在妳旁邊？」

「是呀！」果果的聲音自手機傳出：「我們從山上看得到你們喲，我們每個人身上都帶著望遠鏡喔，小次郎和豪強打賭你什麼時候會對月光姊動手動腳，還拉了聖泉一堆武裝兵一起下注，我不想月光姊被一堆笨蛋偷窺，才好意提醒你。」

「我像是這種人嗎？」狄念祖氣呼呼地掛上電話，回頭瞪了山上那廢棄公寓群幾眼，心中盤算著下次見到小次郎該怎麼修理他；回過頭，月光也已入座，和小侍衛一同吃起烤肉，一點也不知道山上一堆賊乎乎的眼睛正往這兒瞧，他想起自己療程前和眾人約好收復山水宿舍時間，也交代莫莉替他準備素色服裝，順便哀悼糨糊，此時想來，莫莉說不定也有參與這賭局，故意挑這漂亮低胸禮服給月光來讓自己心癢難耐。

「眞是一群混蛋。」狄念祖越想越不是滋味，一口喝乾香檳，大口、大口吃起烤肉。

「小狄，你吃那麼快幹嘛？」傑克不解地問。

「月光。」狄念祖對月光笑了笑，指著後方說：「果果也跑上去打蜘蛛了，我有點擔心。」

「啊呀？」月光有些驚訝，她今天僅參與了山水宿舍的蜘蛛作戰，並未隨著酒老頭等攻上山，而是專心整頓他們的小王國。「她也上去了，阿嘉有跟著她嗎？」

「有是有。」狄念祖說：「但妳還記得上次我們碰上天誅女王時的情形嗎？酒老頭他們沒有跟天誅女王作戰的經驗，我就怕他們吃了天誅女王的虧，如果是小次郎、豪強這種混蛋，吃虧就算了，但果果畢竟還是小孩，不如我們吃快點，在天黑之前，上去幫忙。」

「好啊。」月光笑著點點頭，也大口吃起烤肉。

兩人一貓四侍衛，不一會就將烤肉吃得一乾二淨。

狄念祖打了個大大的飽嗝，扭扭脖子、扯扯襯衫領口，右手掄了幾掄，化出巨大拳槍。

「哇！」月光和傑克見狄念祖拳槍大臂將漂亮西裝袖子撐得爆裂，都是一驚，傑克喵喵地說：「小狄你不會幾杯香檳就醉了吧？」

「誰醉了，走吧，我們上去幫忙。」狄念祖揚起拳槍，指向那廢棄老公寓群。

「石頭、米米、皮皮、湯圓……」月光也跟著起身，以紙巾抹抹嘴，說：「收拾一下，要出發了。」石頭和米米立時伸出長臂，將幾塑膠布裹著空盤、空瓶、空碗扔進垃圾桶。

「出發，上山揍人了。」狄念祖哼哼一笑，領著月光等人出發，還順手拾起最後一小瓶香檳，一口喝乾，高高舉起空瓶，指向天空。

「敬最勇敢的戰士。」

《月與火犬》（2010.10～2014.7）

全文完

後記：
三年又九個月的修行旅程

在寫作《月與火犬》的這幾年間，我迷上跑步這項運動。

在每一個夜晚或者清晨，循著操場上的圓弧軌跡，穩定而持續地向前奔跑，配合著音樂想像故事情結發展，與往常窩在電腦椅上盯著螢幕有著全然不同的感受，我相信跑步是一種相當適合我甚至是所有創作者的運動。

跑步的時候，是我感到最放鬆、最舒服的時候，而在跑步以外的時候，我都感到相當疲憊，疲憊的原因是工作尚未完成，即使我的肉體其實並未承擔太多勞力工作，但工作尚未完成的壓迫感，卻像是冤魂無時無刻纏繞著我的全身。

《月與火犬》是我寫作生涯至今，所碰上最難寫的一篇故事，比之過去的《太歲》、《百兵》、《日落後》，及各種鬼故事和單本故事，《火犬》的難度遠遠超出了我最初的想像。

它不像《太歲》有著那豐富而現成的文化元素、也不像《百兵》有著既定的武俠行事邏輯、更不像我其他鬼故事有著那些簡單有趣的萬用題材。

「枉死的女鬼」、「碟仙」、「虎爺」、「土地公」、「牛頭馬面」、「惡魔」、「武俠秘笈」、「武林高手」，這些元素不是擁有豐富的文化價值，就是擁有絕佳的戲劇空間。

「鬼新娘」，光這三個字，就極具氣氛了，我不需要思考太多，我只要把她擺在陰暗的街道、擺在主角的背後，效果就出來了。

以故事創作而言，這是重武器。怎麼耍都威力十足、怎麼用幾乎不會失敗。《太歲》裡的「重武器」可不只一隻鬼新娘，而是一座國家級軍火庫。

但我在創作《月與火犬》的時候，卻沒有這樣的軍火庫。

從糨糊、石頭到水頭陀；從提婆、夜叉到阿修羅；從南極基地到深海神宮；從三號禁區到寧靜基地；從火犬獵人到冰壁與橋……各式各樣的新物種和冷僻設定，這些東西沒有太多既有戲劇概念能讓我輕鬆在後頭推著跑，而是需要我像頭牛似地在前面拉動他們，我無法像以往隨心所欲地駕馭著他們乘風飛翔，因爲我無時無刻都在狼狽地替他們打造著引擎、機翼和螺旋槳。

我得不停地向大家解釋他們喜怒哀樂的由來、他們互動糾葛的始末、他們爲何而逃、爲誰而戰、他們到底是什麼？這漫長的點點滴滴，別說有些讀者讀得茫然，連我自己都摸索得艱辛痛苦。

我相信在最初時，糨糊和石頭在許多人眼中是個詭怪又突兀的小東西，他們吵雜不休、又很笨、又很壞、什麼都不懂，不停、不停、不停妨礙著主角和女主角的互動。

尤其是糨糊，很多讀者都想揍他。

我也想。

他們是人工製造而出的失敗品，他們的品質無法達到原始設計裡的高度，故事中許多角色，都在這種情況下努力生存，他們被遺棄、被輕視，漫無目的地尋找棲身之所。

在這漫長的冒險過程中，我陪著他們尋找生存的意義、扭轉被深植在腦海裡的禁錮咒語。這並不像把女鬼放在適切的地方就能嚇到人、不像把兩個武林高手擺在一間酒館裡大家就能夠理所當然地想像接下來的激烈發展那樣簡單。

一個瘋狂科學家加上一個宗教狂熱者會發生什麼事，這樣的命題太過龐大了，龐大到令我寫作時不時受挫，感到自己原來是如此渺小，感到自己知識的匱乏、深度的不足、品味的幼稚以及意志的薄弱。

這種種體悟和感受，數度令我灰心喪志。

但我內心某些角落，依舊倔強地抵抗那些灰心和喪志，不停砍殺那偶爾冒出的放棄念頭，持續著這緩慢且艱辛的旅程，一點一滴地替每個角色尋找屬於他們的道路。

我不確定大家是否滿意我替他們畫下的那個句點，但我對自己走過的這段過程感到驕傲而滿足，這是個人寫作至今，技術含量最高的一篇故事，也是至此我最暢銷的一部作品。

從二〇一〇年十月到二〇一四年七月，我猶如經歷了一段極端高壓的創作修行，無論如何，我知道自己變得更強大了。

我迫不及待地想要使用在這痛苦鍛鍊下學得的各種技術，來進行嶄新的冒險。

接下來，我不想再那麼自虐。

我要重新啓用「重武器」了。

星子

於新北中和

2014.7

國家圖書館出版品預行編目資料

月與火犬14 / 星子 著；.—— 初版. ——台北市：
蓋亞文化，2014.08-
冊；公分.——（月與火犬；14）（悅讀館；RE294）

ISBN 978-986-319-104-9 (平裝)

857.7 100005358

悅讀館 RE294

月與火犬 14 [完]

作者／星子
插畫／Izumi
封面設計／克里斯
出版／蓋亞文化有限公司
地址◎台北市103赤峰街41巷7號1樓
電話◎（02）25585438 傳真◎（02）25585439
網址◎www.gaeabooks.com.tw
電子信箱◎gaea@gaeabooks.com.tw
郵撥帳號◎19769541 戶名：蓋亞文化有限公司
法律顧問／義正國際法律事務所
總經銷／聯合發行股份有限公司
地址◎新北市新店區寶橋路二三五巷六弄六號二樓
電話◎（02）29178022 傳真◎（02）29156275
港澳地區／一代匯集
電話◎（852）27838102 傳真◎（852）23960050
地址◎九龍旺角塘尾道64號龍駒企業大廈10樓B&D室
初版一刷／2014年8月
定價／新台幣 240 元

Printed in Taiwan

GAEA ISBN／978-986-319-104-9

GAEA

GAEA